集人文社科之思 刊专业学术之声

集 刊 名：燕赵中文学刊

主办单位：河北大学文学院

主　　编：田建民

执行主编：高　永

YANZHAO ZHONGWEN XUEKAN

第1辑

集刊序列号：PIJ-2022-460

中国集刊网：www.jikan.com.cn

集刊投约稿平台：www.iedol.cn

燕赵中文学刊

YANZHAO
ZHONGWEN XUEKAN

河北大学文学院 主办

【第1辑】

社会科学文献出版社
SOCIAL SCIENCES ACADEMIC PRESS (CHINA)

发刊词

　　河北大学中国语言文学学科系"部省合建""燕赵文化学科群"的牵头学科。为支持中国语言文学一流学科建设，文学院主办新刊《燕赵中文学刊》，每年出版两辑。本刊秉校训"实事求是"之精神，立足燕赵大地，以刊发中国语言文学研究最新成果为主，设有文学理论与批评、语言学研究与汉语教育、燕赵文史与区域文化研究等栏目。

　　《燕赵中文学刊》强调思想精神引领的价值。唯有思想之矛方能攻破思想的铠甲，唯有精神之刃方能切开精神的坚壳。作为大学文学院主办的刊物，只有遵从思想精神的引导，才能将目光投向有地平线的远方。我们无法想象一个思想与精神的贫血症患者，可以成为卓越的文学与语言研究者，因为文学研究就是要洞悉人之内在精神，破解缪斯之谜，而语言研究关乎人之为人的本质属性，关乎文化之根本。

目　录

第一次文代会与中国当代文学的发生[*]

陈黎明[**]

摘　要： 在中国当代文学发生学视域中，第一次文代会因确立了新中国文艺方向，并且对中国当代文学体制的建构产生了深刻影响，而成为具有界标意义的文学事件。第一次文代会被普遍认为是中国当代文学发生的标志，一方面，因为这次会议借助会议讲话的明确宣示、代表的遴选与构成，以及文艺汇演的呈现等不同形式确立了毛泽东文艺思想在未来新中国文学艺术中的指导地位；另一方面，则缘于它还从作家队伍身份与生存方式、文学组织与机构、文学出版与传播、文艺领导与批评等层面开启了新中国文学体制的全面革新。因此，考察第一次文代会与中国当代文学的发生，不仅能够为我们呈现中国当代文学的历史由来，同时也让中国当代文学在此后发展、演变进程中的特征变得有迹可循。

关键词： 第一次文代会　当代文学　文学体制

中国当代文学的典型文本并非仅指我们惯常视野中的文学作品，一些文学史文件（文学史料）因为在当代文学发展中具有特殊影响力

　＊　本论文系河北大学燕赵高等文化研究院重点项目"典型文本与中国当代文学观念的互动研究"（2020D02）研究成果。

＊＊　作者简介：陈黎明，河北大学文学院，教授，主要从事中国当代文学思潮、中国当代小说研究。

和位置也会成为典型文本重要构成，《中华全国文学艺术工作者代表大会纪念文集》（以下简称《文集》）就是这样一个特殊的典型文本。《文集》由中华全国文学艺术工作者代表大会宣传处编辑，1950 年 3 月由新华书店出版发行。这部厚达 601 页的文集，较为翔实地记录了中华全国文学艺术工作者代表大会（以下称"第一次文代会"）的基本情况，包含"讲话""报告""大会纪要""贺电""专题发言""纪念文录""名单、章程""演出目录"等内容，成为我们了解这次文代会过程与基本情况的重要文件。

《文集》之所以能够成为典型文本，缘于第一次文代会在中国当代文学史中的特殊地位及其对中国当代文学的深远影响。这最主要体现在三个方面：其一，它所记录的第一次文代会目前已成为研究界普遍认同的中国当代文学的开端；其二，这次文代会清晰而明确地规定了中国当代文学的发展方向；其三，会议及其形成的规定对中国当代文学体制的形成有着重要而深刻的影响。因为《文集》是中华全国文学艺术工作者代表大会的记录，所以它的典型性，就具体呈现为第一次文代会在当代中国文学中的特殊地位与意义。

一　中国当代文学的开端

从发生学层面考察中国当代文学，具有特殊的文学史意义，因为借助这一视域不仅能够为我们呈现中国当代文学的历史由来，同时也让其在此后发展、演变进程中的特征变得有迹可循。然而，中国当代文学的开端或起始问题在研究界一直存在分歧与争议，使得针对这段文学的发生学解析变得颇为复杂。因此，准确地寻找到具有说服力的当代文学发生的界标，对于这段文学史的合法性乃至其后文学体制建构的理解就显得格外重要。综观学界对中国当代文学发生时间节点的界定，主要观点有以下三种。

其一，将 1942 年延安文艺座谈会的召开视为中国当代文学起始的标志。持此一观点的人，主要强调的是中国当代文学与 20 世纪 40 年代文学之间的内在联系，试图从历史化视域寻找中国当代文学发生的内在逻辑。持此观点的最具代表性的学者是陈晓明，他在《中国当代文学主潮》一书中明确提出"本书把 1942 年看作当代文学起源的时间标记，由此出发，可以抓住贯穿中国当代文学史始终的那种精神实质，以及由此而展开的历史内在变异"，并认为"把 1942 年在延安召开的文艺座谈会作为中国当代文学的起点标志，社会主义革命文学的书写将会显得更加合理，其来龙去脉也会更加清晰"①。孟繁华、程光炜的《中国当代文学发展史》也大体认同这一观点，此书虽然认为"在中国当代文学的历史叙述中，普遍认为它起始于 1949 年中华人民共和国的成立"，但却强调"事实并不这样简单，或者说，这里不仅有 20 世纪中叶以来中国社会实践和文化实践作为它必要的语境和规约条件，须在'历史化'的过程中完成必要的资源准备，同时，历史叙事也须在形式中诉诸于意识形态的功能"，由此而提出"1942 年，毛泽东《在延安文艺座谈会上的讲话》，奠定了中国新文艺的发展方向"②。

从历史化逻辑寻找中国当代文学发生和起点理路，使得有些学者不仅将中国当代文学的发生追溯到 1942 年的延安文艺座谈会，甚至还强调中国当代文学与 20 世纪 30 年代左翼文学之间的内在关联。例如，洪子诚在其《中国当代文学史》中，对当代文学的起点做了模糊处理，认为"'中国当代文学'首先指的是 1949 年以来的中国文学"。这一时间表述虽未将 1942 年延安文艺座谈会作为中国当代文学的起点，但格外强调其与左翼文学和解放区文学的内在关联，"'当代文学'的另一层含义是，'当代文学'这一文学时间，是五四以后的新文学'一体化'趋向的全面实现，到这种'一体化'解体的文学时期。中国的'左翼文学'（'革命文学'），经由 40 年代解放区文学的'改造'，它

---

① 陈晓明：《中国当代文学主潮》（第 2 版），北京大学出版社，2013，第 5 页。
② 孟繁华、程光炜：《中国当代文学发展史》，中国人民大学出版社，2009，第 12 页。

的文学形态和相应的文学规范（文学发展的方向、路线，文学创作、出版、阅读的规则等），在50至70年代，凭借其时代的影响力，也凭借政治权力控制的力量，成为唯一可以合法存在的形态和规范"①。洪子诚的这一论述，试图揭示中国当代文学从文学形态到文学规范的形成有其独特的演进轨迹和内在线索，与将1942年延安文艺座谈会的召开视为中国当代文学起始标志的学者有着文学史观念的内在一致性。

其二，也有不少人认为1949年10月中华人民共和国成立是中国当代文学的起点。这种以政权更迭作为一个新时代文学开端，与中国古代文学断代式的分期基本一致，其背后逻辑是将文学的发展变化与社会历史的转折同构对应。1962年华中师范学院中国语言文学系编著的《中国当代文学史稿》是较早的中国当代文学史教材，该书不言自明地将中华人民共和国的成立作为中国当代文学的起点，"在这部书里，我们试图对十一年来社会主义文学的伟大成就和丰富经验，作一个初步的论述"②。以新中国成立为中国当代文学界标的观点，在20世纪90年代以后的部分文学史书写中得到延续，杨匡汉等、张炯等和高玉主编的文学史是其中代表。在《共和国文学50年》中，杨匡汉等将当代文学的时间界定为"通常是指自1949年10月新中国成立以降并至今尚在延续的文学"③。张炯等在其主编的《中华文学通史》第8卷当代文学编中，也认为"中国当代文学是指一九四九年中华人民共和国成立以来的我国版图内各民族各地区的文学"④。高玉主编的《中国现当代文学史》一书也依然认为"1949年新中国的成立宣布了一个新的文学时代的到来"⑤。以政治转折作为文学转折的标志，虽然简单明了，但是其局限性也显而易见，那就是这种分期在忽略了文学发生、演变的自身规律

① 洪子诚：《中国当代文学史》，北京大学出版社，2007，第3~4页。
② 华中师范学院中国语言文学系编著《中国当代文学史稿》，科学出版社，1962，第3页。
③ 杨匡汉、孟繁华主编《共和国文学50年》，中国社会科学出版社，1999，第3页。
④ 张炯、邓绍基、樊骏主编《中华文学通史》第8卷当代文学编，华艺出版社，1997，第1页。
⑤ 高玉主编《中国现当代文学史》下，浙江大学出版社，2017，第1页。

的同时，也遮蔽了影响文学转折的更为复杂的文化力量和制度性因素。

其三，以第一次文代会的召开作为中国当代文学起始的节点。将此时间节点作为当代文学发生的标志，是目前为止大多数研究者和文学史编纂者普遍认同的观点。例如，林衍主编的《中华人民共和国文学史纲（1949—1984）》虽以"中华人民共和国文学史"命名，但是在当代文学的开端上却认为"追究新中国文学史的开端，不始于开国大典，而是在其前。中华全国文学艺术工作者第一次代表大会的召开（1949.7. 2–19），标志了中国文学进入一个崭新的历史新阶段"①。此外，《中国当代文学史教程》（陈思和主编）、《中国当代文学史新稿》（董健、丁帆、王彬彬主编）、《中国现代文学史 1917—2013》下册（朱栋霖、朱晓进、吴义勤主编）、《中国当代文学史教程》（田建民主编）等新时期之后的诸多当代文学史教材，也都采用这一时间节点作为中国当代文学的开端。正如《中国当代文学史新稿》所述，以第一次文代会作为中国当代文学起始的坐标，是基于"1949 年 7 月 2 日至 19 日，第一次文代会在北平正式召开。这次会议实际上奠定了中华人民共和国的文学体制，自此以后，整个国家的文学实践，都受制于这样的体制"②。

如上所述，在中国当代文学起始的时间上，虽然有"1942 年延安文艺座谈会说"和"1949 年中华人民共和国成立说"，这两种观点也均有其理据，但至今为止学界和大多数文学史依然坚持以第一次文代会作为中国当代文学的伟大开端，原因不仅在于在这次会议上第一次具体而明确地提出了中国当代文学指导思想和发展路向，规定了当代文学的性质和任务，而且在于其奠定了中国当代文学的制度基础、队伍构成和权力运作模式。因此，以第一次文代会作为中国当代文学发生的界标，在获得学界普遍认同的同时，也充分彰显了这次会议在整

---

① 林衍主编《中华人民共和国文学史纲（1949—1984）》，浙江师范大学中文系编印，1985，第 23 页。

② 董健、丁帆、王彬彬主编《中国当代文学史新稿》，北京师范大学出版社，2011，第 15 页。

个当代文学发展史中的特殊意义和价值。

二 中国当代文学的新方向

中华全国文学艺术工作者代表大会是在特殊背景下召开的一次具有重要意义的文学会议。首先，随着 1949 年 1 月北平的和平解放，全国各地的文艺工作者，相继抵达北平，在此背景下，将不同的文艺工作者凝聚和团结在一起，成为中国共产党重要的任务之一。其次，第一次文代会在新中国成立之前召开，带有明显的为新政权服务的目的性，具有重要意义，正因如此，从筹备到会议的召开都受到格外的重视。会议最早于 1949 年 2 月开始规划，① 至 7 月正式召开，经过了长达 5 个月的筹备，其间召开多次会议，对会议的人选、议程、方针等相关工作进行商讨和决策。

这次会议的重要性不仅体现在浓重庄严的仪式感，而且体现在其具体目标也相当明确。1949 年解放战争已经取得决定性胜利，随着北平的和平解放，大批文艺工作者奔赴北平，在此背景下，中共中央开始为新中国的成立做政治、经济、文化的准备。就文艺而言，需要整合国统区和解放区的文艺工作者，为未来新中国文化和社会发展服务。因为与解放区作家相比，来自国统区的作家构成较为复杂，有左翼作家，有民主主义作家，也有自由主义作家，等等，所以整合这些作家的要务就是要让他们了解并明确新中国文学艺术的"方向"。基于此，第一次文代会的重要目标与诉求，就是要明确未来新中国文学艺术的发展方向，确立并重建新的文学秩序。

---

① 筹备的标志性事件为 1949 年 2 月 15 日中共中央发布《关于召开文协筹备会的通知》。通知的主要任务就是指示华北文协（由晋察冀边区文联和晋冀鲁豫边区文联于 1948 年 8 月 8 日在石家庄市合并成立）与全国文协（该协会最初为 1938 年 3 月 27 日成立于武汉的中华全国文艺界抗敌协会，并于 1945 年 10 月 21 日改名为"中华全国文艺界协会"）联名发起会议，筹备新的全国文协大会。

新文艺方向的确立，在第一次文代会上主要借助会议讲话的明确宣示、代表的遴选与构成，以及文艺汇演的呈现等三种形式得以彰显。

新文艺方向最明确的提出，是借助会议讲话和报告的直接阐发。第一次文代会上的几个重要报告，都对这一文艺新方向进行了或直接或间接的阐释。周扬所做的关于解放区文艺运动的报告《新的人民的文艺》，从正面提出了新的人民的文艺要坚持毛泽东文艺思想并以此作为新中国文学艺术发展的方向和指针。在报告开篇部分，周扬就明确提出毛泽东文艺方向是新中国文学艺术发展的唯一正确的方向，认为"毛主席的'文艺座谈会讲话'规定了新中国的文艺的方向，解放区文艺工作者自觉地坚决地实践了这个方向，并以自己的全部经验证明了这个方向的完全正确，深信除此之外再没有第二个方向了，如果有，那就是错误的方向"①。随后，周扬强调正是由于毛泽东文艺思想的正确指导，解放区文艺才发生新变化，"新的主题，新的人物，新的语言、形式。新的主题、新的人物像潮水一般地涌进了各种各样的文艺创作中"②，"解放区文艺工作者学习了马列主义、毛泽东思想，参加了各种群众斗争和实际工作，并从斗争和工作中开始熟习了、体验了中国共产党、中国人民解放军与人民政府的各项政策，这就是解放区文艺所以获得健康成长的最根本的原因"③。由此，毛泽东文艺思想之于新中国文艺指导思想的地位，以及毛泽东文艺方向成为新中国文艺发展方向的功能，得到了正面具体的阐释。

茅盾代表国统区文艺界所做的报告《在反动派压迫下斗争和发展的革命文艺》，则从另外一个层面肯定毛泽东文艺方向的合法性与正

---

① 周扬：《新的人民的文艺》，中华全国文学艺术工作者代表大会宣传处编《中华全国文学艺术工作者代表大会纪念文集》，新华书店，1950，第70页。

② 周扬：《新的人民的文艺》，中华全国文学艺术工作者代表大会宣传处编《中华全国文学艺术工作者代表大会纪念文集》，新华书店，1950，第70页。

③ 周扬：《新的人民的文艺》，中华全国文学艺术工作者代表大会宣传处编《中华全国文学艺术工作者代表大会纪念文集》，新华书店，1950，第72页。

确性。茅盾在强调在种种不利条件下，我们打了胜仗的同时，总结了国统区文艺创作方面的各种倾向，并重点指出了其存在的缺点，认为国统区文艺存在"作品不能反映出当时社会中的主要矛盾与主要斗争""一些作家以人道主义的思想情绪来填塞他们的作品""作品也多少流露着感伤的情绪"① 等问题。国统区文艺之所以出现这些缺点，其中一个重要的原因就是"一九四三年公布的毛泽东的'文艺讲话'，本来也该是国统区的文艺理论思想上的指导原则"，"但是国统区的文艺界中，一般说来，对'文艺讲话'的深入研究是不够的，尤其缺乏根据'文艺讲话'中的精神进行具体的反省与检讨"②。而后来国统区文艺创作有所改观，也正是"因为有了毛泽东的'文艺讲话'，有了解放区的文艺运动的范例，国统区内的文艺思想也就渐渐地有了向前进行的正确的轨迹了"③。通过对国统区文艺创作的检讨，茅盾肯定了毛泽东文艺思想（"文艺讲话"）对新中国文学的指导性意义。

郭沫若的总报告《为建设新中国的人民文艺而奋斗》虽然着重强调的是三十年来文艺运动的性质和文艺界的统一战线的问题，但是在总结文艺经验时他也指出"由于在毛泽东思想的直接教育之下，由于许多文学艺术工作者的积极的学习和工作，从一九四二年延安文艺界座谈会以来，在理论上和实践上都解决了五四以来所未曾解决的问题，文学艺术开始作到真正和广大的人民群众结合，开始作到真正首先为工农兵服务，从内容到形式都起了极大的变化"④。这样的表述是对毛

---

① 茅盾：《在反动派压迫下斗争和发展的革命文艺》，中华全国文学艺术工作者代表大会宣传处编《中华全国文学艺术工作者代表大会纪念文集》，新华书店，1950，第 52～54 页。

② 茅盾：《在反动派压迫下斗争和发展的革命文艺》，中华全国文学艺术工作者代表大会宣传处编《中华全国文学艺术工作者代表大会纪念文集》，新华书店，1950，第 57～58 页。

③ 茅盾：《在反动派压迫下斗争和发展的革命文艺》，中华全国文学艺术工作者代表大会宣传处编《中华全国文学艺术工作者代表大会纪念文集》，新华书店，1950，第 58 页。

④ 郭沫若：《为建设新中国的人民文艺而奋斗》，中华全国文学艺术工作者代表大会宣传处编《中华全国文学艺术工作者代表大会纪念文集》，新华书店，1950，第 38 页。

泽东文艺思想在新中国文艺发展中指导地位的肯定。

这几个报告都反复强调了要将以《在延安文艺座谈会上的讲话》为代表的毛泽东文艺思想作为新中国文艺的指导方针，由此，将毛泽东文艺方向作为新中国文艺方向也就具有了合法性和正确性。

除了以讲话和报告的形式明确宣告外，第一次文代会还通过代表的遴选与构成、文艺汇演的呈现等方式暗示了新中国文学艺术的方向。我们先考察第一次文代会代表的遴选与构成同新文艺方向之间的内在关联。代表的遴选与资格审查，是第一次文代会召开的重要前提和工作，为此文代会筹委会专门设置了代表资格审查委员会，由冯乃超负责，并于3月24日的第一次筹委会会议上确定了会议代表产生办法，5月初将《大会代表资格与产生办法》文件公布于《文艺报》和《人民日报》。待到6月底正式代表产生时，我们可以看到来自老解放区的文艺工作者占有绝对优势，"决定邀请的代表共有七五三人；计老解放区代表四四五人"，"新解放区与待解放区代表三零八人"①。在这些代表中间，党员又成为中坚力量，有人在回忆第一次文代会时，提到周恩来在报告里曾论及"老国统区的不到300位，占2/5……党员与外面比例，党员有444人，这个比例太大了。新政治协会144人只有43人，毛主席说，要'心中有数'"②。

老解放区代表和党员人数的优势，并不是单纯数字上的占优，它还暗示了这些代表在此后作家等级序列中的位置，正如周扬后来承认的那样，"第一次、第二次文代会有这种情形，不仅分党内、党外，就是在党内还要区分老区、新区，老区的就正确，新区的就难得正确，这是人为的界限"③。而萧军、张爱玲、苏青、朱光潜、沈从文、周作人、废名、施蛰存、无名氏等这些重要作家并未受到邀请。

---

① 《文代大会开幕前夕 郭沫若先生发表谈话 说明大会的主要目的与任务》，《人民日报》1949年6月28日，第1版。

② 徐盈：《徐盈采访第一届全国文代会手记》（一），《档案与史学》2000年第1期。

③ 周扬：《在中国共产党第二次全国宣传工作会议上的发言》，《周扬文集》（第2卷），人民文学出版社，1985，第297页。

大会在议程的安排上，对解放区文艺给予了更多的重视，例如，15 个专题大会发言所涉及的内容，有 12 个是介绍解放区文艺发展经验的，只有 3 个介绍国统区文艺工作。此外，会议前后还出版了"中国人民文艺丛书"，主要包含《白毛女》《王秀鸾》《李国瑞》《刘胡兰》等解放区文艺作品五十八种，可谓对解放区文艺工作者及其作品的集中展示。会议代表的这种构成及其显示的作家等级序列，暗示了解放区文艺和党的文艺工作者的正统地位，也昭示了未来新中国文学的方向也要继续坚持毛泽东文艺思想主导的解放区文艺方向。

此外，文艺汇演与新文艺方向建构之间的关系也颇值得关注。此前的第一次文代会研究，往往忽略文艺汇演的特殊意义，王秀涛的《"新的人民的文艺"的示范——第一次文代会招待演出考论》提示我们，"此次文代会招待代表的演出并不是单纯为了娱乐，从剧团的邀请到剧目的排定，都着意于通过示范性的文艺活动，介绍、推广革命文艺经验，宣告新的人民文艺的未来走向"[1]。整个演出期间，除了组织 10 场电影放映外，从 6 月 30 日到 7 月 28 日先后演出了 40 余个剧目，这些剧目主要有《买卖公平》《上战场》《赵喜来庆功》《红旗歌》《女英雄刘胡兰》《南下列车》《王秀鸾》《夫妻识字》《王大娘赶集》《兄妹开荒》《霸王别姬》等。据统计，"参加演出的团队……十之七八是曾在老解放区工作过多年的。演出节目，无论在内容上和形式上表现了何等的多样性，十之八九是一九四二年发表了毛主席所提的为工农兵服务的文艺方针以后的作品"[2]。这样的剧团选择和剧目安排，无疑具有极强的示范性，它不仅向参加文代会的代表也向其他文艺工作者暗示，毛泽东文艺思想将成为未来新中国文学的指导思想，以为工农兵服务为宗旨的文艺作品将成为新中国文学的发展方向。

---

① 王秀涛：《"新的人民的文艺"的示范——第一次文代会招待演出考论》，《文艺研究》2018 年第 7 期。

② 刘念渠：《在这次大演出中学习》，《文艺报》1949 年第 9 期。

三 中国当代文学体制的形成

中国当代文学与此前文学相比既是一次文学范式的转换，也是一次文学体制的全面革新，作家队伍身份与生存方式、文学组织与机构、文学出版与传播、文艺领导与批评等层面均发生明显变化。其实，这一转换与革新，在第一次文代会期间就已经开始进行，换言之，第一次文代会在当代文学体制建构过程中也扮演了重要角色。接下来，本文拟从作家队伍构成、文学组织机构两个方面对这一问题进行简要论述。

作家身份及其在整个文学体系中的位置和存在方式是文学制度的重要体现之一。新中国文学范式的转型，也必然要求对作家队伍进行重构，以便让那些文学理念和创作方向与新文学范式相一致的作家在新的文学体制中发挥最大作用。相反，那些与新文学范式难以兼容的作家，自然地就会被边缘化。中国当代作家队伍的重构，在第一次文代会期间就已悄然进行。

1949 年 3 月确定了 42 位第一次文代会筹委会筹备委员，他们分别为郭沫若、茅盾、周扬、郑振铎、叶圣陶、田汉、曹靖华、欧阳予倩、柳亚子、俞平伯、徐悲鸿、丁玲、沙可夫、柯仲平、洪深、萧三、阳翰笙、冯乃超、阿英、吕骥、李伯钊、欧阳山、艾青、曹禺、马思聪、史东山、胡风、贺绿汀、程砚秋、叶浅予、赵树理、古元、袁牧之、于伶、荒煤、马彦祥、宋之的、刘白羽、盛家伦、夏衍、张庚、何其芳等，这些委员大部分来自解放区。再如，第一次文代会期间安排了专题发言，发言者分别是丁玲、张庚、袁牧之、吕骥、江丰、艾青、阳翰笙、李凌、叶浅予、戴爱莲、柯仲平、周文、刘芝明、沙可夫、张凌青。一方面这些发言者主要是来自解放区的文艺工作者，另一方面这些来自解放区的文艺工作者的发言主题基本都围绕介绍、肯定、推广解放区文艺经验展开。例如，丁玲在《从群众中来，到群众中去》的专题发言中针对国统区作家关于"工农化"的难题，强调"毛主席文艺座谈会讲话，规定了新中国的文艺方向，但要实现这个方向，必须由解放区所有文艺工作者下决心去执行，刻苦努力，坚持不懈。在现实生活中，在与广大群众生活中，在与群众一起战斗中，改造自己，洗刷一切过去属于个人的情绪，而富有群众的生活知识斗争知识，和集体精神的群众的感情，并且试图来表现那些已经体验到的东西"①。在发言中，丁玲提出"因为我们大批人是从旧的小资产阶级过来的，虽然以后的条件是更好了起来，有毛主席共产党的领导，有人民军队人民政府的帮助，有广大群众给我们的帮助……但还有很多旧社会的影响要时时来侵袭我们，我们自己的残余的、或者刚死去的旧意识旧情感都会有发展，有死灰复燃的可能，我们要时时警惕着，兢兢业业，坚持为人民服务的方向，为工农兵的方向"②。在会议期间接受采访时，丁玲依然以现身说法的方式表达了"要群众了解我们，就要和群众生活打成一片，就得下决心，经历长期的甚至是痛苦的磨炼，和自我斗争。和群众在一块你不要把自己当作一个旁观者，不是单纯来搜集写作材料，更不是来做客人的"③。采访期间，丁玲"越说越兴奋，那双充满智慧的眼睛闪着喜悦的光"，"因为自己思想上感情上起了变化，做了一番改造，丢掉了小资产阶级的情感，所以工作和生活得很愉快"④。

　　来自国统区的作家则表达了对解放区作家的倾慕。曹禺说："向解放区诚恳的敬意，他们的胸襟开朗，没有个人存在（即包袱）。正直，谦虚。在人民中作学生的人又成为人民的老师，我们要有此改造的经验。"⑤ 巴金说，"参加这个大会，我不是来发言的，我是来学习的"，

---

① 丁玲：《从群众中来，到群众中去》，中华全国文学艺术工作者代表大会宣传处编《中华全国文学艺术工作者代表大会纪念文集》，新华书店，1950，第 175 页。
② 丁玲：《从群众中来，到群众中去》，中华全国文学艺术工作者代表大会宣传处编《中华全国文学艺术工作者代表大会纪念文集》，新华书店，1950，第 180 页。
③ 傅冬：《丁玲访问记》，中华全国文学艺术工作者代表大会宣传处《中华全国文学艺术工作者代表大会纪念文集》，新华书店，1950，第 526 页。
④ 傅冬：《丁玲访问记》，中华全国文学艺术工作者代表大会宣传处《中华全国文学艺术工作者代表大会纪念文集》，新华书店，1950，第 527 页。
⑤ 徐盈：《徐盈采访第一届全国文代会手记》（二），《档案与史学》2000 年第 2 期。

"好些年来我一直是用笔写文章，我常常叹息我的作品软弱无力，我不断地诉苦说，我要放下我的笔"①。上述事实表明，在新文学体制之下，解放区文学越来越成为未来文学的主流。

第一次文代会在当代文学制度建设方面的另一贡献，就是文学组织机构的设定。文学组织机构尤其是"文联"和"作协"，在中国当代文学发展流变的历史进程中一直扮演着非常重要的角色，通过这些文学组织机构，国家将作家组织进新的文学体制之中，在思想上、艺术上对文学艺术工作者进行领导，也经由这些文学组织机构，中央的文学政策、文学意图才能够有效的传达和实施，同时这些文学组织机构还成为新中国文艺运动的指挥部。

在第一次文代会期间，周恩来和周扬等人在报告中均特别强调新中国文艺的组织问题。周恩来在报告最后一部分专门谈到了组织问题，认为"因为这次文代大会代表大家都感到要成立组织，也的确需要解决这个问题。不仅我们要成立一个中华全国文学艺术界的联合会，而且我们要像总工会的样子，下面要有各种产业工会，要分部门成立文学、戏剧、电影、音乐、美术、舞蹈等协会。因为只有这样，我们才便于进行工作，便于训练人材，便于推广，便于改造。这一点是大家所赞同的，现在就需要开始，因为我们不可能常开这样的大会。希望在会中或会后，就把各部门的组织成立"②。周扬的报告也较为充分地论述了文艺组织在新中国文艺中的独特功能和意义，"为有效地推进解放区文艺工作，除了思想领导之外，还必须加强对文艺工作的组织领导，适当地解决文艺工作者在他们的工作中所碰到的许多实际困难和问题。这次大会后将成立全国文学艺术界的统一机构，这对广泛团结全国各方面的文艺工作者共同致力于新中国文艺的建设事业，将起重

---

① 巴金：《我是来学习的》，中华全国文学艺术工作者代表大会宣传处编《中华全国文学艺术工作者代表大会纪念文集》，新华书店，1950，第392页。

② 周恩来：《在中华全国文学艺术工作者代表大会上的政治报告》，中华全国文学艺术工作者代表大会宣传处编《中华全国文学艺术工作者代表大会纪念文集》，新华书店，1950，第32页。

大的作用。我们相信，这次大会以后，新中国的人民的文艺必将有更大的开展，在中国文学史上将放出万丈光芒来"①。在这样的历史语境下，新文学机构的创制在第一次文代会前后就格外受到重视。

1949 年 2 月 25 日中共中央致电周扬等人，决定筹备新的全国文协大会，并于 5 月 4 日正式成立中华全国文学艺术工作者协会。7 月 19 日，中华全国文学艺术界联合会（1953 年第二次文代会上更名为"中国文学艺术界联合会"，后简称"文联"）正式成立，成为新中国文艺的重要组织领导机构。7 月 23 日中国文联全国委员会召开第一次会议，推选郭沫若为主席，茅盾、周扬为副主席。此后，"文联"下属单位也相继成立，它们分别是中华全国文学工作者协会（1953 年第二次文代会上更名为"中国作家协会"，后简称"作协"）、中国戏剧家协会、中国音乐家协会、中国美术家协会、中国电影家协会、中国曲艺家协会等。其中，主管文学的"作协"在这些下属机构中角色最为重要，后被定为正部级单位，由茅盾任首届主席，周扬、丁玲、巴金、柯仲平、老舍、冯雪峰、邵荃麟等任副主席。通过"文联"和"作协"，中央将作家组织起来，"效仿苏联的模式，向知识分子支付工资，并为他们的生活和工作条件承担责任。各类专业人员、各种学科，都被组织到各个由党控制的协会里。例如从事创作的艺术家都被编入中国文学艺术界联合会。在这个联合会内，各个学科又有自己的组织。如中国作家协会、中国戏剧家协会、中国音乐家协会等。中国作家协会在各省和在城市都有分会；分会的主席和文学刊物的编委班子，由设在北京的总会任命"②。

"文联"和"作协"等文学组织机构的创建，使得作家及其创作被纳入组织中，这是此前中国作家尤其是国统区作家未曾经历过的身份

---

① 周扬：《新的人民的文艺》，中华全国文学艺术工作者代表大会宣传处编《中华全国文学艺术工作者代表大会纪念文集》，新华书店，1950，第 96 ~ 97 页。

② 〔美〕费正清、〔美〕罗德里克·麦克法夸尔主编《剑桥中华人民共和国史（1949—1965）》，王建朗等译，上海人民出版社，1990，第 235 页。

属性和存在方式。随着新中国文学运动的深入，这些文学组织机构发挥着日益重要的作用，其在成立之初就让一些作家体认到它是有别于以往的文学制度的。

第一次文代会文学组织机构的设定使得新中国文学能够有效地将作家队伍组织起来，最大限度地发挥他们为社会主义政治、经济和文化服务的作用，对新中国文学艺术的"一体化"发展影响深远。

论《李自成》思想主题的话语多元性特征[*]

刘起林[**]

摘　要：《李自成》的"农民战争"主题说仅仅建立在解读第一、二卷审美意涵的基础上，并不能有效地阐释全书大量存在的背离"农民战争"意义框架的现象。作家姚雪垠实际上有谱写"农民战争史诗"和建构"社会百科全书"两种创作意图。由此在单元式情节结构中所形成的文本意义建构，呈现"农民战争""王朝兴替""乱世悲歌"三种审美意涵并驾齐驱的状态，作品的"总主题"随之转化成了对明清易代悲剧进行全方位的战争文化解读。《李自成》思想主题的话语多元性特征，乃是当代革命文化、传统史官文化和现代人文文化有机融合的艺术结晶。

关键词：《李自成》　"农民战争"主题说　单元式情节结构　话语多元性

一　"农民战争"主题说的无效阐释特征

姚雪垠的长篇历史小说《李自成》一向被视为当代历史文学里程碑式的作品，这部小说赢得声誉的"金字招牌"和遭遇冷落的外在"标签"，皆在于"歌颂农民起义军"这一对作品思想主题的判断。

---

* 　基金项目：河北大学燕赵文化高等研究院 2020 年重点项目"社会史视野下的晋察冀抗战小说研究"（2020D12）。

** 作者简介：刘起林，河北大学文学院，教授，主要研究领域中国当代小说与文学思潮。

　　《李自成》第一卷 1963 年出版，第二卷 1976 年出版，1977 年又出版了第一卷的修订版。因为第一卷"有一个相对独立的主题，即革命运动的领袖人物在遭到严重挫折后应该抱什么态度"①，毛泽东、邓小平对这部作品给予过重视和关照，社会各界就形成了一种《李自成》"歌颂农民起义军"的基本印象。古平"波澜壮阔的农民革命战争历史画卷"②、严家炎"气壮山河的农民革命战争的史诗"③ 的论断，也在 20 世纪 70 年代末到 80 年代前期产生了广泛影响。1981 年第三卷出版，1982 年第二卷获得首届"茅盾文学奖"，将《李自成》的文学声誉推向了更高的平台。同时期又出现了农民起义题材小说热，在《陈胜》《星星草》《风萧萧》《九月菊》《天京之变》等众多作品中，《李自成》属于卓绝之作，"农民起义叙事""农民革命主题"的定位就变得更加稳固。

　　从 1982 年开始，"北京有一些毫无根据的谣言，……关于李自成现代化了，太高了等等"④。刘再复在与姚雪垠进行文学观念论争的过程中，则将《李自成》与"样板戏"、《金光大道》联系起来，批评其属于"表现高大完美的农民英雄"⑤ 之作。20 世纪 90 年代后时移世易，《李自成》进入了备受冷落的文学声誉衰落期。1999 年全书五卷完整出版，并获得了第 8 届中宣部"五个一工程"奖、第 12 届中国图书奖、"向建国 50 周年献礼 10 部长篇小说"等荣誉。2000 年"姚雪垠书系"由中国青年出版社出版，2003 年"姚雪垠长篇历史小说奖"设立，2010 年又举行了"纪念姚雪垠百年诞辰"系列学术活动，至此，学术界才以"纪念""学院派研讨"的性质，逐渐展开了对《李自成》的重新探讨。

---

① 《姚雪垠文集》第 18 卷，人民文学出版社，2011，第 53 页。
② 古平：《波澜壮阔的农民革命战争历史画卷——读历史小说〈李自成〉一、二卷》，《武汉师院》1977 年第 Z1 期。
③ 严家炎：《〈李自成〉初探》，《北京大学学报》（哲学社会科学版）1978 年第 3 期。
④ 《姚雪垠文集》第 19 卷，人民文学出版社，2011，第 88 页。
⑤ 刘再复：《论中国文学》，作家出版社，1988，第 286 页。

但是，"农民战争"主题说仅仅建立在解读《李自成》第一、二卷审美意蕴的基础上，并不是针对全书五卷的总体学术判断。

《李自成》第一卷52.4万字，第二卷87.7万字，共计140.1万字。学术界正是根据这两卷的情节内容，作出了"农民战争"主题的基本判断。但《李自成》第三卷1981年才出版，上中下三册共计102.2万字。第四、五卷延迟到1999年才随全书完整出版而首次面世，后来还作了增补。笔者按收入内容最全的中国青年出版社2013年版《李自成》统计，第四卷61.3万字，第五卷45.9万字，共计107.2万字。也就是说，在《李自成》全书349.5万字中，研究者仅仅是根据前两卷共计140.1万字的内容来确立"农民战争"主题说的。小说的后三卷中，当时有102.2万字根本没出版，还有107.2万字的内容作者压根就没有写出来，这后三卷的创作和出版时间又延续了近20年。所以，以前两卷为基础的判断相对于全书来说不过是一种学术预估，结论的可靠性其实是大可怀疑的。

《李自成》从第一卷到第五卷的文本意义建构中，确实大量存在着背离"农民战争"主题框架的现象。

在情节内容展开方面，《李自成》全书以揭示明王朝形势的"北京在戒严中"开篇，就显出并未以"正面主人公"李自成起义军为全书确立基调和框架的特征。第二卷出版后，不够"紧贴"农民起义军成了"有一定代表性的看法"。第三卷出版后，关于情节内容"难免有若干可以精简而还未能割爱"[1] 的说法，从"农民战争"主题角度"读来颇嫌沉闷拖沓，结构上也显得臃肿枝蔓"[2] 的阅读感受，成为普遍流行的观点。从"农民战争"本位的角度看第四、五卷，"走题"现象更为严重。以明王朝为中心的"梦江南"和"北京！北京！"两个8万多

---

① 夏衍：《给姚雪垠同志》，本社编《关于长篇历史小说〈李自成〉》，上海文艺出版社，1979，第21页。
② 吴秀明：《三百万言写史诗——读〈李自成〉前三卷》，《文艺报》1983年第1期。

字的情节单元，在 2011 年出版《姚雪垠文集》时首次编辑定稿，更加助推了《李自成》的"走题"特征。

在人物形象塑造方面，按照"农民战争"主题说的艺术构想，《李自成》应该以李自成为中心、以农民革命立场为本位。但学术界公认崇祯形象塑造得比李自成更生动、更丰满、更深入。历史人物形象的丰满与深入是不可能在写作过程中凭灵感爆发而偶然形成的，需要作家从历史知识到艺术创造都下大功夫才有可能实现。所以，李自成与崇祯两个人物形象成功度的差异，至少可以说明姚雪垠在创作过程中的用功更深处之所在。关键之处还在于，姚雪垠对大力塑造崇祯形象是具有高度审美自觉性的，他"希望开辟一个新领域"①，"反映出封建社会另外一个方面，而且是一个相当丰富的方面"②。而且，他明知"今天是没有一个人会同情崇祯的"③，却在作品中对这个农民起义军的敌人充满同情之心，将其与李自成相提并论，表示"在《李自成》这部历史大悲剧中有两大悲剧主角：一是李自成，一是崇祯皇帝"④。这显然是与农民革命的思想立场背道而驰的。

在《李自成》的创作过程中还存在一件足以影响全书整体意义建构的巨大变化。《李自成》虽然在 1999 年出版了全书，但对照姚雪垠1974 年编写好的《〈李自成〉内容概要》即可发现，出版本的第四、五卷实际上是创作计划中第五卷的拆分，原计划《李自成》的第四卷并未完成。这未完成的整整一卷主要包括以下内容：李自成攻入襄阳，杀了罗汝才，建立"新顺"政权；李自成在潼关内外大败孙传庭督师的明朝军队；李自成进入西安建立中央政权，定国号为"大顺"；李自成回米脂祭祖。⑤ 这些情节内容均属李自成起义军的范畴，

---

① 《姚雪垠文集》第 18 卷，人民文学出版社，2011，第 135 页。
② 《姚雪垠文集》第 18 卷，人民文学出版社，2011，第 134 页。
③ 《姚雪垠文集》第 18 卷，人民文学出版社，2011，第 136 页。
④ 《姚雪垠文集》第 18 卷，人民文学出版社，2011，第 211 页。
⑤ 《姚雪垠文集》第 8 卷，人民文学出版社，2011，第 1 页。相关情节内容概括，以《李自成》第五卷开头的注释为依据。

实际上却未曾完成，结果在客观上大大削弱了作品中"农民战争"话语的审美意蕴。

在姚雪垠创作《李自成》的审美意图中，也始终存在谱写"农民战争史诗"和建构"社会百科全书"两个艺术目标，而且"社会百科全书"实为更全面、更根本的目标。

在1974年8月完成的8万字《〈李自成〉内容概要》中，姚雪垠就表示，"这部估计三百万字以上的历史长篇小说中包含一些副主题，但上述一大问题是一个中心问题，是总的主题思想所在"[①]，将《李自成》阐述为"中心问题"和"一些副主题"并存的意蕴建构。他又在1977年4月12日制定的《今后三年半工作规划和说明》中表示，"倘若《李自成》只是追求写出来曲折动人的农民战争故事，再继续写一百七十万字不算困难"，但"从动手写第一卷之初，我就决定要在这部规模庞大的长篇小说中用语言艺术的手段再现三百多年前的历史生活"[②]，将"农民战争故事"和"历史生活"作了明确的区分。在1977年6月16日致茅盾的私人通信中，姚雪垠则将一个"只同极少数朋友流露过"的最初写作意图表达出来："我写此书，原想写出明、清之际各个阶级、阶层的相互关系，动态，通过再现历史的广阔生活场景和各种代表人物描绘出复杂多彩的历史画卷。"[③] 也就是说，他的根本创作意图实为描绘"明、清之际……复杂多彩的历史画卷"的全局，李自成只是"各种代表人物"之一，李自成军队的活动也只是"各个阶级、阶层的相互关系，动态"的重要组成部分。

在"农民战争"主题说成为主流评价，《李自成》因此获得盛誉之际，姚雪垠仍然坚持着"百科全书"的审美意图表达。他在1977年接

---

① 《姚雪垠文集》第20卷，人民文学出版社，2011，第2页。
② 《姚雪垠文集》第16卷，人民文学出版社，2011，第303页。
③ 《茅盾　姚雪垠谈艺书简》，人民文学出版社，2006，第109页。

受国内学者访谈时强调,《李自成》是"企图通过明末农民大起义这条主线,写出一个历史时代的风貌,反映当时各个阶级、各个阶层、各种不同地位和不同行业的人们的社会生活,使之成为中国封建社会后期的'百科全书'"①;1984年2月13日,在给美国芝加哥大学教授艾恺(Guy Alitto)的信中还是重申,"我写《李自成》,实想通过小说艺术,忠实、广博而又深刻地展现中国十七世纪中叶——明、清之际的政治动态、军事活动、社会风貌,从朝堂到战场,从宫廷到民间,从北京到农村,从辽东到江南……各方面的生活画面",并表示"学术界读者和《李自成》研究者称这部小说为中国封建社会后期的'历史百科全书',也有一定的道理"②。

关于为什么要将"农民大起义"作为情节主线,姚雪垠的思考也是从总览明清历史演变的全局出发的,因为"农民大起义"是"小说要表现的客观历史运动的主要矛盾,一个时代的根本问题"③。他还曾为"书名问题"而苦恼,"我对开始写的这部小说暂定名为《李自成》,实际我自己并不惬意"④,所以他考虑过"皇帝与农民""明末英雄谱"等书名,"我终于决定用《李自成》作为书名,仅仅是由于它比较简单,声音响亮。至于小说的丰富内容则非书名《李自成》三个字可以概括"⑤。至于为什么对"社会百科全书"的创作追求秘而不宣,姚雪垠也有过公开的解释:"创作第一卷时,我就有这个追求,但当时不敢讲,怕别人会说是吹牛,也怕自己写不出来。"⑥ 甚至对《李自成》为什么越写越长,姚雪垠也有过从

---

① 姚雪垠:《谈〈李自成〉的若干创作思想——与武汉师范学院王毅等人谈话录》,《文艺理论研究》1984年第1~2期。该文是姚雪垠1977年3月接受访谈,1983年12月30日写作"题记",然后交给《文艺理论研究》发表的。

② 《姚雪垠文集》第19卷,人民文学出版社,2011,第159页。

③ 《姚雪垠文集》第18卷,人民文学出版社,2011,第50页。

④ 《姚雪垠文集》第16卷,人民文学出版社,2011,第133页。

⑤ 《姚雪垠文集》第16卷,人民文学出版社,2011,第133页。

⑥ 姚雪垠:《谈〈李自成〉的若干创作思想——与武汉师范学院王毅等人谈话录》,《文艺理论研究》1984年第1~2期。

"百科全书"出发的解释:"之所以扩大了全书规模,是因为……写作意图又决定'百科全书'式地反映历史画卷,所以全书规模不得不相应扩大。"①

总之,在姚雪垠的艺术构想中,"农民大起义"确实是情节主线,但成为"中国封建社会后期的'历史百科全书'"才是《李自成》的整体布局和最终目标。学术界的"农民战争"主题说明显存在忽视作家根本创作意图的倾向。

在"农民战争"主题说成为社会流行看法时,不少"重量级"文化名人已经感受到,而且更看重《李自成》"社会百科全书"性质的审美意蕴。

茅盾在 1974 年给姚雪垠的信中就指出,"来函谓全书有五卷之多,逾百万言,想见笔锋所及,将不仅为闯王作传,抑且为明、清之际社会变革绘一长卷,作一总结"②,很明显地将《李自成》的创作追求分成了两个方面。秦牧读完《李自成》第一、二卷后也认为,"这部长篇小说的价值,不仅在于为历史上伟大的农民英雄树立丰碑,而且也在于揭示了封建社会的面貌,提供了历史上阶级斗争的经验"③,"具有批判地反映封建社会的百科全书雏型的性质"④。《李自成》第二卷出版后,情节内容不再"紧贴"农民起义军,"有些读者习惯于看单线发展的长篇小说"⑤,因而产生不满,"第二卷不及第一卷"成为"有一定的代表性"⑥ 的意见。茅盾认为"真怪",并希望发表他与姚雪垠的通信来"破此重偏见"⑦。李尔重直接表示,(第二卷)"写的更好,比第

① 《姚雪垠文集》第 16 卷,人民文学出版社,2011,第 155 页。

② 《茅盾 姚雪垠谈艺书简》,人民文学出版社,2006,第 4 页。

③ 秦牧:《给姚雪垠同志》,本社编《关于长篇历史小说〈李自成〉》,上海文艺出版社,1979,第 32 页。

④ 秦牧:《给姚雪垠同志》,本社编《关于长篇历史小说〈李自成〉》,上海文艺出版社,1979,第 34 页。

⑤ 《茅盾 姚雪垠谈艺书简》,人民文学出版社,2006,第 110 页。

⑥ 《茅盾 姚雪垠谈艺书简》,人民文学出版社,2006,第 109 页。

⑦ 《茅盾 姚雪垠谈艺书简》,人民文学出版社,2006,第 113 页。

一卷更有吸引力"①。胡绳同样更认可第二卷,"我对这第二卷读后的满意程度大大超过第一卷",因为作者"并不只是单纯地反映明末农民起义这一历史事件的过程,而是以这支农民起义军为中心写出一部封建社会的'百科全书'";他还热情鼓励姚雪垠,"我希望你放开手来写出封建社会的各个场景,深入地写出各个阶级、阶层的人物来"②。由此可见,这些文化名人都发现了《李自成》存在"为闯王作传"和"写出一部封建社会的'百科全书'"的双重创作目标,并且都对作品"百科全书"性质的审美追求"满意程度大大超过"了"为闯王作传"的追求。

综观《李自成》的创作和接受史,"农民战争"主题说并不能有效地解释文本内外的许多客观事实。

二 《李自成》的单元式情节结构和全书总体布局

实际上,随着《李自成》第三、四、五卷的出版,学术界"农民革命与农民战争颂歌"的看法已逐渐有所改变。严家炎、胡德培在第三卷出版后认识到,《李自成》的"主题思想异常丰富复杂,远不是'歌颂李自成起义'所能概括的",作品所展开的应该是一部"反映明末农民战争和民族战争的悲剧性史诗"③。董之林根据《李自成》全书五卷"表现明末总体政治格局"的特征,更进一步提出:"由于明、清王朝在小说描写中所占的分量,特别对各方高层人物的着意刻画,使这部看似表现农民革命的'水浒传',毋宁是一部描写明末历史的'三国演义'。"④ 这些论断都具有从根本上重新认识《李自成》意蕴格局

---

① 李尔重:《给姚雪垠同志》,本社编《关于长篇历史小说〈李自成〉》,上海文艺出版社,1979,第39页。
② 胡绳:《给姚雪垠同志》,本社编《关于长篇历史小说〈李自成〉》,上海文艺出版社,1979,第28页。
③ 严家炎、胡德培:《气壮山河的历史大悲剧——〈李自成〉一、二、三卷艺术管窥之一》,《辽宁大学学报》(哲学社会科学版)1984年第2期。
④ 董之林:《观念与小说——关于姚雪垠的五卷本〈李自成〉》,《文学评论》2008年第2期。

的意义。

但深层次的问题仍然存在。因为在《李自成》审美建构的最后结果中，不仅大量存在着不属于"农民革命"的情节内容，还有许多浓墨重彩的"臃肿枝蔓"之处甚至也不在"三国演义"的范畴。那么，这种状况究竟将导致作品整体格局和意义系统产生怎样的改变？显然需要一种既从作品全局出发又以条分缕析为基础的考察和判断。

作为头绪繁复的"长河小说"，姚雪垠"为着避免结构琐碎和头绪不清，在开始动笔前决定采取分单元集中描写的方法"①。并大致按以下路径展开：第一，"几章（最多的有十几章）为一个单元"②，将思想内涵相近的历史生活集中在同一个情节单元叙述；第二，每一卷之内"先确定一条中轴线，然后各种建筑群围绕中轴线星罗棋布，疏密得体，而每一个建筑群中又自成一个完整的布局"③；第三，各情节单元的关系是"单元独立，前后呼应"④，"单元与单元轻重搭配，努力追求笔墨变化，色彩丰富"⑤；第四，全书总体布局是"第一卷单线条发展，第二卷开始展开，第三卷继续展开，而到第四卷停止向广阔展开，到第五卷逐步收缩"⑥。由此看来，对于《李自成》全书总体布局的理解应从具体梳理情节单元开始。

《李自成》第一卷有 11 个情节单元。"潼关南原大战""义送摇旗""谷城会晤""崤函疑兵""商洛潜伏""从北京到商洛""张献忠谷城起义""夫妻会师"等 8 个情节单元，着重表现李自成在失败中卧薪尝胆、坚韧不拔的英雄气概和促成各路农民军共同重举义旗的过程，以李自成起义军为主体的叙事特征相当鲜明。但以"北京在戒严中"开篇，而以"北京的忧郁"收束，情节布局体现的是将李自成起义置

---

① 《姚雪垠文集》第 18 卷，人民文学出版社，2011，第 51 页。
② 《姚雪垠文集》第 18 卷，人民文学出版社，2011，第 51 页。
③ 《姚雪垠文集》第 18 卷，人民文学出版社，2011，第 50 页。
④ 《姚雪垠文集》第 18 卷，人民文学出版社，2011，第 97 页。
⑤ 《姚雪垠文集》第 18 卷，人民文学出版社，2011，第 51 页。
⑥ 《茅盾 姚雪垠谈艺书简》，人民文学出版社，2006，第 109～110 页。

于明王朝衰变危局中来考察。"卢象升之死"描述明朝"主战派"将领独撑危局、抗击清军的故事，也超越了"农民战争"的主题。所以，第一卷表面看来"单线条发展"，审美重心鲜明，呈现起义军和明王朝两大阵营"对垒"的格局，实际上已存在两方面难以相互融合与涵盖的意义建构特征。

《李自成》第二卷共 10 个情节单元。"商洛壮歌""从商洛到鄂西""李自成星驰入豫""伏牛冬日""河洛风云"5 个情节单元，描述李自成起义军苦心经营而迅速壮大的历史图景；"汴梁秋色""李岩起义"两个情节单元，着重表现李岩的"投闯"经历和富于远见的方略、功成归隐的心愿；"张献忠与左良玉"展示其他起义军的斗争情景，丰富和映衬了李自成起义军的发展。"紫禁城内外"着重表现明王朝群臣"舍命不舍财"的丑态和崇祯皇帝计穷力竭、左支右绌的窘况；"杨嗣昌出京督师"与第一卷的"卢象升之死"相辅相成，体现出明王朝"内乱"与"外患"均陷入绝境、衰亡无可挽回的趋势。总之，第二卷也一主一次地围绕起义军和明王朝两个叙事重心展开，但相对于第一卷视野更为开阔而层次丰富。

从第一、二卷的情节单元布局看，将《李自成》的思想主题定位为"农民战争"倒也不无道理。但"分庭抗礼"的情节单元大量存在，也是显而易见的事实。《李自成》第三、四、五卷的情节单元布局，则远非"农民战争"主题说所能概括与涵盖的。

第三卷有 14 个情节单元。农民军方面，出现了"高夫人东征小记""三雄聚会""横扫宛叶""再攻开封""朱仙镇"5 个内容较少的情节单元。明王朝方面，"燕山楚水"描述杨嗣昌无法指挥骄兵悍将，最后在同农民军的作战中兵败身亡；"洪承畴出关""辽海崩溃""燕辽纪事"正面书写燕辽战事，细腻地描述了洪承畴从抗清到降清的人格演变。在两大政治军事集团的活动之外，作者又以"慧梅出嫁""袁时中叛变""慧梅之死""洪水滔滔"4 个情节单元，书写了起义军英雄战士和开封城无辜百姓的悲剧命运。这几个情节单元都篇幅巨大，仅"洪水滔滔"就多达 13 章，甚至第三卷下册就以"洪水滔滔"命名。于是，这一卷就展现出足以相互抗衡的两个意义建构重心：一是农民军与明王朝、明王朝与清王朝斗争的重大历史事件，二是农民军战士和无辜百姓的个体悲剧命运。而且，从第一卷的卢象升到第二、三卷的杨嗣昌再到第三卷的洪承畴，实际上还形成了一个对明王朝重臣的个体命运与人格进行独立描写的人物形象系列。

在第四、五卷的出版本中，《李自成》的情节线索和意义重心并未"收束"，反而得到了更丰富的展开。农民军方面，第四卷的"甲申初春""李自成在武英殿""决计东征"叙述了李自成陶醉于夺取江山的喜悦，却对即将来临的危机懵懂无知又心存侥幸的情形；第五卷的"兵败山海关""巨星陨落""尾声"描述了李自成起义军盛极而衰，一败千里直至"巨星陨落"的过程，"悲风为我从天来"着重描述了李自成的心态变化和李岩的被冤杀、窦美仪的被遗弃。明王朝方面，第四卷原有"崇祯皇帝之死"情节单元，2011 年版本又增补了"梦江南"和"北京！北京！"两个情节单元，详尽地探讨了崇祯避免"身死国灭"的可能性和实际上"国君死社稷"的悲剧命运；众宫女的命运也得到了令人触目惊心的艺术聚焦。清王朝方面，第四卷的"招降失败"梳理吴三桂入关"勤王"和拒绝李自成招降的内在真相；第五卷中"多尔衮时代的开始"解读了清王朝崛起和取胜的原因，"太子案始末"则展现了明王朝人心未尽和清王朝入主中原后隐患重重的王朝更替图景。总体布局呈现多线索、多头绪、多层次的叙事特征。

梳理全书的情节布局我们可以发现，虽然第四卷并未完成，但《李自成》的意义逻辑总体上已经内在贯通、相对完整。

一方面，这种情节布局中具有"农民战争"的审美意蕴是毋庸置疑的。作品的第一、二卷从"潼关南原大战"的两军对垒，到"谷城会晤"的合作抗敌，从"商洛壮歌"对地主宋文富形象的塑造，到"李自成星驰入豫"对农民起义风起云涌、李自成踌躇满志的讴歌，都具有明显的颂歌色彩；第四、五卷重在揭示李自成政治眼光、战略预见和开国能力的欠缺，也剖析了他那农民式的狭隘短视和患得患失、疑神疑鬼心理，全书总体上体现出从热情洋溢的颂歌形态向深层次审视的史诗境界的嬗变与位移。在第四、五卷中，姚雪垠反复强调李自成军队进北京声势虽盛，实际上人数较少、实力较弱，力图从力量对比出发揭示大明、大顺、大清之间成败的因由；同时淡化刘宗敏在北京拷虐勋旧、丧失人心的史实，排除吴三桂"借兵"清军与陈圆圆之间个人恩怨性质的关系，显示出对农民起义军观大势而护私德的审美倾向。按作者的解释是，"一个农民运动或其他各种革命运动的失败，领袖品质是一个问题，但不是最后决定的因素，起决定因素的是敌我力量的对比以及他们的战略、策略是不是符合当时客观形势的需要"[1]。这种区分大势与私德的叙事策略，明显地起到了曲意体谅和维护李自成起义军形象的作用，体现出姚雪垠对农民起义军的特殊亲近心理，也鲜明地表现出对当代政治文化中"农民革命史观"的审美认同立场。

另一方面，《李自成》又明显表现出农民起义军、明王朝、清王朝三足鼎立的内容格局；被乱世环境、历史洪流所裹挟的各类生命个体的命运悲剧，也构成了具有审美独立性的意义支撑点。农民起义军的叙事主体和意义中心地位因此被严重地动摇。《李自成》相应地呈现具有审美话语多元性特征的意蕴格局，除了"农民战争"的思想意蕴之外，还存在着"王朝兴替"和"乱世悲歌"的审美意蕴。

三　《李自成》的"王朝兴替""乱世悲歌" 话语

我们重点对《李自成》的"王朝兴替"和"乱世悲歌"话语加以梳理和阐释。

《李自成》的"王朝兴替"审美意蕴也具有鲜明的情节贯穿性和意

---

① 《姚雪垠文集》第 17 卷，人民文学出版社，2011，第 374 页。

义独立性。小说的第一卷中，姚雪垠"决定从写满洲兵进入北京郊区，北京戒严，作为全书的开始，而以潼关南原大战作为李自成故事的开始"①；"这和第五卷结尾，清兵进关，占领江南江北广大农村是前后呼应，首尾相照的"②，全书由此建构起了一种明、清之间改朝换代的文本结构视野。虽然第一、二卷以李自成起义军和明王朝的对抗为叙事主体，第四、五卷却大大超越明王朝遭受农民起义军冲击的历史叙事框架，转换到了对明清之际历史剧变全局的展现。即使是描述李自成军队与清军的山海关大战，体现的也是清军对大顺朝的毁灭性打击，战争性质转变成了王朝政权之争，而非农民起义军另外一种形式的革命斗争。全书"尾声"描述高夫人将抗清斗争直接归到明朝旗帜之下，更体现出是与"北京在戒严中"，而不是与"潼关南原大战"相呼应的艺术思路。而且在姚雪垠看来，大明、大顺、大清之间的政权更替，因为"大顺政权还没有形成一个朝代，所以从历史的表面看就反映为'明清易代'的历史突变"③，那么他所描述的这场"王朝兴替"从根本上看应属"明亡清兴"的范畴，"大顺"政权只是其中的一个转换路径和过渡阶段。

在这个叙事过程中，《李自成》对崇祯满怀同情之心，对清军充满赞赏之情，对李自成起义军反而流露出明显的惋惜、批判之态，"从来不以简单的阶级标准划线"④。从"崇祯皇帝之死"对"崇祯非亡国之君"的慨叹，到"太子案始末"对明朝灭亡后民众心有留恋的表现，再到氤氲于文本审美境界的"亡国、亡天下"的悲剧氛围，都体现出以明王朝衰亡命运为本位的审美倾向。"梦江南"和"北京！北京！"对崇祯迁都江南和守卫北京的不同方案进行论辩式描述，则使作品从单纯展现历史进程深化到了探索王朝兴衰历史可能性的境界。"多尔衮

---

① 《姚雪垠文集》第 16 卷，人民文学出版社，2011，第 134 页。
② 《姚雪垠文集》第 18 卷，人民文学出版社，2011，第 135 页。
③ 《姚雪垠文集》第 18 卷，人民文学出版社，2011，第 238 页。
④ 《姚雪垠文集》第 17 卷，人民文学出版社，2011，第 489 页。

时代的开始""兵败山海关"着力刻画清朝上下的朝气、力量、勃勃野心和总览全局的精明与谨慎，与"李自成在武英殿""招降失败""决计东征"等情节单元对李自成得意忘形而手忙脚乱、顾此失彼的描述形成鲜明的对比，更将前者摆脱"狄夷之邦"格局、入主中原的必然性和后者必定难成气候的"流寇"气象，鲜明有力地展现出来。于是，《李自成》就突破革命文化话语的"敌我"界限和思想界域，进入了传统史官文化话语审视王朝兴衰、统治得失的意义范畴。

在《李自成》的审美建构中，还明显存在着一种"乱世悲歌"的审美意蕴。

中国历史上的所谓"乱世"，既是王朝政权争夺的历史时代，更源于其作为人间生存灾难的特性。从三国时期诸葛亮《出师表》的"苟全性命于乱世"，到明代屠隆《彩毫记·难中相会》的"宁为太平犬，莫作离乱人"，无不鲜明地体现出乱世人命如草芥的特征。在审美的层面，则往往如《礼记·乐记》所云："乱世之音怨以怒，其政乖；亡国之音哀以思，其民困。"《李自成》所展现的历史时代兼具"乱世"和"末世"的特征，姚雪垠正是以"怨以怒""哀以思"的审美态度，揭示了由此导致的种种社会灾难和个体人生悲剧。

其一，《李自成》以开封围困战中张秀才一家的悲惨命运为中心，沉痛地揭露了战乱带给无辜百姓的灭顶之灾。第三卷的"洪水滔滔"情节单元以巨大的篇幅展现了这种灾难。虽然作者将水淹开封的不仁举动归为官军的阴谋，还描述了农民军一度有过弃攻开封以保全百姓性命的打算，但不管战争的性质和各方的意图如何，从城中断粮出现人吃人的景象，到滔滔洪水中城里城外死者不计其数的事实，都表明了战争带给平民百姓的深重灾难。身陷这种战乱困局中，张秀才"百无一用是书生"，不仅本人的科举之梦破灭，全家老少都或早或迟、不同形式地丧失了性命。姚雪垠这种对弱势群体在战乱环境中连基本生存权利都被彻底剥夺的描述，有力地拓展和深化了作品对战争动乱、王朝兴替的人文认知。

其二，《李自成》以慧梅的形象和命运为中心，深刻揭示了在农民起义军内部个体生命的理想和价值难以真正实现的人生悲剧。姚雪垠"从《李自成》第一卷到第二卷用了许多有声有色的故事情节塑造女将慧梅"①，用意深远地铺展她与张鼐革命加恋爱、政治与情感完美结合的理想人生之路。胡绳阅读后甚至滋生出"高夫人身边的女兵写成了小资产阶级女性"②的审美感受，精准地领悟到其中隐含的"五四"文化"个性解放"话语的思想意味。小说的第三卷却以"慧梅出嫁""袁时中叛变""慧梅之死"3 个情节单元，详尽地描述了李自成等为笼络袁时中队伍而牺牲慧梅的爱情，袁时中叛变又令慧梅不得不负孕杀夫和自尽的悲剧，从而满怀愤懑地揭示了这种人生意义模式的毁灭。一方面，李自成的"政治理想和伦理道德观念始终没有超越封建社会的规范"③，由此形成的集体功利立场和封建家长制观念，必然导致对个体生命价值和个体人生追求的漠视、轻慢与扼杀。另一方面，慧梅"虽然在农民起义的斗争中长大，建立了功勋，但是仍然跳不出封建社会的君权、父权、夫权的罗网，在慷慨悲歌中受制于封建的伦理道德规范"④，"农民起义虽然自古就有妇女参加，却没有解放妇女的历史使命"⑤；而集体价值本位的思想观念，也构成了对她个体人生追求的强大抑制，"大义与私情常常斗争在她的心上……她精神异常痛苦"⑥。多方面因素综合作用，导致了慧梅人生选择的不由自主和个体价值的无谓牺牲。作者浓墨重彩的描写，则鲜明地表现出从个体价值出发批判封建伦理观念、揭示集体主义局限的现代启蒙文化意识。

其三，《李自成》以明王朝宫女的"殉节"行为为中心，充分展现了"历史大悲剧"中个体生命"小悲剧"的社会与文化复杂性。明王

① 《姚雪垠文集》第 18 卷，人民文学出版社，2011，第 222 页。
② 《姚雪垠文集》第 19 卷，人民文学出版社，2011，第 471 页。
③ 《姚雪垠文集》第 18 卷，人民文学出版社，2011，第 222 页。
④ 《姚雪垠文集》第 18 卷，人民文学出版社，2011，第 222 页。
⑤ 《姚雪垠文集》第 19 卷，人民文学出版社，2011，第 296 页。
⑥ 《姚雪垠文集》第 20 卷，人民文学出版社，2011，第 40 页。

朝的宫女们虽然个性与心态各不相同，却多未摆脱"殉节"的悲剧命运。乾清宫的魏清慧和坤宁宫的吴婉容两个"管家婆"在照料皇帝、皇后"殉社稷"之后，竟率领两三百宫女前呼后拥地跳入护城河自尽。宫中第一美女加才女费珍娥觉得徒死无益，决心刺杀李自成为帝、后报仇，李自成中途变卦命她与罗虎成亲，她随即刺杀了李自成的得力爱将罗虎，"决意屠龙翻刺虎，女儿有志报君王"，表现出令人惊叹的个体精神崇高性。天启朝懿安皇后的女官，诚挚而温顺的窦美仪被李自成选为妃子，却也难逃为战败的李自成"殉节"的悲惨命运。姚雪垠满怀痛惜地描述这种种精神困局中的个体生命悲剧，深切地表达了对"亡国之音……其民困"的"哀以思"。

其至对护卫明王朝既定社会秩序的历史当事人，《李自成》也真切地描述了他们的生命意义丧失之痛。除了描述崇祯形象外，作品还详细描述了卢象升的血战、薛国观的受屈、杨嗣昌的自杀和洪承畴的降清等情节内容。这些人物在矛盾盘根错节、抉择生死攸关的历史大变局中，个人品格无重大缺陷而悲剧命运却身不由己，才干韬略非凡却无力回天，最后都以悲剧收场，甚至落得个身败名裂的个人命运。作者对此的描述中，更表现出基于人本思维立场的深沉的人道悲悯情怀。

《李自成》的"乱世悲歌"叙事在以大事件为主体的历史格局中难以形成统一的情节线索，所以常常为研究者所忽视，甚至从宏大叙事的角度视之为"臃肿枝蔓"，但恰恰是这些个体生命灾难与悲剧的审美意蕴，开阔而深刻地展现了历史大变局中"人们的社会生活""各方面的生活画面"，表现出姚雪垠将传统"民本"意识和现代"个体"观念有机交融的人文情怀。

结　语

总而言之，《李自成》在卷帙浩繁的历史叙事中，既展开了历史大事件范畴的"农民战争"和"王朝兴替"叙事，又谱写了各阶层社会生活层面的"历史小人物"的"乱世悲歌",从而形成了既有战争功利叙事,又有无辜百姓存亡忧伤的王朝易代叙事,由此建构的全书意义格局和思想内涵"总主题",也就演变成了对明清之际易代悲剧的战争文化解读。

《李自成》的审美话语多元性特征,植根于 20 世纪中国从传统向现代、从启蒙向革命、从战乱向和平的历史演变过程。正是这种历史演变过程中复杂多元的文化话语及其相互之间既矛盾冲突又交会融合的共生关系,为《李自成》的审美建构提供了深厚的社会文化土壤。姚雪垠作为 30 年代成名的作家,"是'五四'的儿子,是五四精神的直接继承人"①,受到现代启蒙文化的深刻影响势所必然。这一代作家同时又"是在中国共产党领导下文艺战线上一支新生的左翼力量,也就是'新现实主义文艺运动'的主力军"②,多方面接受了历史唯物主义的思想观念。因为个人的学习道路和术业专攻,姚雪垠还长期浸润于中国传统历史文化,不可避免地受到了传统史官文化的熏陶。新中国成立后,姚雪垠在新的条件下对以往接触过的历史资料有了新的认识,从而以"农民革命与农民战争"史观为基础展开了对"农民战争史诗"的追求。但"一旦初步形成了主题思想,它……可以继续丰富和深化"③,这种"丰富和深化"的视野与方向,却只能是他从青年时代开始所形成的思想文化积累和审美建构定式。因此,姚雪垠在长达42 年的创作历程中,越来越明显和自觉地从"农民战争史诗"向"社会百科全书"的审美追求转变,最终在《李自成》中呈现审美话语多元性的特征,就不足为怪了。这也正是"农民战争"主题说不能有效阐释《李自成》文本内外许多问题的根本原因所在。

---

① 《姚雪垠文集》第 16 卷,人民文学出版社,2011,第 333 页。
② 《姚雪垠文集》第 16 卷,人民文学出版社,2011,第 301 页。
③ 《姚雪垠文集》第 18 卷,人民文学出版社,2011,第 2 页。

由道本原论释"形文""声文""情文"范畴

胡　海　王心怡　李朝霞[*]

胡　海　王心怡　李朝霞[*]

摘　要：《文心雕龙·情采》篇中的"形文""声文""情文"泛指书画艺术、音乐艺术、文字作品等三种人文形态，特指体现和践行"立文之道"的三条理路，需要结合《原道》篇之道本原论来理解。首先，刘勰依据道本原论话语和思路阐述的明道设教宗旨，是立文的根本理路，"形文""声文""情文"概莫能外。其次，《原道》篇对人文符号系统起源的分析表明，人文形态可以抽象出"形""声""情"三方面要素，其中性情是核心要素，表现性情和陶铸性情是立文的根本用心所在；意义传达和接受是一个难题，需要组合好"形""声""情"元素，避免讹误相传，实现明道设教宗旨。最后，事物的内在本质或人的性情有所组织地呈现即为"文"，合理组织"形""声""情"元素，以"形""声"元素彰显性情，强化接受效果，可谓有"采"。"文"是情、志、理传达的基本要求，"采"则关乎明道设教效果。

关键词：形文　声文　情文　文采　立文之道

"形文""声文""情文"是《文心雕龙·情采》篇中提出的一组

---

* 作者简介：胡海，河北大学文学院教授，主持燕赵文化高等研究院项目"詹锳《文心雕龙义证》研究"、河北省社会科学发展课题"课程思政视角下的美刺传统流变研究"（20210601008）等，参与"中华思想文化术语工程"。王心怡，河北大学文学院文艺学专业 2020 级硕士生。李朝霞，河北大学文学院文艺学专业 2021 级硕士生。

术语，是基于文章要有采、文质要兼备的"立文之道"提出的：

> 圣贤书辞，总称文章，非采而何！夫水性虚而沦漪结，木体实而花萼振，文附质也。虎豹无文，则鞟同犬羊；犀兕有皮，而色资丹漆，质待文也。若乃综述性灵，敷写器象，镂心鸟迹之中，织辞鱼网之上，其为彪炳，缛采名矣。故立文之道，其理有三：一曰形文，五色是也；二曰声文，五音是也；三曰情文，五性是也。五色杂而成黼黻，五音比而成韶夏，五情发而为辞章，神理之数也。①

"形文""声文""情文"作为三种人文形态，分别对应于书画艺术、音乐艺术、文字作品。不过《情采》篇讨论的主题对象是书辞、文章，亦即情文，故学界将这三个术语分别解释为形象的文采、声音的文采、感情的文采，其前提是将"立文之道"理解为"形成文采的途径"。我们认为，其一，"立文之道"当按全书"树德建言"的宗旨理解为"立言之道"，《原道》篇所言"研神理而设教""圣因文而明道"，才是其首要含义；"形成文采"从属于明道设教的宗旨，本身不是主题。其二，由《原道》篇对人文溯本追源的过程看，各种人文形态均包括形、声、情三方面要素，"立文之道"具体化为人文建构的理路，就是要综合运用好三种要素；对于情文来说，意义传达和接受是一个难题，存在讹误相传的现象，为了明道设教，需要以形、声元素增其"采"，有情有采方可谓之"立"。其三，"文""采"密切相关但又有所区别，"文"是内容呈现的状态，事物的内在本质或人的性情以一定方式、按一定规律或原则组织、呈现出来，即为成"文"；合理组织"形""声""情"元素，以"形""声"元素彰显性情，乃至单纯作为形式美来引起注意，激发兴趣，强化接受效果，可谓有

---

① （梁）刘勰著，范文澜注《文心雕龙注》，人民文学出版社，1958，第537页。

"采"。成"文"是情、志、理传达的基本要求,有"采"则关乎明道设教效果。

本文通过考察《原道》篇中道本原论的学术渊源,对人文、文章的明道设教宗旨溯本追源,以理解何为"立文之道",何为文章之"采",从而辨明"形文""声文""情文"的各自内涵与彼此关系。

一 道本原论话语确立人文化成宗旨

《原道》篇既有追溯文章本原于道的意思,也有以道为文章根本依据的意思。刘勰在《序志》篇说明了"树德建言"的"为文之用心"和"观澜索源"的思路,他之所以要"原道",乃是为了依托各家公认的"道"本体来说明文章的目的、意义、发展规律、写作及接受的原则与方法,同时也是在"道"的名义下,整合各家思想中涉及上述文章学问题的合理性内容。因此我们需要依据"文本间性",寻找相关书证或"伴随文本",理解先秦两汉至魏晋的宇宙生成论思路与话语,来认识人文、文章的明道性质与功能,理解《原道》篇所标举的人文化成宗旨。

《原道》篇第一段概括了全篇的思路:"文之为德也大矣,与天地并生者何哉!夫玄黄色杂,方圆体分,日月叠璧,以垂丽天之象;山川焕绮,以铺理地之形;此盖道之文也。仰观吐曜,俯察含章,高卑定位,故两仪既生矣。惟人参之,性灵所钟,是谓三才。为五行之秀,实天地之心,心生而言立,言立而文明,自然之道也。"这种紧接标题"原道"展开的思路,是以道、太极为天地万物生成本原,道通过阴阳二气配合、五行运转生成天地万物,包括作为五行之秀、天地之心的人,天地人三才由此得立;道会显现为文,自然万物之形都是道之文,天地间的声音也是显现"道"的"消息",人作为道的创生物,则有其显现道的特有方式,那就是心中生出无限与天地万物有关的意象、思想、情志,并创造语言来表现内心一切,这就是《情采》篇中的"情文"；人还能通过语言来说明天地万物之形、天地间一切声音所蕴含的"道"，使之成为人文意义上的道之文，也就是形文、声文。如果没有"天地之心"，由形、声来把握、领悟其中之"道"，那这种道之文就处于与道不分、混沌一体的自然状态，不能称之为形文、声文。可见"心生而言立，言立而文明"，一方面是指整个人文创生，人作为天地之心既由自然之文领悟其中之道，又通过语言来明道，整个人文的根本意指得以彰显，得以明确；另一方面是指当形文、声文、情文蕴含的"道"借助语言媒介得以彰明，形文、声文、情文自身存在也得以彰显和明确。

《原道》篇对人文、文章起源的描述，借鉴了易学与老学结合的宇宙生成论思路。

《老子·四十二章》说："道生一，一生二，二生三，三生万物。万物负阴而抱阳，冲气以为和。"[①]"道"是老子对万物起源的一种不能实证的逻辑预设，万事万物皆有起点、动因和原初动力，那么万物应当有一个最初的原点、根本动因和第一动力，因为不能证实也无法命名，只能姑且名之为"道"。"道"既然是万物生成的起点、动因，那就会体现于所生成之物，这种体现首先是"形"，各种天象、地象都是最初的"形"。混沌一体的"形"不能被觉察，有所交叉配合的形状、色彩才能成为感知、认识对象。两线交叉是最基本的"文"，"文"的字形及本义就是两线交叉。"道"会显现为文，人可以借助文在某种程度上领悟、把握不可具体言说的道，进而用文来言说道，读者则由天文、地文、人文来理解道。可言说的道是具体道，不是道本身、道本体。"万物负阴而抱阳，冲气以为和"是说万物由阴、阳两种基本元素构成，二者互相作用而形成和谐状态；也是以阴阳指代两类人或事物，如男女、君臣，双方达成和谐关系而具有创生能力。

《周易·系辞》由道、阴阳展开一套看似宇宙生成论，实则是人文

---

① 陈鼓应：《老子注译及评介》，中华书局，1984，第 232 页。

化成论的话语体系。"一阴一阳之谓道"① 即认为宇宙人文形成、运转的根本原因与规律在于阴阳变化与配合。《系辞》关于宇宙生成和人事运行的基本描述是："易有太极，是生两仪，两仪生四象，四象生八卦，八卦定吉凶，吉凶生大业。"② "太极"对应"道"本体或"道生一"，两仪是构成所有事物的阴阳二气，或具有阴阳、刚柔性质的两类事物。以日为阳、月为阴，日月定东西方，南北方由此亦定；因为方位是一切现象呈现的基础，故谓四方"四象"，是对天地万物之"象"的初步分类。以天为阳、地为阴，万物都在天地间，天地间可分四象。天地间时序推移由日月运行而判断，故四象还可以指代春夏秋冬四季现象。"四象生八卦"指基于四象来创造八卦，实则是以八卦对应一切象，以卦象、爻象来对一切象继续分类。所谓"八卦定吉凶"，乃是指认识各类事物的性质、功效、规律，然后能判断吉凶利弊。总之，《系辞》作者想要说明的是，《易经》是一门解释宇宙一切包括人事发生发展规律的学说，卦爻象、卦爻辞是一个记载人类认识的符号系统。"道"作为宇宙生成原点，太极作为人文之源，其本身是什么并不重要，重要的是由此原点展开的话语系统、思想学说，都有着人文化成功能。

阴阳二气作为事物构成元素比较抽象而笼统，《尚书·洪范》最早记载的金、木、水、火、土等"五行"，作为万事万物构成的基本元素，则是根据对事物的初步定性而进行的分类。"五行"因此成为理解与解释万事万物的基本框架，各类思想学说都附着到五行话语系统。邹衍的五德终始说，用五行相生相克来说明各个朝代的继起关系、循环规律。《说卦传》以乾、坤、巽、坎、离分别对应于金、土（地）、木、水、火，将这些概念所涉一切天人学说都关联起来，一方面导致话语系统的混乱模糊，另一方面也有助于打通各门学说。

---

① 周振甫译注《周易译注》，中华书局，2019，第235页。
② 周振甫译注《周易译注》，中华书局，2019，第248页。

　　董仲舒是将易学、老学、阴阳五行学说及儒家人文教化宗旨结合起来的关键人物。其《春秋繁露·五行相生》说："天地之气，合而为一，分为阴阳，判为四时，列为五行。"① 将道、太极、天地、阴阳、四象、五行连接在一起。他认为依从"五行"即行走于正确的道路；又由五行对应东西南北中五方，而将其理解为五方主官，彼此相生相克，因此统治天下的原则就是要依从五行；进而参考五德终始说展开自己的政治教化主张，如说东方木指代农事，主管农事者崇尚仁爱，举荐通晓经书的贤才，以王道引导君主，顺美匡恶；还要顺应农时，因地制宜，如此等等。

　　严遵《老子指归》阐述道家无为之治理念，包括无为出世法则，也是兼综易老话语，延续由宇宙生成论到政治人生论的思路。他解释"道生一"一段说："道虚之虚，故能生一。有物混沌，恍惚居起。……潢然大同，无终无始，万物之庐，为太初首者，故谓之一。""一以虚，故能生二。二物并兴，妙妙纤微，生生存存。""二以无之无，故能生三。""三以无，故能生万物。清浊以分，高卑以陈，阴阳始别，和气流行，三光运，群类生。"又阐发其"指归"是："背阴向阳，归柔去刚，清静不动，心意不作，而形容修广、性命通达者，以含和柔弱而道无形也。是故，虚无无形微寡柔弱者，天地之所由兴，而万物之所因生也；众人之所恶，而侯王之所以自名也；万物之原泉，成功之本根也。"② 将宇宙、人生、政治话题糅为一体。他解释"不出户"一段说："天地人物，皆同元始，共一宗祖。六合之内，宇宙之表，连属一体。气化分离，纵横上下，剖而为二，判而为五。或为白黑，或为水火，或为酸咸，或为徵羽，人物同类，或为牝牡。凡此数者，亲为兄弟，殊形别乡，利害相背，万物不同，不可胜道。合于喜怒，反于死生，情性

---

① （清）苏兴：《春秋繁露义证》，钟哲点校，中华书局，1992，第362页。
② （汉）严遵：《老子指归》，王德友点校，中华书局，1994，第18~19页。

同生，心意同理。"① 其中"判而为五"是将"五行"的五类定性划分模式，普遍推演为各个方面的五类划分模式，如青黄赤白黑、酸甜苦辣咸、宫商角徵羽、仁义礼智信等。《情采》篇中的五色、五音、五性便是因袭这种五类划分模式。

此外如皇甫谧《帝王世纪》、张湛《列子注》，以道、太极之类概念讨论宇宙生成，然后以类比方式进入人类社会问题，都是大同小异的思路与话语。

《原道》篇对人文创生的论述，不一定有确定的历史依据，只是沿袭易学、老学、玄学的宇宙生成论思路与话语。由文与天地并生、天地之象是"道之文"，一方面表明"道"必然显现为文，只有显现为文方能被人认知；另一方面表明文缘起于道，文的根本依据和根本性质是"道"，根本功能是明道。其重点不在于道是否为宇宙本原和人文本原，而在于"道沿圣以垂文，圣因文而明道"的文章本质和"神道设教"的文章宗旨。文章写作与接受都不能脱离人文化成宗旨，理解《文心雕龙》任何篇目都要结合这一宗旨。《情采》篇中的"形文""声文""情文"范畴是就"立文之道"而论的，只有结合人文教化宗旨，才能说明三者对于"立文"的根本意义。

二 "形""声""情"相辅成采的符号系统与人文形态

《原道》篇从人文符号创生和早期经典形成的源头上明确了文章的人文教化宗旨，在此溯本追源过程中可见"形""声""情"元素已经凸显出来。前引第一段所言天地人三才，天地有其形与象，人有其心与声，第二段扩展到万物之"形""声"，实际上打上了人心的印记，成为人文或人化自然了："傍及万品，动植皆文：龙凤以藻绘呈瑞，虎豹以炳蔚凝姿；云霞雕色，有逾画工之妙；草木贲华，无待锦匠之奇；

---

① （汉）严遵：《老子指归》，王德友点校，中华书局，1994，第32页。

夫岂外饰，盖自然耳。至于林籁结响，调如竽瑟；泉石激韵，和若球锽：故形立则章成矣，声发则文生矣。夫以无识之物，郁然有彩，有心之器，其无文欤！"自然物象之"采"，是人心的感知，人文、文章之"采"，要通过"形""声"元素来显现。"形""声"代表形式要素，"情"代表内容要素。《情采》篇中的"形文""声文""情文"概念，在此隐约可见。

接下来，《原道》篇对人文符号系统和人文形态创生发展的描述，进一步显示出"形""声""情"元素和"形文""声文""情文"概念。因为"人文之元，肇自太极"，所以"幽赞神明，易象惟先"。伏羲造八卦是否属实不可考，刘勰所描述的事实是：人类首先用图形、图像、形象符号来表意，可谓"形文"。"形文"的意义，最初要靠口头表述，能够口传的意义是形文价值所在。语言文字比口传更有效力，更能说明"形文"，刘勰说"言之文也，天地之心哉"便是赞叹人能将口语转化为文字，让语言表达更有组织、更有文采，当然更是赞叹，文能明道，根源在于心由道生，心与道通。《原道》篇讨论的早期人文形态以"六经"为代表。"六经"以情文为主体，但也包括形文、声文元素。如《河图》《洛书》有图像、形状、色彩。"元首载歌，既发吟咏之志；益稷陈谟，亦垂敷奏之风。夏后氏兴，业峻鸿绩，九序惟歌，勋德弥缛"包含声文元素。当时经典主要依赖口传，形态上诗歌乐舞一体，《诗经》也包含声文元素。因为人文源于道、通于道，所以"文之为德也大矣"。人文经典的宗旨、目标、意义、价值，都以"明道"来涵盖，文能明道，为的是实施人文教化："原道心以敷章，研神理而设教，取象乎河洛，问数乎蓍龟，观天文以极变，察人文以成化；然后能经纬区宇，弥纶彝宪，发辉事业，彪炳辞义。""辞之所以能鼓天下者，乃道之文也。""形文""声文"也是"道之文"，"形""声"作为情文的形式要素，自然有辅助教化的功效。

《情采》篇讨论情采观之所以要从人文符号系统和人文形态中区分出"形""声""情"元素，讨论"立文之道"的具体理路，其根源在于，文字传达和意义接受具有局限性，在人文符号系统和人文思想发生发展的过程中，存在言不尽意、任意解释、过度阐释、讹误相传的现象，制约明道设教。《原道》篇注重正面立论，没有指出这些现象，联系更多书证，结合其思想学术渊源来看，就能明了"原道"之溯本追源，为的是正本清源；讨论综合运用形、声、情要素的"立文之道"，为的是实现圣人立言设教的初心。

《原道》篇由天地人三才之立过渡到人文创生，所述与《易传》有明显的字面关联及意义关联。《周易·系辞》描述早期圣人创造人文的情形是："古者包牺氏之王天下也，仰则观象于天，俯则观法于地，观鸟兽之文与地之宜，近取诸身，远取诸物，于是始作八卦，以通神明之德，以类万物之情。"[①] 八卦是一个容易记忆、可以重复的分类符号系统，可谓表意的"形文"，每一卦和各爻表征一类认识内容。《系辞》中说"《易》与天地准，故能弥纶天地之道"[②]，指的就是各种认识都可以纳入八卦符号系统。当时人们对世界的认识及表述存在很多模糊之处，模糊表述容易给人一种错觉，认为易本身具有"知幽明之故""知死生之说""知鬼神之情状"的功效。"形"与意义的结合是约定俗成的，早期形文的意义具有不确定性，八卦符号系统因其模糊而显得神奇；同时，八卦符号系统试图总体把握天地之道，而天地之道充满了神秘的未知，因此文和道都具有神奇性和神秘性。刘勰论文而原道，隐约透露的意思是：道能显现为文，人心能够领悟道并创造文以明道，文能表现自然人心奥秘，如此等等，都是神奇的事情，其中包含了不为人知的奥妙和难以言说的"神理"。《原道》篇所谓"神理设教"，《情采》篇所谓"神理之数"，都是取神奇、神秘之意，不必按今天的科学思维解释为"自然之理"。

《原道》篇意引《周易·说卦》中的立三才之道，可谓《情采》

---

① 周振甫译注《周易译注》，中华书局，2019，第257页。
② 周振甫译注《周易译注》，中华书局，2019，第233页。

篇提出"立文之道"的铺垫。《说卦》言:"昔者圣人之作《易》也,将以顺性命之理。是以立天之道,曰阴与阳;立地之道,曰柔与刚;立人之道,曰仁与义。兼三才而两之,故《易》六画而成卦。分阴分阳,迭用柔刚,故《易》六位而成章。"① 关于"性命",《中庸》卷首说"天命之谓性,率性之谓道,修道之谓教"②,"命"是先天定数,"性"是先天赋予人的本性,顺应本性行事可谓"合道",使人按合乎道的原则、要求去修养叫作教化。楚简《性自命出》说:"性自命出,命自天降,道始于情,情生于性。"③ 在"性""道"之间补充了"情",即人从本性上说,有自我完善并推己及人的先天情感、意志,性外化为情,驱动人求道。圣人作易,便是这种本性驱使的心理动因,是一种天下情怀、万世使命。《说卦传》的重点不是立天之道、立地之道,而是立人之道。圣人以阴阳、刚柔总体概括天地万物性质及生成变化规律,以仁义概括人的立身之本,三组概念互相比附而互通。"仁"即仁者爱人,是以情动人、以德服人,属于阴柔范畴;"义"则代表不可移易的理性原则,属于阳刚范畴。"《易》六画而成卦""《易》六位而成章"指的是:六爻代表天道之阴阳、地道之刚柔、人道之仁义,构成一个卦象,六爻任一位置变化则产生新卦,卦爻辞意义都会发生变化,但一卦自身会保持意义的内在一致性、整体性,就像一篇相对独立的文章。按圣人的意图,所有六十四卦构成的"文章",都贯穿了"性命之理",记录着已有的和将会产生的知识与学问、意欲与道德、情绪与感受,卦爻实则是一个话语系统的大类、小类,且这个类别是可以无限划分的。于是,这个本来就带有比附性质的符号系统就会有越来越多牵强附会的成分,到汉代,各个学术领域就出现伪说滋蔓的现象。

---

① 周振甫译注《周易译注》,中华书局,2019,第 281 页。
② 王国轩译注《大学·中庸》,中华书局,2006,第 46 页。
③ 何益鑫:《竹简〈性自命出〉章句讲疏》,上海三联书店,2020,第 33 页。

　　汉代文章相对先秦大盛，根源当然是思想文化发展，表达内容更丰富多样。不过很多借助经典解释来阐发新思想的著作中，包含大量名实不副的内容。还以董仲舒来说，他为了向汉武帝阐说其儒家教化思想及方略，借用一系列易学、老学概念，有些是强行攀扯。如其《春秋繁露·治乱五行》，认为灾异产生是因为五行逆乱，实则是破坏了自然规律，无须用五行来表述。正确合理有价值的内容附着于一个不恰当的、名实不副、不合逻辑的表述模式，会影响接受效果。后人运用这种模式表述不合理、不正确、无价值的内容，也不容易辨别真伪。譬如图谶，即是任意比附的"形文"，容易陷入神秘主义的境地。

　　王弼注《周易》并撰写《周易略例》，解构了附会型话语系统。《周易略例·明象》讲明了《周易》以一总多、各卦有主旨的思路，特别指出爻位或其次序是变动的，因而主次、尊卑也是变化的，天地男女阴阳之间不存在贵贱之分。同时表明符号系统具有任意性。《明爻通变》指出，由于符号系统的任意性，《周易》能够穷尽一切变化，"卦以存时，爻以示变"，卦要根据具体时机、情境来确立相对明了而确定的主旨，各爻则显示这种变化，展开各种比附意义。针对这一特征，《周易略例·明象》提出了一个在经典解释方法论上具有深远影响的观点："故言者所以明象，得象而忘言；象者，所以存意，得意而忘象。"意思是说，卦爻辞是说明各卦爻象意义的，如果明了各象的意义，记住这个意义就好了，不必记得这个象；并且，尽管卦爻辞是说明各卦爻象意义的，但各卦象的意义未必限于卦爻辞所言，因此领悟象的意义后，也要忘记卦爻辞。王弼举例说："义苟在健，何必马乎？类苟在顺，何必牛乎？爻苟合顺，何必坤乃为牛？义苟应健，何必乾乃为马？而或者定马于乾，案文责卦，有马无乾，则伪说滋漫，难可纪矣。互体不足，遂及卦变；变又不足，推致五行。一失其原，巧愈弥其。从复或值，而义无所取。盖存象忘意之由也。"① 直接讨论柔顺、平和或强健、进取之类精神或道理就可以

---

① （魏）王弼：《周易略例》，楼宇烈校释《王弼集校释》（下），中华书局，1980，第591～609页。

了，没有必要依附于卦爻辞、卦爻象来谈。如果非要这样牵连拉扯，就会滋生众多伪科学、假学问。

王弼自然是受到庄子"得意忘言"说的启发，但庄子强调的是至道需要领悟，不落言筌，王弼则是实实在在、认认真真地说明原始符号系统的局限性，以及人们没有认识到这种局限给经典解释及思想发展带来的不良影响。将人类早期意识附着于卦爻象，意义与符号之间是联想、象征的关系，较之语言文字指向具体明确对象或特定内涵，卦爻象的功能只能相当于文章的各级标题或序号。随着人类意识越来越丰富，如果还受制于原来的卦爻辞及卦爻象，就不免出现牵强附会、强行挂钩的情况。也就是说，符号与意义要保持动态的名实相副，意识发展，概念也要发展，最初的简单符号要让位于更丰富的语言文字。

易学老学领域的比附现象、董仲舒谶纬神学的神秘主义倾向、王弼对符号系统和表述方式的反思及方法论探讨，是促使刘勰探讨立文之道的主要动因。刘勰论文而原道，不仅是论述文能明道的重要性，还是强调文章表达与接受的重要性，既重表现效果，更重接受效果。因此专篇讨论情采关系，并且要具体划分"形""声""情"三种构成要素，让"采"既能够进入批评话语，又有其践行途径。

总之，"立文之道"既是指整个人文形成之道，也是指立言之道，既以"情"涵盖一切内容要求，也以"形""声"元素为之增"采"，涵盖一切形式、技巧要求，情采统一于明道设教宗旨。

三 "文采"之辨与情文的形声元素

就整个人文而言的"立文之道"在《原道》篇已经有所讨论，《情采》篇的主题是立情文之道，"形""声"是为情文增"采"的元素。要在情采关系中把握"形""声""情"的关系而阐明立情文之道，需要先辨析"文""采"关系。

《情采》篇开篇即表明其对象是情文，这需要注意"圣贤书辞，总称文章""三曰情文，五性是也""五情发而为辞章"的上下文关联。
"情文"即"辞章"，"辞章"是"书辞""文章"的合称，同义而略有
差别。"文章"是通称，全书使用24处；"辞"从词源上讲，有厘清纷
乱事情和擅长辞令的意思，所以"书辞""辞章"本身含有褒义，全书
各使用2次，可谓慎重，凡称为"书辞""辞章"者，都有值得肯定的
意义价值和形式技巧。

辨析"文""采"关系仍然要从《原道》篇着手。该篇已经表明，
语言文字是明道设教的主要媒介，《文心雕龙》的整体对象以书面文章
为主。文章能够明道是一般功能，明道效果则取决于"采"。《征圣》
篇说："精理为文，秀气成采。"精妙的道理需要精心组织才能说明，
微妙的情志也是如此，将情、志、理诉诸合理的文字组织可谓有
"文"，然后可以成章。"秀气"是超拔、卓绝的精神因素，《原道》篇
说人"为五行之秀，实天地之心"，指人是天地万物中至为超卓，且能
以心灵把握天地万物的一类，而"采"就是超卓精神世界的呈现，亦
即对精神世界的超卓呈现。二者是表现形式和表现效果的关系。"秀气"
与"采"不可分割，精神本身超卓、呈现超卓、超卓的呈现同等重要。
内秀不能外显的情形确实存在，但是不能说精神本身超卓与外在表现有
轻重之分，因为如果从来没有表现，又怎么能够判断内在超卓呢？

《原道》篇说"道沿圣以垂文，圣因文而明道"，表明道圣文一体，
《文心雕龙》中"圣贤"并称，《情采》篇首先标举的"圣贤书辞"，
便是明道、传道的典范，不仅是内容典范，也是形式典范，典范文章
必须有"采"。刘勰以水结沦漪、树开花来说明文必附于质，以虎豹有
不同于犬羊的花纹、犀甲需要刷漆来说明质有待文饰，前者是自然形
文，后者是人为形文，没有用到"采"字。而"综述性灵，敷写器象"
的情文，如果能够彰显心中的情、志、理、象，就可以名之为有
"采"，或者说，因为情文富于"采"，所以能够彰明情、志、理。可见
"文""采"之别是：首先，文能显示质，但不一定能够实现，文能表
意明道，不等于就表现得好。鲜明表现才可以称之为有"采"，这是一

个关乎人文化成宗旨的接受效果问题。其次，"文"有自然之文和人文，自然之文之所以能够显示其质，在于"心"的作用，人文则是心与外物已经发生作用的结果，因而是否显示质不再是问题，如何显示质才是问题，可见"采"关乎表现方式。对于形文来说，"采"是比较显见的；音乐与韵文，效果也是直接可感的。唯有"情文"，用语言文字拟声拟形、绘声绘色都是难的，阐明思想道理更不容易形象生动，所以需要着意求"采"。形声元素即使不是描写对象本身具有的，也可能被用来作为表现情感、说明道理的手段。从接受效果来说，形象、声音有助于消除读者对文字本身及文字背后的意义和未知世界的排斥与畏惧，有可能让读者立即进入文字展开的意义世界，这种令人眼前一亮、豁然开朗的效果，便可谓文章有"采"。

"文""采"连用，本来应该是指文章之采，但是因为文有"文饰"之意，相当于"采"，所以"采"也可以谓之"文采"。

《情采》篇的"立文之道"即立情文之道，"立"的形式标准就是有"采"。有的学者将"立文之道"解释为"形成文采的途径"，其只涉及立文的形式标准，没有涉及《原道》篇早已阐明的内容标准。"立言"的解释是恰当的，对象限定于情文，内容要求上指向"立德""立功"的圣贤书辞境界和陶铸性情的目标，形式要求上呼应了篇名中的"采"字。

再来看"立文之道，其理有三"一段话，由于骈文形式要求，其语序与意义关联不大一致，正常表达是："一曰形文，五色是也，五色杂而成黼黻；二曰声文，五音是也，五音比而成韶夏；三曰情文，五性是也，五情发而为辞章。""其理有三"是将"立文之道"具体化为三种形态、三种途径、三方面元素。无论声文、形文、情文，都要发挥明道功能，发挥教化意义与价值，同时重视文采：形文应该是各种形状色彩合理组织，像礼服上的黼黻那样鲜明，并有"礼"的内涵；声文应该是五音按音律组合，像韶乐、夏乐那样可使人心和谐；情文应该注意声韵调的配合，描写自然而美的各种物象与景观，塑造鲜明形象，像圣贤书辞一样表现和激发本性真情。这里的"五色""五音""五情"都是泛指，因为"五行""五德"赋予了"五"这个数字以神圣性，所以刘勰取用之。

一些学者指出，"五情发而为辞章"当为"五性发而为辞章。"由正常语序表达"三曰情文，五性是也，五情发而为辞章"看得很清楚。性与情的区别在于前者是内在的自然本性，后者则是人以自然之性接触外物产生的各种情绪、感觉。形、声成文需要组织，即"杂"和"比"，性生情在内心已经完成，其成文是以语言文字表现和说明性情，不必再区分性与情。

还要说明的是，当形文作为情文的构成元素或求采的方式，除了物象再现、形象塑造外，还包括字形选择与搭配，以及书法布局。声文作为情文的构成要素，拟声并不常见，需要考虑的主要是，由于语言文字音形义一体，文本既是意义组合，也是语音组合，语音组合可能制约意义组合，增加构思困难，意义组合也可能破坏语音组合，使得吟咏讲说缺乏美感，乃至感到艰涩。

综上所述，"形文""声文""情文"指"人文"构成的三方面要素，对应书画艺术、音乐艺术和文字作品等三种人文形态，性情是每一形态的核心要素，语言文字是性情表现的主要媒介。《文心雕龙》的主要对象是"情文"，以表现性情和传道育德为宗旨，以"形""声"元素来追求文采，促进表达效果与接受效果，并使"形文""声文"元素呈现独立审美价值和涵养感性的作用。《情采》篇区分"形文""声文""情文"，初步触及了书画、音乐艺术的特征，同时将表现性情、传道育德的一般要求加诸所有艺术形态，对于中国古代文人书画追求写意、音乐保持乐教传统有深远影响，并使中国古代艺术论具有方法、技艺之外的丰富思想文化意蕴。

变风变雅与怨刺作品的风雅旨归[*]

杨青芝[**]

摘　要： "变风变雅"最早由《毛诗序》提出，指《诗经》中的怨刺作品。《毛诗》、郑《笺》重视诗的政教作用，认为"变风变雅"具有美刺教化功能和泄导人情的作用，其劝导教化方式有谲谏和直谏。谲谏是秉承温柔敦厚的诗教观，以"怀其旧俗"的方式寄托理想，表达对君主的希望；直谏是将其言行作为"后王之鉴"。其旨归都在于匡恶救弊，其心理在于臣民对君国的忠爱之心。变风变雅以怨刺方式表现出正确的道德意识和价值观念、关注社会现实的热情、真诚积极的人生态度，有着"风雅"的精神实质，其风雅精神引导后世怨刺书写，使之发展为中国特色的、美刺一体的现实主义创作。

关键词： 变风变雅　怨刺　谲谏　直谏　风雅精神

"风雅"是一个体现传统文化核心理念、代表古代主流文艺精神的重要术语。《毛诗序》最早提出"风雅"概念，要求文艺以美的形式传播正确的思想观念、高远的理想、关注现实的情怀和健康的情趣。"风雅"有时代指整部《诗经》，如《汉书·叙传》中说"周宣攘之，亦

　＊　基金项目：国家哲学社会科学基金后期资助项目"魏晋学风之变与诗经学转向研究"（18FZW033）；河北大学燕赵文化高等研究院学科建设项目"燕赵文化视野下的〈毛诗〉研究"（2020D22）。

＊＊　作者简介：河北大学文学院副教授。

列《风》《雅》"①，其含义是周宣王抗击入侵之敌的事迹载于《诗经》；有时特指《诗经》中那些歌颂仁政、美德、美好生活与人情，传播正能量的作品，如郑玄《诗谱序》："其时诗《风》有《周南》《召南》，《雅》有《鹿鸣》《文王》之属。及成王、周公致太平，制礼作乐，而有《颂》声兴焉，盛之至也。本之由此《风》《雅》而来，故皆录之，谓之《诗》之正经。"② 郑玄《诗谱序》认为，产生于周成王时期歌颂文、武盛德的《风》《雅》之诗《周南》《召南》《鹿鸣》《文王》，与当时产生的《颂》一样属于颂美功德之类，都是《诗》之正经。相应地，"变风变雅"则指代那些带有怨刺内容的作品。颂美之作，如果发自真情，又不脱离历史和现实的土壤，自然会传播正能量；怨刺之作，是因为不良社会风气和不合理现象的必然存在而创作的作品。"饥者歌其食，劳者歌其事"，物不平则鸣，这类作品直抒胸臆，直陈其事，既可能传播一些负能量，更可能成为观风观志的重要手段，具有匡时救弊、扬善抑恶的作用，成为文艺推动社会改良和进步的方式。后世怨刺之作，无疑都是承袭这一宗旨。因此"变风变雅"之作的旨归依然是风雅。本文拟通过追溯先秦政教说诗的传统，探讨"变风变雅"的界定标准，由《毛诗序》"六义说"探讨风雅精神的实质，并联系后世怨刺作品的创作来进一步说明"变风变雅"的旨归及其影响。

一 政教说诗与"变风变雅"的界定

"变风变雅"虽然首先由《毛诗序》提出，但从先秦文献的记载中，也可以看到其生成脉络。如《左传·襄公二十九年》季札于鲁国观乐评乐时，就已经透露出《诗三百》的诗歌内容与时政之间的密切

---

① （汉）班固：《汉书·叙传下》，中华书局，1962，第4267页。
② （汉）毛亨传，（汉）郑玄笺，（唐）孔颖达疏，（唐）陆德明音释《毛诗注疏》，上海古籍出版社，2013，第5页。本文所引《诗经》中的诗、《毛诗序》、小序、郑《笺》、《诗谱》及《诗谱序》、孔颖达《疏》等皆出自此书，为省文不再注。

关联：

> 为之歌《邶》《鄘》《卫》，曰："美哉渊乎！忧而不困者也。
> 吾闻卫康叔、武公之德如是，是其《卫风》乎！"为之歌《王》，
> 曰："美哉！思而不惧，其周之东乎！"为之歌《郑》，曰："美
> 哉！其细已甚，民弗堪也。是其先亡乎！"为之歌《齐》，曰："美
> 哉，泱泱乎！大风也哉！表东海者，其大公乎！国未可量也。"为
> 之歌《豳》，曰："美哉，荡乎！乐而不淫，其周公之东乎！"为之
> 歌《秦》，曰："此之谓夏声。夫能夏则大，大之至也，其周之旧
> 乎！"为之歌《魏》，曰："美哉，沨沨乎！大而婉，险而易行，以
> 德辅此，则明主也。"为之歌《唐》，曰："思深哉！其有陶唐氏之
> 遗民乎！不然，何其忧之远也？非令德之后，谁能若是？"①

　　季札评《诗三百》之乐，突出其所蕴含的美、乐、勤、德、忧、
怨等攸乎道德、政治、情感层面的特点，同时也指出诗歌产生的时代
和政治盛衰之间的关系。如康叔、武公之德政治下才会有《邶》《鄘》
《卫》的"忧而不困"，周公东平叛乱，才会有《豳》的"乐而不淫"，
居住在晋地的陶唐氏遗民，其歌忧思深远。在季札的评价中，诗乐表
现出来的特点与一国政治状况密切相关，欣赏诗乐不仅是获得耳目的
快乐享受，更在于从中体察民情、领悟政治得失，以期达到改善政风
民俗的目的。诗乐观政思想在《毛诗序》中得以传承。

　　汉武帝独尊儒术之后，儒家经典成为天下士子博取利禄的工具，
进而在政治生活中成为缘饰吏法的手段，甚至成为保命的借口。《毛
诗》尽管未立学官，在民间传播，但整体的学术环境决定了《毛诗序》
从政教视角界定风雅与变风变雅。《毛诗序》说："王道衰，礼义废，
政教失，国异政，家殊俗，而变风变雅作矣。"将诗的美刺与国政兴衰

结合在一起。"变风变雅"之诗产生于乱世或亡国之世，此时社会由盛
到衰，政纲混乱，诗人"伤人伦之废，哀刑政之苛"，以诗的形式寄寓
怨刺情志，再现社会动荡、灾害降临的状况，揭露统治者的丑陋恶行。
正如侯外庐等人的《中国思想通史》所言，变风变雅"是由社会悲剧
的真实矛盾，反映而为矛盾的真实悲剧"①。

接着《毛诗序》的"变风变雅"观，郑玄以君政盛衰为标准提出
"正变说"，并落实为具体作品划分。其《诗谱》认为，周文王、武王
秉承先代圣王之德，其时产生的《周南》《召南》二十五篇是风之正
经，《文王》至《文王有声》十篇、《鹿鸣》至《鱼丽》十篇，以及周
公、成王之时创作的《生民》及《卷阿》八篇，《南有嘉鱼》下及
《菁菁者莪》六篇是正雅。此后懿王受谮，夷王失礼，厉、幽政教尤
衰，此时创作的诗包括《邶风》以下十三国风一百三十五篇、《民劳》
之后十三篇、《六月》之后五十八篇，皆为"变风变雅"。《诗》之正
经是盛赞先祖圣贤之盛德，以表明其得天道之助，受命于天而王。
"变"是"正之次也"，"美恶各以其时，亦显善惩过"，如孔颖达
《疏》所言："变既美恶不纯，亦兼采之者，为善则显之，令自强不息。
为恶则刺之，使惩恶而不为，亦足以劝戒，是正经之次，故录之也。"
此后的经学家从政教角度界定"变风变雅"大致不出此意。如清代马
瑞辰以政教得失划分正变诗，与郑玄遥相呼应，都是由《毛诗序》所
说引发并深入展开的。

历代经学家由"变风变雅"政教定位，进而对这类诗所反映的社
会现实进行了深入批判，表明了鲜明的人民性和政治立场。如《小
雅·十月之交》小序曰："大夫刺幽王也。""烨烨震电，不宁不令。百
川沸腾，山冢崒崩。高岸为谷，深谷为陵。哀今之人，胡憯莫惩?"郑
《笺》云："雷电过常，天下不安，政教不善之征。""百川沸出相乘陵
者，由贵小人也。山顶崔巍者崩，君道坏也。""变异如此，祸乱方至，

---

① 侯外庐、赵纪彬、杜国庠:《中国思想通史》，人民出版社，1957，第100页。

哀哉！今在位之人，何曾无以道德止之。"指出诗人以日食、月食、地震等不正常的自然灾害同朝廷用不善小人相联系，抒写对小人当政、国政颓败的愤慨。可见郑《笺》对"变风变雅"作品的倾向性是受毛《传》影响的，并在此基础上做了更充分的发挥。再看《大雅·瞻卬》小序曰："凡伯刺幽王大坏也。"孔颖达《疏》云："幽王承父宣王中兴之后，以行恶政之故，而令周道废坏，故刺之也。经七章所陈，皆刺大坏之事。"这首诗揭露了西周末年黑暗的社会现实和统治阶级内部的争斗，痛斥幽王荒淫无道、祸国殃民的罪恶行径，对周道颓丧、纲纪败坏表达了忧国悯时的情怀和疾恶如仇的愤慨。可见孔《疏》的关注点已经不在"变风变雅"的定性，而在诗歌的精神旨归与批判力量。清代方玉润《诗经原始》评此诗说："穷形尽相，不遗余力矣……诗之尤为痛切者，在'人之云亡，邦国殄瘁'二语……夫贤人君子，国之栋梁；耆旧老成，邦之元气。今元气已损，栋梁将倾，此何如时耶？盖诗必有所指，如箕子、比干之死与奴。故曰：'人之云亡'而'邦国殄瘁'也。倘使其人无足重轻，虽曰'云亡'，又何足殄人邦国也耶？惜无可考耳。然而痛矣！"①"变风变雅"的精神旨归已经成为常识，方玉润的批评已经进入文本细读层面，兼及其理其事其情乃至表现方式。

文学是对社会现实政治的艺术再现。刘勰《文心雕龙·时序》云："歌谣文理，与世推移，风动于上，而波震于下。"②"变风变雅"反映"政教尤衰，周室大坏"的社会现实，揭开浮华丽辞掩盖下的腐朽溃痈。统治阶级看重那些歌功颂德、宣扬王道圣化的诗歌，而贬斥那些批评社会现实的讽喻诗、怨刺诗。经学家以及后世诗人，往往从观风俗、知得失、劝善惩恶的角度，来评论、创作怨刺作品，达到关心民生、悯时病俗的目的。我们要注意避免将"正风正雅""变风变雅"视为诗之正统与末流之区分，而要看到其精神旨归的一致性。

---

① （清）方玉润：《诗经原始》，李先耕点校，中华书局，1986，第 569 页。
② （南朝）刘勰著，詹锳义证《文心雕龙义证》，上海古籍出版社，1989，第 1657 页。

二 "变风变雅"的作用：教化与怨刺

《毛诗序》在界定"变风变雅"的同时也明确其教化作用。对于六义之首的"风"，《毛诗序》直接以教化来注解："风，风也，教也，风以动之，教以化之。"沈重释曰："上'风'是《国风》，即《诗》之六义也。下'风'即是风伯鼓动之风。君上风教，能鼓动万物，如风之偃草也。"诗因为有如风动万物般的作用，成为最适合实施政治教化的文艺形式，诗和政治时势紧密相连，它既可以作为处理政事的经典依据，也可以润物无声地解决政治教化的需求，使君王得以实现文教之治。

《毛诗序》指出诗的作用有两个维度："上以风化下，下以风刺上。""上以风化下"，是从君上教化万民的角度来阐释何为"风"。君王下达政令教化万民，如风吹草偃化万民于无形。如《郑风·萚兮》："萚兮萚兮，风其吹女。"郑玄《笺》曰："木叶槁，待风乃落。兴者，风喻号令也，喻君有政教，臣乃行之。"君王政教犹如风吹遍天下任何地方一样，号令天下臣民无条件地服从。风正则民从，风变民亦从之，《大学》亦言："尧、舜帅天下以仁，而民从之，桀、纣帅天下以暴，而民从之。"[1] 善政、恶政，都会影响到民众，并且终将反作用于统治者。在《诗经》中，与"风"有同义的还有"水"，水流无方，它会随着容器的形状而改变形状，故"水"在《诗经》中有时也会指上位者之善恶。如《敝笱》："齐子归止，其从如雨。""齐子归止，其从如水。"《笺》曰："如雨，言无常。天下之则下，天不下则止，以言侄娣之善恶，亦文姜所使止。""水之性可停可行，亦言侄娣之善恶在文姜也。"

"下以风刺上"，是从臣民的角度来看，是其对君王号令的反作用。臣民面对社会的混乱、政治的黑暗腐败，可以用诗来进行讽刺，也可

---

① （宋）朱熹：《四书章句集注》，中华书局，1983，第9页。

以用诗来讽谏君王。带有怨刺内容的"变风变雅"诗作更多的是承担讽谏功能，和"史为书，瞽为诗，工诵箴谏，大夫规诲，士传言，庶人谤"是一类性质。这些诗通过怨刺的方式，揭露社会的弊端，揭发统治者的荒淫无耻行为，抒发诗人对腐朽黑暗现实的不满和怨愤之情。我们来看几首刺诗：

新台有泚，河水弥弥。燕婉之求，籧篨不鲜。（《邶风·新台》首章）其小序曰："刺卫宣公也。纳伋之妻，作新台于河上而要之。国人恶之，而作是诗也。"

二子乘舟，泛泛其景。愿言思子，中心养养。二子乘舟，泛泛其逝。愿言思子，不瑕有害。（《邶风·二子乘舟》)其小序曰："思伋、寿也。卫宣公之二子争相为死，国人伤而思之，作是诗也。"

鹑之奔奔，鹊之彊彊。人之无良，我以为兄。（《鄘风·鹑之奔奔》首章）其小序曰："刺卫宣姜也。卫人以为，宣姜，鹑鹊之不若也。"

墙有茨，不可扫也。中冓之言，不可道也。所可道也，言之丑也。（《鄘风·墙有茨》首章）其小序曰："卫人刺其上也。公子顽通乎君母，国人疾之而不可道也。"

这四首诗都与卫国统治阶级的淫乱生活有关。据《左传·桓公十六年》载，卫宣公与父妾夷姜私通，生伋，立为太子，令右公子做其师傅教导他。右公子为太子伋娶齐僖公之女为妻，宣公却把美貌的儿媳占为己有，是为宣姜，生寿及朔。宣姜和朔构陷太子伋，宣公就派太子伋出使齐国，暗中又让盗贼在路上杀死手持白色旄节的太子伋。这件事让寿知晓，寿告诉太子伋，让他逃走，但伋不听，不想违背君命。寿只好把伋灌醉，带着太子伋的白色旄节出发，被盗贼杀死。伋酒醒之后追赶寿，看到寿替自己而死，告知盗贼说自己才是太子伋，你们杀错人了。盗贼又把太子伋杀死。宣姜之后又与庶公子顽私通。国人耻之，却不敢言说卫宫室淫乱之丑。这四首诗或用隐晦而戏谑的口吻揭露宫室淫乱之丑，或用同情的诗句表示兄弟共赴生死的情谊，表现诗人不仅敢于彰显善，更敢于著明恶，从而劝善惩恶，发挥诗的劝诫、怨刺作用。

汉代经学家以美刺说诗，源自孔子的兴观群怨、事父事君说，都是把《诗经》与政治紧密结合。统治者为了江山社稷的长治久安，需要通过连接民间的文艺作品来观风俗、知得失、自考正，改进治国理念，探寻最有效的政治体制。两汉时期的儒士始终把道义或社会伦理放在人生价值观念的首位，因此统治者和士人阶层达成一致，儒家学说成为国家意识形态，五经被立为官学，统治者利用习五经的士人阶层来教化民众，传达国家和君主意志，儒家士人通过习五经达到进身朝廷、获得利禄、参与政治、规范君权的目的，同时也讽上劝下，实现自己的价值。《诗经》作为五经之一，成为实现美刺教化功能的重要文本。其中的"变风变雅"，更是起到以刺促美的特殊作用。

三 "变风变雅"的怨刺方式：谲谏与直谏

《诗经》有教化和怨刺的作用，发挥教化作用的诗歌可以是"正风正雅"，也可以是"变风变雅"，发挥怨刺作用的只能是"变风变雅"。《毛诗序》在讨论美刺作用的同时也提到了其特殊方式："上以风化下，下以风刺上，主文而谲谏，言之者无罪，闻之者足以戒，故曰风。"诗具有如风吹草偃一样的效果，能委婉含蓄地传达诗人或赋诗者之志，无论是上位者以诗教化臣民，还是臣民以诗怨刺其上，都不是直接对话，而是让读者自己去感受、体悟，因而言者无罪，闻者足戒。颂美诗当然也是如此，不是直接歌功颂德而有谄媚之嫌。如产生于文王、武王时期的诗歌，《大雅·文王》之"穆穆文王，于缉熙敬止"、《大雅·大明》之"肆伐大商，会朝清明"、《周南·关雎》之"窈窕淑女，琴瑟友之""窈窕淑女，钟鼓乐之"。崇拜英雄，赞美先贤，庄严肃穆，简单平和，自信乐观，读这些诗，让人油然而生景仰敬慕、自豪奋发之情。而《卫风·氓》之"女也不爽，士贰其行。士也罔极，二三其德"、《小雅·宾之初筵》之"曰既醉止，威仪幡幡。舍其坐迁，屡舞仙仙"则是在王纲解纽、礼崩乐坏的乱世之下才会有的丑态百出，读这样的诗，会让人心生警惕，让今人后人引以为戒。

《毛诗序》把诗比喻成风，又将风引申为讽劝、讽谏之义，与国史的作用有关："国史明乎得失之迹，伤人伦之废，哀刑政之苛，吟咏情性，以风其上，达于事变而怀其旧俗者也。"这句话透露出几个信息：其一，国史因为记录历史，通晓古今，对于时世的变化、古往今来的变迁最有感触，一旦出现人伦之废、刑政之苛，他们便用诗"以风其上"。此较"下以风刺上"少了一个"刺"字，乃是因为其"达于事变"，知道历史的变化具有一定的必然性。不通晓古今之变、不熟识时世变迁的老百姓则未必看得清楚明白，自然会有抱怨、嘲讽乃至责骂之声。如《鄘风·墙有茨》小序曰："卫人刺其上也。公子顽通乎君母，国人疾之而不可道也。"其二，"主文而谲谏"恐怕是国史将采风之作进行加工的结果。言者无罪表明有些话是可能触怒上层的。如《鄘风·君子偕老》小序曰："刺卫夫人也。夫人淫乱，失事君子之道，故陈人君之德，服饰之盛，宜与君子偕老也。"此诗写卫夫人盛服而地位尊贵，宜与君子偕老，但诗中还是忍不住说"子之不淑，云如之何"，以此来讽刺卫夫人虽盛服而尊贵，但不守礼而淫乱，失事君子之道，故国人刺之。《毛诗序》既希望诗人用委婉的容易接受的方式来表达心意，让下情上达，又希望统治者能够从善如流。但从善如流又怎能轻易地做到呢？《尚书·秦誓》曰："责人斯无难，惟受责俾如流，是惟艰哉！"[①]责难别人不难，但像流水一样顺畅地接受别人的责难，就很困难了。秦穆公尚且如此，其他君主做到从善如流的难度可想而知。"刺"是能够让人感到刺痛的，史官不能刺上，民众发自本性真情的刺上则是被许可甚至鼓励的。这是在上位者为了国家即自身利益应有的姿态和风度。《毛诗序》要求国史的讽谏注意尺度，因为讽刺、怨

---

① （汉）孔安国传，（唐）孔颖达正义，黄怀信整理《尚书正义》，上海古籍出版社，2007，第814页。

愤的表达是风乖俗怨的产物；而风乖俗怨的时代，怨刺书写不仅不是主流，也不会被鼓励，因此《毛诗序》才要求这类的诗歌"发乎情，止乎礼义"。"发乎情，民之性也"，百姓对"人伦之废""刑政之苛"所产生的忧伤愤懑之情，是自然而然地抒发出来的，但还是需要先王定下的"礼义"来规范甚至是改造，利用规范和改造过的诗来"以风其上"，令当政者知道"民"有不满的情绪从而调整自己的政策。这和荀子《乐论》所论乐的作用是一样的，音乐来自人内心的喜悦之情，但人的情感并不是毫无节制地抒发出来的，音乐也不能毫无规则地演奏。荀子所谓的"人情""性术"是指人自然而然产生的情感，有善有恶，所以为使社会伦理有序，先王制定《雅》《颂》之乐进行规范和引导。也就是说，人最初的本真的自然的情感需要以《雅》《颂》之乐来加以规范、改造，才符合社会的需要，使政治趋于有序状态。乐如此，"变风变雅"亦是如此，其旨归就是言者无罪，闻者足戒，并讽喻上层、教化下民。其三，"怀其旧俗"，如周南承周公之德，召南承召公之德，齐有太公之风，卫有康叔之化，犹存于后世，实则是士人、百姓借君民共同敬奉的先祖来表达其政治、社会理想。即便是小国，诗歌虽然以刺为主，仍不免有对旧俗、对王泽的期盼，如《曹风·下泉》："冽我寤叹，念彼周京。"《笺》曰："念周京者，思其先王之明者。"二、三章反复慨叹"冽我寤叹，念彼京周""冽我寤叹，念彼京师"，末章直接点明"四国有王，郇伯劳之"，四方诸侯国之所以朝聘于天子，是因为周伯的晋大夫郇侯有治诸侯之功。"芃芃黍苗，阴雨膏之"是以兴的手法，喻王泽流于后代，为后人所怀念。《桧风·匪风》一诗描写下国政乱，周道灭绝，以"顾瞻周道，中心怛兮"表达了对周道的思念，末章"谁能亨鱼？溉之釜鬵。谁将西归？怀之好音"。毛《传》曰："亨鱼烦则碎，治民烦则散。知亨鱼则知治民矣。"《笺》曰："谁将者，亦言人偶能辅周道治民者也。桧在周之东，故言西归。有能西仕于周者，我则怀之以好音，谓周之旧政令。"身处乱政之中，尤其希望能有一个用周道治国的良臣，即如诗云"疾风知劲草，世乱识忠臣"。另外，季札于鲁听乐，为之歌《齐》，曰："表东海者，其太公乎！"为之歌《小雅》，曰："犹有先王之遗民。"是风、雅秉承先公、先王之遗风遗泽，而影响到后世，故诗人心中因感念先王之泽，"既见时世之事变，改旧时之俗，故依准旧法，而作诗戒之"。

诗的"主文而谲谏"的性质，形成温柔敦厚的诗教观。温柔敦厚的诗教，包含温、柔的方式和敦、厚的态度、心理及品德。诗人不是谏诤的直臣，无须在朝堂之上直言进谏。刘勰《文心雕龙·宗经》指出："《诗》主言志，诂训同《书》，摛《风》裁'兴'，藻辞谲喻，温柔在诵，故最附深衷矣。"①《诗》以抒发情志为主，擅用比兴手法，辞藻华美，比喻委婉，吟诵时可以体会它所表现出来的温柔敦厚，所以它最能抒发心灵深处的情感。也就是说，《诗经》委婉曲致的比兴、华美的辞藻，一唱三叹，无一不体现其温柔敦厚的教化观。以《诗经》来教化下民，或讽刺君王之失德，都是以文艺的形式进行委婉地劝谏，而不直接说君之过失，不强行命令民如何做事。托之以乐歌，如此才能言说者无罪，闻之者足以引为警戒。如此才算达到了委婉讽谏教化的目的。

郑《笺》通过对风、雅、颂、赋、比、兴的阐释来表现他对诗的教化功用的重视，他注《周礼·春官·大师》曰："风，言贤圣治道之遗化；赋之言铺，直铺陈今之政教善恶；比，见今之失，不敢斥言，取比类以言之；兴，见今之美，嫌于媚谀，取善事以喻劝之；雅，正也，言今之正者以为后世法；颂之言诵也，容也，诵今之德，广以美之。"郑玄对《诗经》六义的解释，很显然是立足于王道政治，有着非常明显的教化色彩，典型地体现了汉代说诗的政教原则。他在《六艺论·论诗》中也说："诗者，弦歌讽喻之声也。自书契之兴，朴略尚质，面称不为谄，目谏不为谤，君臣之接如朋友然，在于恳诚而已。斯道稍衰，奸伪以生，上下相犯。及其制礼，尊君卑臣，君道刚严，臣道柔顺，于是箴谏者希，情志不通，故作诗者以诵其美而讥其过。"

---

① （南朝）刘勰著，詹锳义证《文心雕龙义证》，上海古籍出版社，1989，第 68 页。

郑玄在《诗谱序》中明确而直接地以时代论"变风变雅":"后王稍更陵迟。懿王始受谮,亨齐哀公,夷身失礼之后,《邶》不尊贤。自是而下,厉也幽也,政教尤衰,周室大坏。《十月之交》《民劳》《板》《荡》,勃尔俱作。众国纷然,刺怨相寻。五霸之末,上无天子,下无方伯,善者谁赏,恶者谁罚,纪纲绝矣。故孔子录懿王、夷王时诗,讫于陈灵公淫乱之事,谓之变风变雅。"君王失礼,诸侯不尊贤者,上行下效,故而有怨刺作品产生。郑玄处于汉末动乱、颠沛流离中,深深体会到政治的黑暗、腐朽给百姓造成的劫难,故而在《笺》中表达了比《毛诗序》更为强烈的现实批判精神。如《王风·扬之水》:"扬之水,不流束薪。"《笺》曰:"激扬之水至湍迅,而不能流移束薪。兴者,喻平王政教烦急,而恩泽之令不行于下民。"《王风·中谷有蓷》:"中谷有蓷,暵其干矣。"《笺》曰:"兴者,喻人居平安之世,犹雉之生于陆,自然也;遇衰乱凶年,犹雉之生谷中,得水则病将死。"《郑志》答张逸曰:"变雅则讥王政得失,闵风俗之衰,所忧者广,发于一人之本身。"王政衰微,所以他认为作为天子之诗的《王风》不够雅诗资格,而列在风诗中,如其笺《黍离》所言:"幽王之乱而宗周灭,平王东迁,政遂微弱,下列于诸侯,其诗不能复《雅》,而同于《国风》焉。"在具体阐释诗意时,郑玄也是联系现实而抨击政衰君酷。如《王风·兔爰》:"我生之后,逢此百凶,尚寐无聪!"《笺》曰:"百凶者,王构怨连祸之凶。"《邶风·北风》:"惠而好我,携手同行。"《笺》曰:"性仁爱而又好我者,与我相携持同道而去,疾时政也。""莫赤匪狐,莫黑匪乌。"《笺》曰:"赤则狐也,黑则乌也,犹今君臣相承为恶如一。"《小雅·四月》:"冬日烈烈,飘风发发。"《笺》曰:"言王为酷虐惨毒之政如冬日之烈烈矣,其亟急行于天下如飘风之疾也。"《小雅·小旻》:"谋臧不从,不臧覆用。我视谋犹,亦孔之邛。"《笺》曰:"谋之善者不从,其不善者反用之。我视王谋为政之道,亦甚病天下。"《小雅·十月之交》:"今此下民,亦孔之哀。"《笺》曰:"君臣失道,灾害将起,故下民亦甚可哀。"《小雅·小宛》:"螟蛉有子,蜾赢负之。"《笺》曰:"蒲卢取桑虫之子负持而去,煦妪养之以成其子。喻有万民不能治,则能治者将得之。"

郑玄非常明确地指出,王政酷虐残毒,不用贤臣之谋,君与奸臣勾结为恶,导致君臣失道,大祸将至,最终必然是王祚将终,政权易主,昏主佞臣必将遭大祸。这种振聋发聩之音,可能会让统治者感到威慑、恐慌而抵触,甚至愤怒,但是稍有理性者都会明白其中道理。

《毛诗序》和郑《笺》发挥教化、讽谏作用的方式和态度不同,这与经学家所处的时代不同有关。"主文而谲谏"明显是和统治者合作的态度,是处于君主绝对统治之下的绝对臣服心理。郑玄在历经党锢之祸及逃亡之后,对汉末君政的失望促使他直刺腐朽政治,这是乱世中渴求改变现实的一种奋勇态度。

四 怨刺作品之旨归:匡时救弊,归于雅正

怨刺类的"变风变雅"产生于特定的社会条件下,认识其旨归也需要联系现实。孔颖达《毛诗正义》说:

> 夫天下有道,则庶人不议;治平累世,则美刺不兴。何则?未识不善则不知善为善,未见不恶则不知恶为恶。太平则无所更美,道绝则无所复讥,人情之常理也。故初变恶俗则民歌之,风、雅正经是也;始得太平则民颂之,《周颂》诸篇是也。若其王纲绝纽,礼义消亡,民皆逃死,政尽纷乱。《易》称天地闭,贤人隐。于此时也,虽有智者,无复讥刺。成王太平之后,其美不异于前,故颂声止也。陈灵公淫乱之后,其恶不复可言,故变风息也。班固云:"成、康没而颂声寝,王泽竭而《诗》不作。"此之谓也。

天下有道之时,不会有怨刺之作,因为此时人们处于安其居、乐其俗的美好生活状态中,天下为公,不知善为善,因未见识到不善;不知

恶为恶，因未见识到不恶。战乱之后始得太平，诗人颂美圣贤之隆德；恶俗初萌，诗人则赞美那些依然存在的美好。而当王纲绝纽，礼崩乐坏，民皆逃死，政尽纷乱之时，智者不复讥刺，因无用于世，无用于民。所以成王致太平之后，颂声止，因为不会再有文武成周时代的盛德；陈灵公淫乱之后，变风不兴，因为没有比他更恶的人和事了。

诗人用怨刺之作来针砭时弊，直指朝政，并非只想痛快淋漓地指出社会弊端，揭发统治者的毒瘤，而是希望君臣在残酷的现实面前猛然警醒，直面现实，及时匡救，恢复曾经有过的礼乐秩序。《毛诗正义》说：

> 变风所陈，多说奸淫之状者，男淫女奔，伤化败俗，诗人所陈者，皆乱状淫形，时政之疾病也，所言者，皆忠规切谏，救世之针药也。《尚书》之三风十愆，疾病也。诗人之四始六义，救药也。若夫疾病尚轻，有可生之道，则医之治也用心锐。扁鹊之疗太子，知其必可生也。疾病已重，有将死之势，则医之治也用心缓。秦和之视平公，知其不可为也。诗人救世，亦犹是矣。典刑未亡，觊可追改，则箴规之意切，《鹤鸣》《沔水》，殷勤而责主也。淫风大行，莫之能救，则匡谏之志微，《溱洧》《桑中》，所以咨嗟叹息而闵世。陈、郑之俗，亡形已成，诗人度己箴规必不变改，且复赋己之志，哀叹而已，不敢望其存，是谓匡谏之志微。

在政教缺失犹可以匡救时，小序就会出现这类的劝诫："思君子也。庄公失道，君子去之，国人思望焉。"（《郑风·遵大路》）"思遇时也。君之泽不下流，民穷于兵革，男女失时，思不期而会焉。"（《郑风·野有蔓草》）"思贤妃也。哀公荒淫怠慢，故陈贤妃贞女，夙夜警戒，相成之道焉。"（《郑风·鸡鸣》）而当政教缺失至无可挽救时，小序则会出现如此悯怀之语："闵无臣也。君子闵忽之无忠臣良士，终以死亡，而作是诗也。"（《郑风·扬之水》）"闵乱也。公子五争，兵革不息，男女相弃，民人思保其室家焉。"（《郑风·出其东门》）孔子强烈批评"郑风淫"，"放郑声，远佞人。郑声淫，佞人殆"（《论语·卫灵公》）。"恶紫之夺朱也，恶郑声之乱雅乐也。"（《论语·阳货》）"郑卫之声"从先秦开始就已经是被批判的存在，因为《郑风》二十一篇描绘了礼崩乐坏的社会现实。孔子录其诗的目的则在于归正，即"《诗三百》，一言以蔽之，曰思无邪"（《论语·为政》）。朱熹也说："诗者，人心之感物而形于言之余也。心之所感有邪正，故言之所形有是非。惟圣人在上，则其所感者无不正，而其言皆足以为教。其或感之之杂，而所发不能无可择者，则上之人必思所以自反，而因有以劝惩之，是亦所以为教也。"① 圣人心正，则无所不正；即便是大胆表现爱情的所谓"淫诗"，也应以此反思，而劝诫臣民，达到教化的目的。

怨刺之作的心理因素在于臣对君的忠爱之心。如果说所谓的正风正雅是歌颂正义的、光明的、高尚的功名事业的话，那么"变风变雅"则是社会、政治出现不平而发出的声音，其旨归和正风正雅一样，都是为了维护社会的正常秩序。诗人出于关注社会现实、维护统治的需要而发出怨刺之音。正如孟子认为《小弁》之怨，《凯风》不怨的理由："《小弁》之怨，亲亲也。亲亲，仁也。"他举例说："有人于此，越人关弓而射之，则己谈笑而道之；无他，疏之也。其兄关弓而射之，则己垂涕泣而道之；无他，戚之也。"关系越疏远，即使面临伤害，也能淡然对待；而关系越亲密，受到的伤害和怨愤则会无限放大。孟子认为，"《凯风》，亲之过小者也，《小弁》，亲之过大者也。亲之过大而不怨，是愈疏也；亲之过小而怨，是不可矶也。愈疏，不孝也；不可矶，亦不孝也"② 。诗人之所以对昏主乱政、对宗族成员有不满和怨愤的心理，是因为对他们还有忠爱之心，与他们血脉相连。对此，程廷祚的分析可为注脚：

---

① （宋）朱熹：《诗集传·序》，上海古籍出版社，1958，第 1 页。
② （宋）朱熹：《四书章句集注》，中华书局，1983，第 340 页。

夫先王之世，君臣上下有如一体。故君上有令德令誉，则臣下相与诗歌以美之。非贡谀也，实爱其君有是令德令誉而欣豫之情发于不容已也。或于颂美之中，时寓规谏，忠爱之至也。其流风遗韵，结于士君子之心，而形为风俗，故遇昏主乱政，而欲救之，则一托之于诗。《序》曰："主文而谲谏，言之者无罪，闻之者足以戒。"然则刺诗之作，亦何往而非忠爱之所流播乎？是故非有爱君之心，则《天保》《既醉》，只为奉上之谀词。诚有爱君之心，则虽国风之刺奔刺乱，无所不刺，亦犹人子孰谏父母而涕泣随之也。①

傅道彬也持同样的观点："面对宗族成员的过错，即使是父母，也可以适当地表达自己的不满，这不能谓之不孝，而是宗亲关系紧密的表现。……面对宗亲的过错不掩饰不隐藏，同时不遮掩的目的不是激发冲突，而是化解矛盾，'不藏怒'的目的是'不宿怨'，短时间的怨怒尚可化解，但是积怨成仇，意味仇雠则不可调和了。"② 从"变风变雅"这些作品本身看，它们表达的意思就是出于对现有统治秩序的维护，哪怕是这个社会是残缺的，甚至是不公平的，诗人也是为校正王朝行政的弊端，申明社会公认的原则，调和阶级矛盾，而绝没有从根本上否定王朝政权。这一点，宋代苏洵的论断可谓通达之至："《小雅》悲伤诟詈，而君臣之情卒不忍去，怨而不至于叛者也。"③

余　论

诗人通过赞美与怨刺表现出正确的道德意识和价值观念、关注社会现实的热情、真诚积极的人生态度，可谓"风雅精神"。这种精神指

---

① （清）程廷祚：《诗论十三·再论刺诗》，《金陵丛书》本《青溪集》卷二。
② 傅道彬：《"诗可以怨"吗?》，《文艺研究》2007 年第 11 期。
③ （宋）苏洵著，曾枣庄、金成礼笺注《嘉祐集笺注》，上海古籍出版社，1993，第 156 页。

引着后世怨刺书写，使之发展为中国特色的、美刺一体的现实主义创作风格。后世文学革新运动常以"风雅"精神为基点，如陈子昂在《与东方左史虬修竹篇序》中倡导讽喻社会现实的"汉魏风骨"；韩愈、柳宗元复兴儒道，倡导质朴自由的文风，强调"务去陈言""辞必己出"，"大凡物不得其平则鸣"；白居易、元稹等发动新乐府运动，倡导"文章合为时而著，歌诗合为事而作"，创作讽喻诗，正是秉承"变风变雅"的精神，以怨刺发挥补察时政、泄导人情的功用。

诗文变而不失其正，变即创新。刘勰《文心雕龙·通变》曰："凡诗、赋、书、记，名理相因，此有常之体也。文辞气力，通变则久，此无方之数也。名理有常，体必资于故实；通变无方，数必酌于新声；故能骋无穷之路，饮不竭之源。"[①] 诗、赋、书、记等文体有不变的名称和规格，历代相传，这是文体有稳固性的特点。但文章的写法却是在继承基础上创新，唯有如此文章的气势才能历久不衰，这是写法有不稳固性的特点。文体的名称和规格稳固，后世创作同类体裁需要借鉴前代作品；文章的写法不断创新，变化无方，必然根据新的内容加以斟酌推敲。这样才能在宽广的写作之路上恣意驰骋，才能在永不枯竭的创作源泉中汲取灵感。"变风变雅"的目的是匡正时弊，其精神实质是中和，即孔颖达所言："夫诗者，论功颂德之歌，止僻防邪之训，虽无为而自发，乃有益于生灵。"有益于社会和人生是正风正雅、变风变雅一致的旨归。

---

① （南朝）刘勰著，詹锳义证《文心雕龙义证》，上海古籍出版社，1989，第 1079～1081 页。

方回对《文选》五臣注的接受与推进

刁丽丽*

摘　要：方回所著《虚谷评五谢诗》《文选颜鲍谢诗评》是《文选》分体研究的先驱。对于《文选》五臣注，方回充分肯定其价值，为其辩诬，既指出其较李善注的恰确处，又客观指正其错漏之处。方回对五臣注的吸取主要有单独引用、与李善注合用两种形式，是为将六臣注结合应用于《文选》诗批评的起点。方回发挥五臣注所长，在五臣注文意疏通以及诗歌品评等方面又有所推进，篇章注释与文学批评结合的意识更为自觉，终使《文选》研究的着眼点回归到文学本位。

关键词：方回　《虚谷评五谢诗》　《颜鲍谢诗评》　五臣注文学批评

方回所著《虚谷评五谢诗》（以下或简称《五谢诗》）、《文选颜鲍谢诗评》（以下或简称《颜鲍谢诗》）是《文选》（以下或简称《选》）分体研究的先驱。对于《文选》旧注的吸纳与发覆是方回《选》诗研究的基础。方回之于李善注的接受，学界已有讨论，① 而其与五臣注的关联，论者则基本停留在予以征引这一事实的简单判断层面，② 尚缺乏更深层次的揭示和立足选学学术史角度的考量。本文

---

* 作者简介：刁丽丽，河北师范大学文学院博士研究生，主要从事魏晋南北朝文学研究。

① 詹杭伦：《〈文选颜鲍谢诗评〉发微》，《乐山师专学报》（社会科学版）1989 年第 3 期。
② 王次澄：《方回〈文选颜鲍谢诗评〉对六臣注之容受与创发》，台湾《文与哲》2013 年总第22 期；罗琴：《元代文选学研究》，花木兰文化出版社，2015，第 25～29 页。

即由此切入，着眼于方回对五臣注的理性态度、征引五臣注的特殊方式，以及将文学批评意识贯彻于篇章注释中的历史贡献等层面，见出方回《选》诗研究的特点与意义。

一

《虚谷评五谢诗》《文选颜鲍谢诗评》乃方回从《文选》中选取颜延之、鲍照、谢灵运、谢惠连、谢朓等诗人诗作加以注释、考证、评点而成，是方回古诗评点的系列著作。方回二书对作家作品的注释多采《文选》李善注和五臣注，又非全盘接受，其考辨、评说都遵守了理性原则。例如，方回最重李善注，不仅大量引用，且随文赞叹其"无一事不见本根，无一字不见来历"① "所注甚佳"②，而对其未尽之处，又以"未通"③ "费力"④ "非是"⑤ 相评，并加以辨析补正⑥。这种理性客观的态度，也贯彻于其对五臣注的解读中。

首先，为五臣注辩诬。五臣注问世后，虽因其实用，颇受举子青睐，但也遭到治《选》者的诟病。事实上，唐末李济翁、邱光庭及宋人对五臣注的评价并非完全客观，他们多抓住一点不及其余乃至全盘否定，⑦ 甚至使五臣代李善受过。在这种背景下，方回能以理性态度辨析五臣注的合理之处，并为其辩诬就尤为可贵。如其评谢瞻《张子房诗》："第三韵'力政吞九鼎，苟慝暴三殇'，以言秦之暴。东坡诋五臣

---

① 宋志英、南江涛选编《〈文选〉研究文献辑刊》第 4 册，国家图书馆出版社，2016，第 235 页。
    按：本文所引方回诗评，《五谢诗》《颜鲍谢诗》二书均有者只出注《颜鲍谢诗》，《五谢诗》独有者单独出注。
② 宋志英、南江涛选编《〈文选〉研究文献辑刊》第 4 册，国家图书馆出版社，2016，第 336 页。
③ 宋志英、南江涛选编《〈文选〉研究文献辑刊》第 4 册，国家图书馆出版社，2016，第 235 ~ 236 页。
④ 宋志英、南江涛选编《〈文选〉研究文献辑刊》第 4 册，国家图书馆出版社，2016，第 274 页。
⑤ 宋志英、南江涛选编《〈文选〉研究文献辑刊》第 4 册，国家图书馆出版社，2016，第 385 页。
⑥ 詹杭伦：《方回的唐宋律诗学》，中华书局，2002，第 206 页。
⑦ 郭宝军：《宋人对〈文选〉李善注、五臣注的评议》，《广西师范大学学报》2011 年第 6 期。

误注三殇，其实乃是李善。"① 指出以"三殇"注秦暴者实为李善，而非苏轼所云五臣。今见此句确为李善引《礼记》注："《礼记》曰：孔子过泰山侧，妇人哭于墓者而哀，夫子式而听之，使子路问之曰：子之哭也，一似重有忧者。而曰：然。昔者吾舅死于虎，吾夫又死焉，今吾子又死焉。夫子曰：何不去也？曰：无苛政。夫子曰：小子识之，苛政猛于虎也。"② 苏轼《仇池笔记》曰："谢瞻《张子房诗》云：'苛慝暴三殇'，此《礼》所谓上中下三殇，言秦无道，戮及孥稚。而注（五臣）乃谓苛政猛于虎，吾父吾夫吾子皆死，谓夫谓父为殇。"③ 认为"三殇"之义应依《仪礼》按夭亡的不同年龄论之，④ 而非"父""夫""子"三代人之死。方回指出苏轼此言乃是对五臣注的诋诬，注"三殇"者，实为李善。苏轼出于对李善注的信任，而不加辨识地认为凡注释之误皆出自五臣。然方回并未妄从。再如谢朓《郡内登望一首》"寒城一以眺，平楚正苍然"句，方回的辨析："《唐子西语录》：谢玄晖诗，'平楚'，犹平野也。吕延济乃用'翘翘错薪，言刈其楚'，谓楚木丛，便觉气象殊窘。予所有李善本亦尔。"⑤ 方回认为，北宋诗人唐庚批评五臣注以《周南·汉广》句来注解"平楚"不妥，确有道理，又点明："予所有李善本亦尔。"透露出误注渊源有自。事实上此注不见于五臣注，唐庚将李善之误归于吕延济，也是先入之见。方回虽未进一步说明情况，但还是秉持了客观态度。

其次，肯定五臣注较李善注确切之处。方回治学通达，读经不存

① 宋志英、南江涛选编《〈文选〉研究文献辑刊》第 4 册，国家图书馆出版社，2016，第 229 ~ 230 页。
② （梁）萧统辑，（唐）李善注《宋尤袤刻本文选》第 6 册，国家图书馆出版社，2017，第 20 页。
③ （宋）苏轼：《仇池笔记·东坡志林》，上海书店出版社，1990，第 1 页。
④ 《仪礼·丧服》："年十九至十六为长殇，十五至十二为中殇，十一至八岁为下殇，不满八岁以下皆为无服之殇。"苏轼取其中长、中、下殇为"三殇"。（汉）郑玄注，（唐）贾公彦疏，黄侃经文句读《仪礼注疏》，上海古籍出版社，1990，第 369 页。
⑤ 宋志英、南江涛选编《〈文选〉研究文献辑刊》第 4 册，国家图书馆出版社，2016，第 400 页。

"汉学""宋学"之分，① 治《选》亦无偏私，因而能勘察李善注之疏误，取用五臣注之确处。如谢灵运《南楼中望所迟客》题解："'迟'，去声，训'待'，而《文选注》音训为'思'，非是。"② 此处"《文选注》"即指李善注。方回认为李善因音求义，训"迟"为"思"有误。实际上"所迟客"意为作者所等待的客人，五臣以"待"训"迟"，显然比李善注更为确切，故为方回所取。又如谢灵运《道路忆山中》"悽悽《明月吹》，恻恻《广陵散》"句，李善注："《古乐府》有《明月皎夜光》。应璩《与刘孔才书》曰：听广陵之清散。"着意于"明月""广陵"的语典出处，前者之解尤与诗意无关。而五臣李周翰注曰："悽、恻皆哀声也。《明月吹》《广陵散》，并琴曲名。"③ 明确了二曲的类型及其哀怨格调。两相比照，五臣的解说更能明诗意。方回曰："《明月吹》言笛，《广陵散》言琴，灵运当是作此音以写悲怨。"④ 显然取自五臣注，更为确切。

最后，直书对五臣注的质疑。五臣注的谬误，前代已多有指摘，方回亦不回避。如谢灵运《七里濑》"遭物悼迁斥，存期得要妙"句，言诗人由节序之变，观景物之衰亡，悟精微之玄理。关于"迁斥"，李周翰注曰："谓贬出也。"⑤ 李善注则引《广雅》以"推"释"斥"，⑥ 言节序之迁改。方回释"迁斥"曰："推移之义，非谓迁谪也。"⑦ 同于李善注，而明确否定了五臣注。

---

① 詹杭伦：《方回的唐宋律诗学》，中华书局，2002，第 34 页。
② 宋志英、南江涛选编《〈文选〉研究文献辑刊》第 4 册，国家图书馆出版社，2016，第 385 页。
③ （梁）萧统编，（唐）五臣注《文选》卷十三，宋绍兴三十一年（1161）建阳崇化书坊陈八郎宅刊本，台湾"中央图书馆"影印，1981。
④ 宋志英、南江涛选编《〈文选〉研究文献辑刊》第 4 册，国家图书馆出版社，2016，第 340～341 页。
⑤ （梁）萧统编，（唐）五臣注《文选》卷十三，宋绍兴三十一年建阳崇化书坊陈八郎宅刊本，台湾"中央图书馆"影印，1981。
⑥ （梁）萧统辑，（唐）李善注《宋尤袤刻本文选》第 7 册，国家图书馆出版社，2017，第 108 页。
⑦ 宋志英、南江涛选编《〈文选〉研究文献辑刊》第 4 册，国家图书馆出版社，2016，第 331 页。

此诗"目睹严子濑，想属任公钓"句，也颇有歧解。方回曰："任公之钓，志其大而不志其小，故所得者大。予谓此寓言非所以拟严子。"① 这里所否定的诗人自比之说，亦出自五臣注。严光为东汉隐士，《后汉书》载其耕于富春，后人名其钓处为严子濑。"任公"典出《庄子·外物》："任公子为大钩巨纶，五十犗以为饵，蹲会稽，投竿东海，旦旦而钓，期年不得鱼。已而大鱼食之……任公子得若鱼，离而腊之，自制河以东，苍梧以北，莫不厌若鱼也。"② 五臣张铣注曰："言经此钓处，属想其人以道济众。"③ 误将以道济众者解为严子，而诗句明言诗人过严子当年垂钓之处，联想到庄子笔下的任公之钓。他自恃有任公子般经世大才，却只能如严子陵远离朝市避居海隅，睹物伤怀，思绪复杂。故方回当是诗人自比任公，而非严子，堪称透彻之解。正是在对诗歌文本的细腻解读中，准确体察到五臣注之误。

由上可见，方回治《选》诗兼顾六臣注，其对五臣注的接受做到了理性辨析、合理取用，故能持论公允。

二

《五谢诗》《颜鲍谢诗》二书对旧注多有征引，或为明引，即引文标明"《文选注》""《选注》""《注》云"；或为暗引，即不标注出处，实则亦出自旧注。明引多为李善注，而对五臣注则几乎悉为暗引。④ 无

---

① 宋志英、南江涛选编《〈文选〉研究文献辑刊》第 4 册，国家图书馆出版社，2016，第 330~331 页。

② （梁）萧统辑，（唐）李善注《宋尤袤刻本文选》第 7 册，国家图书馆出版社，2017，第 108 页。

③ （梁）萧统编，（唐）五臣注《文选》卷十三，宋绍兴三十一年建阳崇化书坊陈八郎宅刊本，台湾"中央图书馆"影印，1981。

④ 按：《虚谷评五谢诗》《文选颜鲍谢诗评》中标注引用《文选注》有 35 处有标注，其中 34 处为李善注，1 处为五臣注。

疑，方回于五臣注的吸收是低调潜行的。这种现象或许与宋元时期精英知识阶层褒扬李善贬低五臣的共识有关，从苏轼的"荒陋"之评①到姚宽的"无足取"之讥②，再到元代李治的"可厌"之唾③，五臣注受到了无以复加的贬低。方回也许未能远离时代的影响，但其取用五臣注以考评《选》诗，却有迹可循。

首先，单引五臣注，体现在音义训、人物名物注和题意解说等多个方面。音义训之例如谢朓《同谢咨议铜雀台诗》"穗帏飘井干"句，方回所注："干，音寒。"④ 即来自五臣单注本朝鲜正德本，属宋刻五臣注《文选》孟氏本一系。又如谢灵运《过始宁墅》"疲荼惭贞坚"句注，方回二书皆引五臣注："荼，奴结切。"⑤ 再如谢朓《京路夜发》"肃肃戒徂两"句注，取五臣注："两，车也。"⑥ 方回多依五臣注直接释字词音义的形式，而未取李善注音义标明出处的体例。

人物名物注解袭五臣之例，如谢灵运《入华子冈是麻源第三谷》题解："华子期，角里弟子。见《列仙传》。故老相传翔集此顶，故称华子冈。"⑦ 其中以"角里弟子"注"华子期"，依从的是五臣注。李善注则为"禄里弟子"⑧，"禄"为"角"的音注，故五臣注更为准确。谢朓《和徐都曹》"宛洛佳遨游，春色满皇州"句，五臣张铣注："宛，南阳也。洛，洛阳也。皇州，帝都也。时都在江东而言宛洛者，

---

① （宋）苏轼：《苏轼文集》，孔凡礼点校，中华书局，1986，第 2095 页。
② （宋）姚宽：《西溪丛语》下卷，中华书局，1993，第 100 页。
③ （元）李治：《敬斋古今黈》，中华书局，2006，第 129 页。
④ 宋志英、南江涛选编《〈文选〉研究文献辑刊》第 4 册，国家图书馆出版社，2016，第 288 页。
⑤ 此句尤袤本作"疲薾惭贞坚"，注"薾"为"奴结切"，参见（梁）萧统辑，（唐）李善注《宋尤袤刻本文选》第 7 册，国家图书馆出版社，2017，第 104 页。陈八郎本注作"荼"，并注音"奴结"，参见（梁）萧统编，（唐）五臣注《文选》卷十三，宋绍兴三十一年建阳崇化书坊陈八郎宅刊本，台湾"中央图书馆"影印，1981。
⑥ （梁）萧统编，（唐）五臣注《文选》卷十四，宋绍兴三十一年建阳崇化书坊陈八郎宅刊本，台湾"中央图书馆"影印，1981。
⑦ 宋志英、南江涛选编《〈文选〉研究文献辑刊》第 4 册，国家图书馆出版社，2016，第 344 页。
⑧ （梁）萧统辑，（唐）李善注《宋尤袤刻本文选》第 7 册，国家图书馆出版社，2017，第 117 页。

举名都以言之。"① 方回解曰："此乃借宛、洛以喻建康。"② 迁想借喻，正是五臣注的思路。

题意解说也多有征引五臣注。例如颜延之《拜陵庙作》，此诗录于《文选》哀伤诗类，却没有表达哀伤之情，而是述皇朝恩德。李善的题解，考证了上陵风俗的由来："沈约《宋书》曰：汉仪上陵，岁以为常，魏无定制。江左元帝崩后，诸侯始有谒陵辞陵事，盖率情而举，非京、洛之旧。自元嘉已来，每正月舆驾必谒初宁陵，复汉仪。"③ 并没有针对颜诗作解。五臣解题则重在诗歌的"述作之由"："延之从文帝拜高祖陵，作此诗。"④ 方回曰："盖从宋文帝上高祖塚也。"⑤ 显然是据五臣注。

方回征引五臣注，一般为李善无注之处，补益的意图十分明显。如谢灵运乐府诗《会吟行》，方回以李善无题解，且诗中"六引""三调"，"亦不详明"⑥ 为憾，其评首先指出此诗"乃是效陆机《吴趋行》"⑦，而五臣注铣曰："'会'，谓会稽也。'吟'，犹咏也。意与《吴趋行》同类。"⑧ 已经对二诗关系作出了判断。方回采用张铣之说，又引崔豹《古今注》补充说明："《吴趋曲》，吴人以歌其地。"⑨《会吟行》与《吴趋行》皆是吴人歌吴地，内容、结构基本相同。二诗皆以六句起调，后颂吴地自然风光和本地贤达，句式也相类。陆诗

① （梁）萧统编，（唐）五臣注《文选》卷十五，宋绍兴三十一年建阳崇化书坊陈八郎宅刊本，台湾"中央图书馆"影印，1981。
② 宋志英、南江涛选编《〈文选〉研究文献辑刊》第4册，国家图书馆出版社，2016，第406页。
③ （梁）萧统辑，（唐）李善注：《宋尤袤刻本文选》第6册，国家图书馆出版社，2017，第149页。
④ （梁）萧统编，（唐）五臣注《文选》卷十二，宋绍兴三十一年建阳崇化书坊陈八郎宅刊本，台湾"中央图书馆"影印，1981。
⑤ 宋志英、南江涛选编《〈文选〉研究文献辑刊》第4册，国家图书馆出版社，2016，第287页。
⑥ 宋志英、南江涛选编《〈文选〉研究文献辑刊》第4册，国家图书馆出版社，2016，第362页。
⑦ 宋志英、南江涛选编《〈文选〉研究文献辑刊》第4册，国家图书馆出版社，2016，第361~362页。
⑧ （梁）萧统编，（唐）五臣注《文选》卷十三，宋绍兴三十一年建阳崇化书坊陈八郎宅刊本，台湾"中央图书馆"影印，1981。
⑨ 宋志英、南江涛选编《〈文选〉研究文献辑刊》第4册，国家图书馆出版社，2016，第362页。

曰："楚妃且勿叹，齐娥且莫讴。四座并清听，听我歌吴趋。吴趋自有始，请从阊门起。"谢诗曰："六引缓清唱，三调伫繁音。列筵皆静寂，咸共聆会吟。会吟自有初，请从文帝敷。""四座"与"列筵"、"歌吴趋"与"聆会吟"、"自有始"与"自有初"、"请从阊门起"与"请从文帝敷"等表述极为相近。二诗颂本邑风光俱从山峦河流写起，陆诗曰："重峦承游极，回轩启曲阿。"谢诗曰："连峰竞千仞，背流各百里。"后列邦彦贤达之名迹，并矜夸其不可胜数。陆诗曰："属城咸有士，吴邑最为多。"① 谢诗曰："自来弥年代，贤达不可纪。"② 都可见出谢诗模拟前贤的鲜明印迹。五臣以二者为同类，确为的论，方回的吸收、回应弥补了李善无注之憾。

与李善注以释典为主不同，五臣注正如吕延祚的上表所云，重在揭示"述作之由"与"作者为志"。方回《选》诗批评的重要内容也在于此，故对五臣注多有参考。如方回对鲍照《结客少年场行》题旨的概括："此谓侠少晚而悔者。"③ 即本于五臣注李周翰之解："言少年时结任侠之客，为游乐之场，终而无成，故有新作也。"④ 方回所谓"侠少"显然为"少年时结任侠之客"的缩略；"晚而悔"缘自"终而无成"。而李善注则着眼于"结客"与"少年"的语典："曹植《结客篇》曰：结客少年场，报怨洛北芒。范晔《后汉书》曰：祭遵尝为部吏所侵，结客报之也。"⑤ 并未言及题意，故为方回所不取。

其次，综合六臣注，合五臣注的疏解文意与李善注的释事诠典之两长，是方回评点的取径。如以李善考据为基础，附以五臣评语。其

---

① （宋）郭茂倩编《乐府诗集》，中华书局，2017，第 1353 页。
② 宋志英、南江涛选编《〈文选〉研究文献辑刊》第 4 册，国家图书馆出版社，2016，第 361 页。
③ 宋志英、南江涛选编《〈文选〉研究文献辑刊》第 4 册，国家图书馆出版社，2016，第 367 页。
④ （梁）萧统编，（唐）五臣注《文选》卷十四，宋绍兴三十一年建阳崇化书坊陈八郎宅刊本，台湾"中央图书馆"影印，1981。
⑤ （梁）萧统辑，（唐）李善注《宋尤袤刻本文选》第 7 册，国家图书馆出版社，2017，第 203 页。

评谢瞻《张子房诗》"明两烛河阴，庆宵薄汾阳"句曰："'河阴''汾阳'，尧舜所居，谀裕至矣。"① 其中前文来自李善注，后曰"谀裕至矣"则取五臣注"言皆过之"之评，② 以讥讽谢瞻以刘裕比之尧舜的阿谀失当。又如先引李善注，继而发挥五臣注。谢混《游西池》"无为牵所思，南荣戒其多"句，方回评曰："庚桑楚谓南荣趎：'无使汝思虑营营。'引此以言且复行乐，不必牵于思而过甚也。"③ 庚桑楚之言节选自李善注所引《庄子·庚桑楚》，通文意之语则自五臣注"自诫之词"而敷衍。④ 再如合用二注，简化表述，其评谢灵运《登临海峤初发疆中作与从弟惠连见羊何共和之》"顾望脰未悁"句曰："'悁'字当作'痟'。陆彦生诗曰：'相思心既劳，相望脰亦悁。'谓引颈以望，未劳而身已隐也。"⑤ 释词注典依李善注而略有改动；释意则与五臣注"言相望之颈未正，而舟已隐于曲岸也"⑥ 相近，言送别友人依依不舍之情，而方回的表述更为简洁。

最后，将李善的作者注与五臣的诗题解合为一处，使知人与知意密切统合，以深入知诗。如谢朓《新亭渚别范零陵诗》，方回解题曰：

> 《文选注》：解褐豫章王行参军，稍迁至尚书吏部郎，兼知卫尉事。江祐等谋立始安王遥光，朓不肯。坐收下狱死。新亭，即王导止诸人泣处。范云，字彦龙，齐时为零陵内史。⑦

---

① 宋志英、南江涛选编《〈文选〉研究文献辑刊》第 4 册，国家图书馆出版社，2016，第 230 页。
② （梁）萧统编，（唐）五臣注《文选》卷十一，宋绍兴三十一年建阳崇化书坊陈八郎宅刊本，台湾"中央图书馆"影印，1981。
③ 宋志英、南江涛选编《〈文选〉研究文献辑刊》第 4 册，国家图书馆出版社，2016，第 243 页。
④ （梁）萧统编，（唐）五臣注《文选》卷十一，宋绍兴三十一年建阳崇化书坊陈八郎宅刊本，台湾"中央图书馆"影印，1981。
⑤ 宋志英、南江涛选编《〈文选〉研究文献辑刊》第 4 册，国家图书馆出版社，2016，第 299～300 页。
⑥ （梁）萧统编，（唐）五臣注《文选》卷十三，宋绍兴三十一年建阳崇化书坊陈八郎宅刊本，台湾"中央图书馆"影印，1981。
⑦ （元）方回：《虚谷评五谢诗》，国家图书馆藏明抄本。

所引"《文选注》"云云实为合取李善注与五臣注而成。李善注主要介绍谢朓的籍贯、职务、下狱缘由等事实，尤重其职务变迁：

> 萧子显《齐书》曰：谢朓，字玄晖，陈郡人也。少有美名，文章清丽。解褐豫章王行参军，稍迁至尚书吏部郎，兼知卫尉事。江祏等谋立始安王遥光，朓不肯。祏白遥光，遥光收朓，下狱死。①

五臣注除介绍谢朓的生平外，还有对题中"新亭"和"范零陵"的关注：

> 萧子显《齐书》曰：谢朓，字玄晖，陈郡人也。少有美名，稍迁尚书吏部郎。时江祏等谋立姚安王遥光，朓不肯。后遥光收付狱死。新亭，亭名。范云代零陵郡内史。②

可知方回对谢朓生平的介绍主要来自李善注，对诗题中"新亭"的解释和范云职务的交代则得益于五臣注。不过，方回解"新亭"，引《世说新语》"新亭对泣"之典，较五臣"亭名"的简单注释更具历史意蕴。如此合成，使得创作背景约略明晰，这首赠别诗中的"心事"与惆怅更易于被理解。

可以说，方回对李善注、五臣注的研究都相当细致，他深刻认识到这两种经典旧注各具不可替代的价值，故能在各有偏重的取舍中合其两长，使《五谢诗》《颜鲍谢诗》的注文内涵更加丰厚。

---

① （梁）萧统辑，（唐）李善注《宋尤袤刻本文选》第 5 册，国家图书馆出版社，2017，第222 页。
② （梁）萧统编，（唐）五臣注《文选》卷十，宋绍兴三十一年建阳崇化书坊陈八郎宅刊本，台湾"中央图书馆"影印，1981。

<h1 style="text-align:center">三</h1>

方回对《文选》颜鲍及五谢诗的评论也能合六臣注之两长，尤其是将五臣注文意疏通及诗歌品评赏读意识发扬光大，篇章注释与文学批评相结合，开启了《选》诗研究的新阶段，"开拓了一条研究《昭明文选》的新道路"①，终使《文选》研究的着眼点回归到文学本位。

首先，从句意疏通到段意解说。选学始于音义注释，萧该、曹宪、李善均致力于此。五臣注则以疏解文意、探究幽旨为追求。五臣的疏通文义以句意概括为主，兼有对诗歌的结构解析。方回则将五臣注的句意疏解拓展到段意解析，使《选》诗的含义得到了更大程度的挖掘。如谢瞻《张子房诗》，方回评曰：

> 第一韵"王风哀以思，周道荡无章"，以言周之衰。第三韵"力政吞九鼎，轲愿暴三殇"，以言秦之暴。……第五韵至第十韵叙美子房……第十一韵至第十四韵，归美刘裕。②

方回以"韵"为单元分层解说诗意，是对诗歌的完整性解读。而五臣注只有对此诗第一韵的解说："亡国之风哀以思，谓周之将亡，荡然无纲纪文章而已。"③ 尚属句意解读，而方回的解说由句意扩展到段意，十四韵中有分析，又有合解，极大地丰富了五臣注。又如鲍照《咏史诗》：

> 五都矜财雄，三川养声利。百金不市死，明经有高位。

---

① 宋绪连：《从李善的〈文选〉注到骆鸿凯〈文选学〉——〈昭明文选〉研究管窥》，赵昌智、顾农主编《李善文选学研究》，广陵书社，2009，第276页。
② 宋志英、南江涛选编《〈文选〉研究文献辑刊》第4册，国家图书馆出版社，2016，第229~230页。
③ （梁）萧统编，（唐）五臣注《文选》卷十一，宋绍兴三十一年建阳崇化书坊陈八郎宅刊本，台湾"中央图书馆"影印，1981。

　　京城十二衢，飞甍各鳞次。仕子彯华缨，游客竦轻辔。

　　明星晨未稀，轩盖已云至。宾御纷飒沓，鞍马光照地。

　　寒暑在一时，繁华及春媚。君平独寂寞，身世两相弃。①

　　此诗托名咏史，实则表达了诗人对竞逐名利之徒的憎恶与己身退处寂寞的忧愤。方回曰："此诗八韵，以七韵言繁盛之如彼，以一韵言寂寞之如此。"② 评语体现出对此诗内容层次的准确理解。"七韵言繁盛""一韵言寂寞"，在强烈对比中体味出诗人内心的郁积，并进而指出："明远多为不得志之辞，悯夫寒士下僚之不达，而恶夫逐物奔利者之苟贱无耻，每篇必致意于斯。"③ 方回基于对全诗的深刻理解，由句意到段意，层层揭示诗意，进而基于对鲍照寒士心态的准确把握，勘察到鲍诗的普遍主题。五臣注则往往着眼于句意疏解，虽有对"百金"二句的读解"此有百金之子不死于市者，明经术而取高位"，以及对"君平"二句作用的揭示"此诗独美严公，以诮当时奢丽"④，但与方回的注解相比照，的确有零整之别。

　　方回的段意揭示往往形成完整的诗句串解，如鲍照《玩月城西门廨中》，此诗主旨向有不详之说，如唐白居易《与元九书》曰："'离花先委露，别叶乍辞风'之什，丽则丽矣，吾不知其所讽焉。"⑤ 清纪昀《玉台新咏校正》谓此诗："题无明文，遂莫详其作意。"⑥ 方回则在五臣分句解说基础上分层释义：

① 宋志英、南江涛选编《〈文选〉研究文献辑刊》第 4 册，国家图书馆出版社，2016，第 240 页。
② 宋志英、南江涛选编《〈文选〉研究文献辑刊》第 4 册，国家图书馆出版社，2016，第 240 页。
③ 宋志英、南江涛选编《〈文选〉研究文献辑刊》第 4 册，国家图书馆出版社，2016，第 240 ~ 241 页。
④ （梁）萧统编，（唐）五臣注《文选》卷十一，宋绍兴三十一年建阳崇化书坊陈八郎宅刊本，台湾"中央图书馆"影印，1981。
⑤ （唐）白居易著，谢思炜校注《白居易文集校注》，中华书局，2011，第 323 页。
⑥ 张蕾：《〈玉台新咏校正〉整理与研究》，上海古籍出版社，2019，第 179 页。

前六韵言月之自缺而满，又有感于节物之易凋……后五韵言
宦游休浣，偶值此月，具琴曲、设酒肴，当夕漏之云初，命驻车
以同酌也。①

将全诗分为"前六韵"与"后五韵"两部分，前叙对玩月之夜的
留恋，后述对友人的思念。清人吴淇亦有相近的评析："首六句，乃追
述未望以前初生之月，光犹未满，不能照远之意。及十五六夜，月满
矣，无处不照，故曰'千里与君同'。君指何人？即结语'情人'是
也。"② 然方回评此诗似更有深意，他捕捉到写景思人之外，诗人由感
物易凋而心生凄凉，以酒兴正酣不思归反衬其对仕宦生活的厌倦。方
回以赏读的方式体味诗意，当是与其本也擅长诗歌创作有关。

方回对《选》诗中复杂深奥之处的诠释，有时堪称解开全诗旨意的
一把钥匙。如谢灵运《初去郡》"牵丝及元兴，解龟在景平。负心二十
载，于今废将迎"几句，方回的注解在对晋宋政治变迁和灵运任职履历
的钩陈中，将诗中"牵丝""解龟""二十载""负心"的来龙去脉说得
明明白白。

牵丝及元兴，初仕。"解龟在景平"，谓去郡。晋安帝初改隆
安，至五年而改元元兴。是年三月，桓玄入京师。二年十一月，
玄篡晋。三年二月，刘裕起兵，四月，玄伏诛。明年改元义熙，
三月安帝还京师。自此尽十四年，恭帝改元元熙。尽一年，明年
六月，刘裕篡晋，改元熙二年为永初元年。尽三年，少帝改元景
平。明年文帝入，改永平（景平）二年为元嘉元年。自元兴之元
至景平之元，凡二十三年。灵运初以袭康乐公，除散骑常侍，不
就。此牵丝之始也……永初三年秋，出为永嘉太守。景平元年秋，

① 宋志英、南江涛选编《〈文选〉研究文献辑刊》第 4 册，国家图书馆出版社，2016，第 394 页。
② （清）吴淇：《六朝选诗定论》，广陵书社，2009，第 341 页。

谢病去职。①

　　谢灵运从元兴除散骑常侍不就到景平谢病去职，二十三年间经历了六次改元和数次职务变迁，方回在这份简明的仕宦年谱中还原了谢灵运在晋宋之际的处境，使“负心”二字的内蕴更加丰厚，客观的事件罗列难掩对谢氏命运的唏嘘。诚如清人吴淇所言：“是不惟有存没之感，具有兴忘之感，俱在二十年间，真大可痛也。”② 与前人相比，方回的注解更加注重知人论世，在更为深广的历史背景中解读谢灵运其人其诗，竭力还原诗歌创作时的史实、环境，探寻作者的思想动态，这种尝试对于后世说诗者具有启发意义，如刘履评谢诗即是此种路数。③

　　其次，从“文学批评的开始”到批评实践的自觉。学界认为五臣注偏重《文选》作品句意篇旨的诠释，是选学“从释词走向文学批评的开始”④，但准确地讲，此后选学的文学批评，相当长的时期都处于始而不发的状态，至方回《五谢诗》《颜鲍谢诗》问世，才真正开启了《选》诗的文学批评时代。方回批评意识的自觉正是建立在对五臣注接受的基础之上。

　　五臣注的文学批评意味主要体现在直解式的文意疏通，有助于读者赏读作品本身。而方回评《选》诗，尚有指引宋末元初诗歌发展方向、教示后学作诗门径之意，其批评实践在多角度、多层次上突破了五臣注的“前批评”状态。⑤ 如评谢灵运《登池上楼》：“如《古诗》及建安诸子，‘明月照高楼’‘高台多悲风’及灵运之‘晓霜枫叶丹’，

────────────

① 宋志英、南江涛选编《〈文选〉研究文献辑刊》第 4 册，国家图书馆出版社，2016，第 334 ～ 335 页。
② （清）吴淇：《六朝选诗定论》，广陵书社，2009，第 360 页。
③ 杨鉴生、王芳：《刘履对谢灵运诗歌的接受与评价》，《合肥师范学院学报》2008 年第 2 期。
④ 王立群：《从释词走向批评——〈文选五臣注〉研究评析》，《中州学刊》1998 年第 2 期。
⑤ 王立群：《从释词走向批评——〈文选五臣注〉研究评析》，《中州学刊》1998 年第 2 期。

皆天然混成，学者当以是求之。"① 又如评颜延之《和谢监灵运》曰：
"此用字之法，学者不可不知也。"② 指导当世诗人以"天然混成"的
六朝诗句为典范，体察字法、词法、句法之妙。谢朓《郡内高斋闲坐
答吕法曹》"窗中列远岫，庭际俯乔林"句，李善注着眼于引语典：
"曹子建诗曰：归鸟赴乔林。"五臣注着力于疏通句意："言所居高窗
中，平对远山，临庭下视高树。"③ 方回则以五臣注对"岫"字的释义
为基点，对诗句之妙涵泳玩味：

> 柳子厚诗曰："遥怜郡斋好，谢守但临窗。"用"窗中列远岫"
> 事也。或以为"岫"本训"穴"，谢宣城误用此字。予以为"云无
> 心而出岫"，若专言穴，则渊明之意不亦狭乎？山谷常用之："窗中
> 远岫是眉黛，席上榴花皆舞裙。"山有岩穴，以"岫"为远山，似
> 亦无害。④

　　所评认同五臣以"远山"释"岫"，并引陶渊明、黄庭坚诗句为证；
又敏锐把握到诗歌传承之迹，"窗中列远岫"句为柳宗元《答刘连州邦
字》诗、黄庭坚《记梦》诗引以为典。元初南方诗坛颇受江湖诗派的影
响，诗学晚唐体，诗境窄仄，诗风清浅，方回批评他们"不读书亦做
诗"⑤，清楚地看到摒弃典实带来的流弊。他以唐宋诗人化用《选》诗典
故之例，为后学明示学诗路径，可谓着眼于一字之义，纵横捭阖，寓教
于漫谈之中。

　　方回的《选》诗批评对五臣注的接受与推进，更能从对五臣注
"接着说"中直观地体现出来。

①　宋志英、南江涛选编《〈文选〉研究文献辑刊》第4册，国家图书馆出版社，2016，第253页。
②　宋志英、南江涛选编《〈文选〉研究文献辑刊》第4册，国家图书馆出版社，2016，第309页。
③　（梁）萧统编，（唐）五臣注《文选》卷十三，宋绍兴三十一年建阳崇化书坊陈八郎宅刊本，
　　台湾"中央图书馆"影印，1981。
④　宋志英、南江涛选编《〈文选〉研究文献辑刊》第4册，国家图书馆出版社，2016，第312页。
⑤　方回：《恢大山西山小稿序》，李修生主编《全元文》，江苏古籍出版社，2004，第136页。

其一，在五臣注"述作之由"后增添赏析之语。如谢灵运《酬从弟惠连》，李善注无题解，五臣张铣注则着意点明其题材："酬，报也。报前西陵遇风献诗也。"① 但五臣之解过简，故在引用之后，方回又加详解：

> 详此乃是惠连访灵运于始宁山居，别去将往都下，至西兴阻风，以诗来寄，而灵运答也。一笔写就，如书问直道情愫，既委屈，又流丽。②

方回且注且评，对这首酬答诗的始末、特色皆有交代，特别是体味到赠答如书问的体式互通。方回所察细腻精准，诗中"欢爱隔音容""长怀莫与同""倾想迟嘉音""共陶暮春时"等句，确是"直道情愫"之语。方回对诗歌的品赏回归本体，这或许更加贴近于萧统集前代诗文之"清英"，使后来者得"悦目"之享、"文华"之滋的初衷。

其二，继踵五臣注疏通句意，摘句评点尤为精彩。如谢朓《和伏武昌登孙权故城》，陈汉末三国之往事，叹历史兴亡之沧桑，"凭吊之情极畅"③，其中"炎灵遗剑玺，当涂骇龙战"句，五臣张铣注曰："炎灵，汉也。遗剑玺，谓失位也。当涂，魏也。骇龙战，谓用干戈图天下也。""三光厌分景，书轨欲同荐"句，五臣李周翰注曰："谓三国厌分其土地，欲使文书轨迹同为一统，以进于晋矣。"④ 方回在五臣注句意概括的基础上合观二句之意，除了点明诗中对吴国兴亡的慨叹，又上升为对创作理论的探讨：

---

① （梁）萧统编，（唐）五臣注《文选》卷十三，宋绍兴三十一年建阳崇化书坊陈八郎宅刊本，台湾"中央图书馆"影印，1981。
② 宋志英、南江涛选编《〈文选〉研究文献辑刊》第 4 册，国家图书馆出版社，2016，第 301 ~ 302 页。
③ （南朝齐）谢朓撰，曹融南校注《谢朓集校注》，中华书局，2019，第 339 页。
④ （梁）萧统编，（唐）五臣注《文选》卷十五，宋绍兴三十一年建阳崇化书坊陈八郎宅刊本，台湾"中央图书馆"影印，1981。

炎灵遗斩蛇之剑与传国之玺，而吴兴；日月星三光厌乎分景而书轨欲同也，故吴亡。凡诗述兴盛之事，则雅而难为工，言及衰亡，则哀而易为辞。此"舞馆""歌梁""故林""荒池"四句，所以读之而见其佳也。①

关于"哀辞易工"，韩愈《荆潭唱和诗序》言："夫和平之音淡薄，而愁思之声要妙；欢愉之辞难工，穷苦之言易好也。"② 方回又翻出一层，指出歌咏史事亦是如此，所谓"述兴盛之事，则雅而难为工，言及衰亡，则哀而易为辞"③。其拈出诗中"舞馆识余基，歌梁想遗转。故林衰木平，荒池秋草遍"四句，说明哀辞易见其佳，创作和接受心理相通，读者易与哀辞共鸣的道理。又如谢朓《休沐重还道中》末二句"岁华春有酒，初服偃郊扉"，五臣以"偃息于故居之门庭"④ 解其意，方回则先言其意，"最后句终期退闲"，其后又有评语点睛"其思缓而不迫，尤有味也"⑤。品味出诗句中悠游岁月、闲居乡里之情与诗人运思之从容的关联，可谓此诗之解人。

除去"接着说"，方回对五臣注的批评视阈多有突破，其中诗史意识尤为突出。其论颜鲍谢诗，颇能勾连汉唐，探查其间的诗风流变。如评谢朓《和王主簿怨情》曰：

"花丛乱数蝶，风帘入双燕"，灵运、惠连、颜延年、鲍明远在宋元嘉中未有此等绮丽之作也。齐"永明体"自沈约立为声韵之说，诗渐以卑。而玄晖诗徇俗太甚，太工太巧。阴、何、徐、

---

① 宋志英、南江涛选编《〈文选〉研究文献辑刊》第 4 册，国家图书馆出版社，2016，第 403 页。
② （唐）韩愈著，马其昶校注《韩昌黎文集校注》，商务印书馆，1986，第 262 页。
③ 宋志英、南江涛选编《〈文选〉研究文献辑刊》第 4 册，国家图书馆出版社，2016，第 403 页。
④ （梁）萧统编，（唐）五臣注《文选》卷十四，宋绍兴三十一年建阳崇化书坊陈八郎宅刊本，台湾"中央图书馆"影印，1981。
⑤ 宋志英、南江涛选编《〈文选〉研究文献辑刊》第 4 册，国家图书馆出版社，2016，第 358 页。

庾继作，遂成唐人律诗。而晚唐纤琐，盖本原于斯……杜荀鹤"风暖鸟声碎，日高花影重"之句，全得此格。①

摘谢朓的绮丽诗句，梳理从元嘉、永明之体到唐人律诗的发展脉络，指出永明体是其关键枢纽，晚唐诗歌的纤琐亦导源于此。方回认为永明声韵说的发明以及六朝绮丽诗风已开唐诗之门径，谢朓作为永明体的代表诗人，其影响力自是他人所不及。钟嵘《诗品》、刘勰《文心雕龙·明诗》对古诗之流别、进程皆有论说，方回则将古体向近体的转型之迹勾勒出来，不仅拓展了六朝诗评家的批评视野，也超越了五臣注的就诗解诗，使得"总集"之注具有了诗文评的性质。

在《文选》接受史上，李善注主要为精英阶层所推崇，五臣注则是文士参加科考、学习创作的实用读本。二家注各有侧重，不可相互替代。唐宋两代热衷于对其进行优劣品评，五臣注所得多为差评。处于元初的方回首次融通二家注，发挥五臣注所长，沿其课虚的方向努力拓展，步入了真正从文学角度治《选》的崭新领域。

---

① 宋志英、南江涛选编《〈文选〉研究文献辑刊》第 4 册，国家图书馆出版社，2016，第 407 ~ 408 页。

试论窦娥的"冤"与"怨"

蔺九章　刘振英[*]

摘　要：窦娥是极善极孝极有节操之人，她最大的特点是"斗"，而且是勇于"斗恶"，其本应受到褒扬，得到好报，却在"斗恶"的过程中蒙冤屈死，怎能不怨气冲天，感天动地！她所遭受的亲情之冤、司法之冤、伦理之冤，表明作品意在揭露人性之恶，弘扬天理正道，借以对抗和变革元代落后的不道德、反道德的非人道状况。

关键词：窦娥　谐寓艺术　冤与怨

众所周知，窦娥是中外文学史上冤屈女性形象的经典，然则问及窦娥有何冤屈，人们又往往语焉不详。东汉王充有云："无过而受罪，世谓之冤。"[①]"冤"是主体之外的客体无中生有，把杜撰的或他人的犯罪事实强加于被害人，致使被害人忍辱含垢，付出惨痛的人生代价。窦娥是冤的，但仅看到冤是不够的，还要看到其"怨"。"怨"是窦娥作为剧中的人物主体对那个无良世界的感受。"怨"者，恚也，恨也，怒也。窦娥的怨愤之气主要集中爆发和表现在法场折，此折中除了写她"怀恨""气杀"之外，还至少四次悲怆地宣泄其郁结的怨愤之气：埋怨（"怎不将天地也生埋怨"[②]）；嗟怨（"可怜我孤身只影无亲眷，

---

[*]　蔺九章（1967—），男，文学硕士，邯郸学院文史学院教授，主要从事元明戏曲小说研究。刘振英（1971—），男，文学博士，邯郸学院文史学院副教授，主要从事中国古代文学研究。
① 黄晖：《论衡校释》，中华书局，1990，第982页。
② 王季思主编《中国十大古典悲剧集》，上海文艺出版社，1981。本文所引《窦娥冤》均出自此书。

则落的吞声忍气空嗟怨"）；怨气冲天（"婆婆也，再也不要啼啼哭哭，烦烦恼恼，怨气冲天"）；怨气喷如火（"若果有一腔怨气喷如火，定要感的六出冰花滚似绵，免着我尸骸现"）。怨愤之因，源于她的被冤。"冤"可谐寓为"怨"，是主观见之于客观。凶徒张驴儿充作原告将窦娥告上公堂，借助滥用权力的贪墨酷吏，加上蔡氏的推波助澜，共同制造了窦娥"没来由"的多重冤屈与怨愤。

一　亲情之冤与怨

在窦娥脑海中，其亲人除了已故的丈夫，剩下的只有两个：一个是杳无音信的父亲，一个是无有血缘关系的蔡婆。丈夫死后，其内心深处所认为的最亲的人恐怕当属后者。因为蔡婆与她在一起的时间最久，且是她物质生活的保障者，是精神上互相抱团取暖的人。但也正是这个最亲近的人，使窦娥一步步走向不归路。穷秀才窦天章因还不起蔡氏的高利贷而将女儿卖入蔡家做了童养媳，蔡婆在向赛卢医讨债的过程中险遭不测，被救后向"救命恩人"说："老身姓蔡，在城人氏，止有个寡媳妇儿，相守过日。"蔡婆或劫后疏于防备，或出于感恩心理所说的这些实诚话，在某种程度上也"出卖"了窦娥，使得本非良善的张驴儿生下非分之想。父子俩入住蔡家后，"亲情之冤与怨"徐徐拉开帷幕。

婆媳俩首先在招婿问题上产生分歧，早先很少红脸的二人隔阂渐生，为日后更大的误解埋下隐患。蔡婆一意招赘，窦娥却坚决反对。她反对的理由主要是蔡婆家道从容、年事已高、须念旧日夫妻恩情等，却也言之成理，按华夏传统文化的认知，并无多少假大空的说教味道，但蔡婆一会说是"出于无奈"，一会说"我的性命都是他爷儿两个救的"，俨然是吃了秤砣铁了心。窦娥劝到激动处，难免语带讥讽，甚至扎心扎肺。

【后庭花】遇时辰我替你忧，拜家堂我替你愁；梳着个霜雪般白髻，怎将这云霞般锦帕兜？怪不的女大不中留。你如今六旬左右，可不道到中年万事休！旧恩爱一笔勾，新夫妻两意投，枉教人笑破口。

蔡氏听得这话，能不记仇，能不生恨？这是婆媳矛盾的开始。

随着蔡婆与张孛老的持续接触，两人日渐熟络，感情不断升温，颇有郎情妾意、新婚宴尔之态，一碗羊肚汤你推我让着实让窦娥气不打一处来。

【贺新郎】一个道你请吃，一个道婆先吃，这言语听也难听，我可是气也不气！想他家与咱家有甚的亲和戚？怎不记旧日夫妻情意，也曾有百纵千随？婆婆也，你莫不为黄金浮世宝，白发故人稀，因此上把旧恩情全不比新知契？则待要百年同墓穴，那里肯千里送寒衣。

这话伤害性很大。这种侮辱与伤害，虽不会在身上留下看得见的疤痕，却能在人的内心投下无形的难以抹去的阴影。虽然于说者不觉得有什么，但于听者而言，就是一把无形的刀，杀伤力是渗入骨髓的。可能在蔡氏眼中，窦娥就是她追求幸福路上的一块绊脚石，要多讨厌有多讨厌。这是婆媳矛盾的发展阶段。

不意美味下肚，张孛老顷刻断命，蔡氏情凄意切，"心如醉，意似痴，便这等嗟嗟怨怨，哭哭啼啼"。她为何如此难过？因为她知道，张孛老是替她而死的。谁是施毒者？蔡氏不可能不考虑，且只能在窦娥和张驴儿之间二选一。她可能首先将张驴儿排除，因她与张驴儿并无恩怨，甚或相处还很融洽，可与窦娥关系紧张。尽管窦娥平日良善，但人心隔肚皮，做事两不知。蔡氏对窦娥的看法发生质的改变，这是婆媳矛盾的高潮阶段。

蔡氏可能怀疑窦娥是想毒死自己，然后把张驴儿父子逐出家门。东海孝妇是被小姑所冤，窦娥则是被婆婆所冤。体现之一是在家中，张驴儿见老子死后便大喊系窦娥所为，蔡婆赶紧表示害怕且请求饶恕，并在旁边帮腔，要窦娥"随顺"张驴儿，叫上"三声嫡嫡亲亲的丈夫"，以便息事宁人，此时她已高度怀疑窦娥就是"下毒人"。体现之二是到了公堂，张驴儿称蔡婆是其后母，蔡氏并未予以否认，不管是不予否认还是不敢否认客观上都是默认，这一默认则昭示着婆媳关系的破裂，"母子"同盟的形成，使窦娥在力量上、经济上特别是道义上处于劣势境地，窦娥的官司还能打赢吗？蔡婆之所以默认张驴儿这个儿子，表明她已确认窦娥就是凶手的不二人选。体现之三是在大堂上，窦娥被打得血肉横飞，特别是为救她而"与了招罪"后，蔡婆竟一言未发，毫不动容，从始至终未替窦娥说过一句好话，鸣过半句冤枉。体现之四是自从窦娥惹上官司，蔡婆明明"广有钱财"，有能力解救长期服侍自己的儿媳，却显示出趋利避害的狡猾的商人本性，从未在衙门上下"活动""奔走"，让窦娥脱离牢狱之灾或少受些皮肉之苦。即使蔡氏的钱财被张驴儿把控，或害怕张驴儿而不敢有所动作，但曾经的儿媳身陷囹圄，她却丝毫没有煎熬心理和焦虑情绪，这是很不正常的。此时，她应已认定窦娥所遭遇的一切，纯属咎由自取，自作自受。《古名家杂剧》本（关于《窦娥冤》的版本问题，下文有交代）点明了这一点，题目：后嫁婆婆忒心偏，守志烈女意自坚。正名：汤风冒雪没头鬼，感天动地窦娥冤。认为正是蔡氏嫁给张孛老而心偏造成对窦娥的误解，竟至窦娥蒙冤被杀。窦娥也意识到了这一点，她不想死得不明不白，临刑前再次对蔡氏陈明真相：

> 婆婆，那张驴儿把毒药放在羊肚儿汤里，实指望药死了你，要霸占我为妻。不想婆婆让与他老子吃，倒把他老子药死了。我怕连累婆婆，屈招了药死公公，今日赴法场典刑。

可蔡氏还是不信窦娥所言，只是作势号哭几句："孩儿放心……兀的不痛杀我也。"窦娥或许看透了蔡氏的心思，断头前发下"三桩誓愿"，就是要向世人，更是要向蔡婆证明自己被冤的事实："婆婆也，直等待雪飞六月，亢旱三年呵，那其间才把你个屈死的冤魂这窦娥显。"窦娥被至亲婆婆所冤，是所有冤屈和怨恨的渊薮。

这也启示我们，一个人能否幸福，在一定程度上取决于其生活的环境和所交往的人；一个家庭能否和谐，则需整合、提升所有成员的三观与综合素质。即所谓"堡垒最容易从内部攻破"，"没有内鬼，引不来外贼"。当然，引发亲情之冤与怨的原因，也可能是蔡婆受无赖张驴儿要挟。但不管是蔡婆本人的主观认识还是外人强加于她的看法，给窦娥的感受是一样的，即婆婆认为下毒的人就是她。

二 司法之冤与怨

张驴儿投毒杀人，窦娥却蒙受冤屈。"司法之冤与怨"的整个过程有三个重要节点：起因、转折和结果。

起因：引狼入室。蔡氏引狼入室，使窦娥陷入了无边的黑暗之中。这其中固然有蔡氏的软弱性格和张驴儿的恶棍本性在，但更与蔡氏的私心甚大有关。在荒郊野外势单力薄不敢拒绝恶人的强行入赘可以理解，但回到稠人广众的山阳县城还是一筹莫展任人摆布就让人堕云雾中。蔡氏的上场诗"花有重开日，人无再少年。不须长富贵，安乐是神仙"表明，她时下最缺、最需要的是"安乐"：平安快乐。"讨债风波"更让她平添累卵之危，深切感受到放债的风险性，认识到两个寡妇在丛林世界若没有男人的顶门立户真是如履薄冰，故她结识两个鳏夫后，转瞬付诸行动。参照马斯洛人的需求层次理论，蔡婆的第一需求是生命安全、财产安全，其次才是精神需求和生理需求。如此我们便好理解蔡婆对张氏父子由开始的虚以应付，到妥协退让，后又态度暧昧，末了竟"顾不得别人笑话"要急急嫁给张亭老的一系列行为变化。蔡婆似乎并不计较他们是无业无产的流民泼皮（因她有钱供养他们）；似乎也并不在乎他们是南人还是北人，剧中并未介绍张氏父子的出身（一些人大概受王国维论元剧"关目之拙劣，所不问也；思想之卑陋，所不讳也；人物之矛盾，所不顾也"[1] 的影响，将《窦娥冤》中对"张驴儿父子的身份不做任何说明"等视为作家的疏忽和创作上的破绽，并称之为"文本缝隙"，[2] 殊不知可能正因所谓的"文本缝隙"，成就了其名著的地位），似乎只要是身高马大的男人就行。蔡婆改嫁应有当时元代风俗的影响，但更重要的则是恶劣的社会生存环境使然。蔡婆一再说"我的性命都是他爷儿两个救的"，潜台词是"他们不仅刚才救了我，以后也会是我的靠山"，并劝窦娥也改嫁。这倒也不见得有什么恶意，只是两人思想观念不同，难于步调一致。蔡婆的问题不在再嫁本身，而在于她只看形式，忽略了内涵，招致一些意想不到的事情发生。

转折：家现命案。蔡婆哪里知道，张驴儿父子不仅不能保护自己，反而会害了自己。果然，张驴儿恼火"那窦娥百般的不肯随顺"，便想整死蔡婆，然后谋得窦娥。但他的这一想法让现代人好生纳罕，因为蔡婆不仅应承（或"已招"）张孛老做接脚，而且力劝窦娥改嫁，此时张驴儿害杀其同盟军蔡婆，这不是自毁长城吗？原来元代的婚姻制度规定寡妇再婚有两种形式：接脚婚和收继婚。接脚婚即"倒插门"，指寡妇招赘后夫；收继婚是指寡居的妇女可由亡夫的亲属收娶为妻。蔡婆与张孛老的结合就是典型的接脚婚，如此张驴儿与窦娥先夫就是兄弟，兄长去世，兄弟有收继兄长之妻的权利，这样张驴儿对窦娥的逼婚就有了法律依据。但接脚婚的方式让张孛老在蔡家并不占主导地位，真正掌握窦娥命运和蔡家财产的仍是蔡婆，张驴儿

---

[1] 王国维：《宋元戏曲史》，上海古籍出版社，2008，第 88 页。

[2] 童志国：《从选文版本、文本缝隙到创作意图——以〈窦娥冤〉教学为例谈批判性思维培养》，《语文教学与研究》2017 年第 28 期。

只有除掉蔡婆，蔡家的主人才是张孛老，如此窦娥的命运才能完全掌控在张氏父子手中。可惜张驴儿搬起石头砸了自己的脚，诡计多端的他顺势改变策略，反过来胁迫窦娥就范，可窦娥软硬不吃，张驴儿便诬告窦娥是凶手。

结果：公休惹祸。蔡氏种下的恶因结出恶果，使得原本就暗流涌动的蔡家鸡飞狗跳。也难怪，这种人命大案发生在谁家都会胆战心惊。蔡婆已被吓得六神无主，她让媳妇赶紧随顺张驴儿，私休了事，但窦娥却异常镇静，她自信没做亏心事，不怕鬼敲门，毅然迈出家门，走向公堂。窦娥为什么要选择打官司？当时的窦娥应有三种选择：一是接受"私休"嫁给张驴儿，这是窦娥最不情愿的；二是选择自杀一了百了，可事情还没逼到那个份上；三是诉诸官府，将希望寄托在官府的清明公正上。有人嘲笑窦娥的"天真"和"迂直"，说她迷信封建吏治，可如果万幸遇上张养浩这样的好官，亦非绝无可能。对窦娥来讲，这三种选择第一个是下策，第二个是中策，第三个才是上策。依靠官府，与其说是侥幸心理在起作用，毋宁说是一种无奈的选择。一个社会最底层的良家孤弱女子要求得生存，维护自己可怜卑微的权益，不靠"父母官"靠谁？可惜桃杌这个"父母官"名不副实，他对被他视为"衣食父母"的告状者言听计从，对两手空空来打官司者则恨恨不已。他的这种"爱憎分明"的断案态度必然使不按潜规则行事的窦娥公道难讨。信奉"人是贱虫，不打不招"的桃太守见酷刑也不能使窦娥招供，便要对老人下毒手。出于多种考量，窦娥无奈屈招，最终铸成"司法之冤与怨"。执法者本应"明如镜，清似水"，公正裁判也应是司法的灵魂，可当恶人当道，法律天平失衡时，社会的公平正义就会轰然垮塌。窦娥之冤告诉世人，当金钱能收买一切，当权力没有任何约束时，希冀依法治世就是天方夜谭。但窦娥之冤并未完结，还有比"司法之冤与怨"更甚者，那就是"伦理之冤与怨"。

三　伦理之冤与怨

窦娥的正式罪名是"药死公公"，而不是"药死人命"。可张孛老是窦娥的公公吗？要说清这个问题，先要了解《窦娥冤》的版本。

该剧现存三个刊本，分别是万历十六年（1588）陈与郊编选的《古名家杂剧》本（以下称"古本"）、万历四十四年（1616）臧懋循编选的《元曲选》本（以下称"臧本"）和崇祯六年（1633）孟称舜编选的《古今名剧合选·酹江集》本（以下称"孟本"）。"臧本"中，蔡氏只是将张驴儿父子接到家中"养膳"，并未与张孛老成婚，故张孛老不是窦娥的公公；"古本"则写明蔡婆招了张孛老做接脚。即使这样，张孛老依然不能成为窦娥的公公，因为窦娥的丈夫已故，窦娥与蔡氏的关系就失去了婚姻关系的支撑，实际已不是婆媳关系了。之所以没有离开蔡家，是因为窦娥既无娘家也没再嫁。窦娥只有嫁给张驴儿，张孛老才能成为窦娥的公公，但无论哪个版本，张驴儿都未得偿所愿。在第一折结尾处蔡婆对张孛老说："你老人家不要恼懆，难道你有活命之恩，我岂不思量报你？只是我那媳妇儿气性最不好惹的，既是他不肯招你儿子，教我怎好招你老人家？我如今拼的好酒好饭养你爷儿两个在家，待我慢慢的劝化俺媳妇儿；待他有个回心转意，再做区处。"清楚表明窦娥没有嫁给张驴儿。既然如此，那窦娥在剧中为何两次称张孛老为"公公"？

第一次是招供时："住住住，休打我婆婆，情愿我招了罢。是我药死公公来。"难道这是窦娥被打得神情恍惚时的呓语？第二次是窦娥在押赴刑场时见到蔡婆所言："婆婆，那张驴儿把毒药放在羊肚儿汤里……我怕连累婆婆，屈招了药死公公，今日赴法场典刑。"莫非这是窦娥临刑前被吓得魂飞魄散说的胡话？有学者指出，这是窦娥在表达对蔡氏为老不尊的一种怨气和嘲讽。因为这"公公"是蔡氏年过花甲所招的夫婿，正是蔡氏这一"无德"之行招致窦娥一连串的无妄之灾。

【骂玉郎】这无情棍棒教我挨不的。婆婆也，须是你自做下，怨他谁？劝普天下前婚后嫁婆娘每，都看取我这般傍州例。

窦娥对蔡婆存有抱怨毋庸置疑，但若仅仅是为发泄不满而称其为"公公"，逞一时口舌之快，那就太小视窦娥的智力了，因为这个"公公"可不能随便叫，它直接关乎窦娥的命运特别是名声的好坏。有心人应该注意到，在窦娥初上公堂时和窦娥死后，她都是直呼张孛老为"他老子"甚或"老张"，那为何中间这一时段要改变称呼呢？

大家还应注意到，窦娥招供时和临刑前两次提到的"公公"二字，绝对没有以"公公"二字的形式出现，更没有与"俺"或"我"连在一起以三字的形式出现，而都是与"药死"连在一起以四字的形式出现的。特别是第二次提到时，在"药死公公"前加了三个字"屈招了"，很是奇怪。

仔细品味，便可明白，这"药死公公"四字是官府预先设定并强加到窦娥头上的罪名，并非窦娥认下了这个"公公"之意。第四折中窦天章、蔡婆与窦娥的对话更可坐实这点："〔窦天章云〕这等说，你那媳妇就不该认做药死公公了。〔魂旦云〕当日问官要打俺婆婆，我怕他年老受刑不起，因此咱认做药死公公，委实是屈招个！"此罪名的成立，张驴儿"功不可没"。在公堂上，张驴儿的两句话可能很少有人注意：

> 小人是原告张驴儿，告这媳妇儿，唤做窦娥，合毒药下在羊肚汤儿里，药死了俺的老子。这个唤做蔡婆婆，就是俺的后母。望大人与小人做主咱。

另一句是：

> 大人详情：他自姓蔡，我自姓张，他婆婆不招俺父亲接脚，

他养我父子两个在家做甚么？

　　张驴儿先是用陈述句说明他与蔡氏的母子关系，后用反问句"有力"地反驳窦娥，再次强调张孛老与蔡婆的夫妻关系。这两句话的目的只有一个，那就是要使张孛老成为窦娥的"公公"，最终拿到"药死公公"而不是"药死人命"的供词。二词只有两字之差，性质却截然不同。"药死人命"是普通刑事案件，"药死公公"则属于恶性犯罪，"犯在十恶不赦"。两罪最大的区别是"药死公公"不仅要背负道德上更大的恶名，且可以立即问斩（元朝也有上报、覆勘制度，但在实际当中执行不严），"药死人命"则可待到秋后。尽管有学者考证过元代四季任何时候均可执行死刑，但艺术真实与历史真实是有区别的。戏曲这种形式要顺应受众的传统思维和习惯性认知，"药死公公"属于罪大恶极，速判速决对于普通观者来讲在理解和接受上没有障碍。张驴儿为何钟情于"药死公公"的罪名？因为这可避免夜长梦多，他顾忌日久生变，毕竟贼人心虚，只有"药死公公"的罪名最让他称心遂意。人们不必担心张驴儿不能够心想事成，因为"有钱能使鬼推磨"，唯钱是从的桃杌早与他同流合污，桃太守特意吩咐"选大棍子打着"就是要窦娥招认"药死公公"。可窦娥宁死不屈，再打下去就要惹出人命，这让桃杌有些踌躇。因为大元律条有规定，若拷讯时打死被告，主审官吏要被追究刑事责任。但桃太守又想出了更加恶毒的计策。当桃杌凶狠的目光盯在蔡婆身上即将落下"霸主鞭"时，窦娥迫不得已说出"是我药死公公来"。尽管有人觉得蔡氏不值得窦娥孝敬，但有情有义的窦娥还是放不下这孤老太太。接下来，张驴儿志得意满："谢青天老爷做主！明日杀了窦娥，才与小人的老子报的冤。"桃太守功德圆满："左右，打散堂鼓，将马来，回私宅去也。"整个案子就此落下帷幕。

　　不是"公公"，也是"公公"！正应了诸多老话，"欲加之罪，何患无辞""人心似铁，官法如炉""捶楚之下，何求而不得"。恰如窦娥在第三折所言："这都是官吏每无心正法，使百姓有口难言。""无心正法"即有意栽恶;"有口难言"在此不是"言不便说""言不敢说",而是"言也无人听",窦娥便纵有一肚子苦水,更与何人说?窦娥最大的不幸,是生活在恶痞猖獗、奸人当道的时代;窦娥最大的怨愤,是明知冤,却无处申冤。好的法律固然重要,但再好的法律,在丑陋的法官那里也会变味。"无心正法"的桃太守用"合法"的手段制造了"有口难言"的窦娥的"伦理之冤与怨"。

四　结语

窦娥谐音"斗恶",不是巧合,而是作者为了塑造窦娥勇于斗恶的性格有意为之。窦娥是极善极孝极有节操之人,如此好人都蒙冤屈死,怎能不怨气冲天,感天动地呢?

身为一个社会最底层的弱女子,窦娥的"斗恶"精神,本应受到褒扬,得到好报,却悲惨地走向毁灭,就显得那个王朝很不可爱了。究其根由,在于那个时代和社会"恶人交构其间"[1],掌权者如桃杌及其帮凶的肆意妄为,强横者如张驴儿、赛卢医的为非作歹,柔弱者如蔡婆的患得患失和诸多看客的麻木不仁,他们为了自己的跋扈、畅意和苟且而将道义抛于脑后,更在于流氓和贪官沆瀣一气,使百姓有苦无处诉,有冤不能伸,竟致窦娥这样的道德楷模被荼毒、被毁灭。"我不肯顺他人,倒着我赴法场;我不肯辱祖上,倒把我残生坏。"恶的统治孳生出恶之花,吞噬牺牲掉品性美好而又不愿与世浮沉的弱者。该剧虽然涉及高利贷制度、科举制度、童养媳制度、儒士困境、种族霸凌、司法混乱、吏治腐败等诸多元代社会问题,也写了窦娥在法场折骂天骂地骂官府,但并非号召人们起来打碎这个旧的国家机器,并非要将窦娥塑造成反抗封建制度的"英雄",因为剧作的题目"秉鉴持衡廉访法"、剧中内容"覆盆不照太阳晖"和寄希望于"覆勘"以及全

---

① 　王国维:《宋元戏曲史》,上海古籍出版社,2008,第88页。

剧最末两句话"今日个将文卷重行改正，方显的王家法不使民冤"，都表明作者和窦娥父女对清官王法还有幻想。作品意在让人们看到有价值的东西毁灭背后人性的沦陷、世风的浇薄，进而揭露人性之恶，弘扬天理正道，并希图恢复和赓续中华民族的文明传统，借以对抗和变革元代落后的不道德、反道德的非人道状况。

窦娥虽在向着邪恶冲锋陷阵的路上倒下了，但她至死不屈的抗争经历也告诉世人，屠刀虽然砍了窦娥头，但砍不倒天理；邪恶虽然毁了窦娥人，但终难战胜正道和道义。窦娥身上所体现的贞、孝、节、烈等可贵品质，正是中华民族数千年文明与智慧的结晶，是天理道义的形象体现。而且，中华文明之所以在落后文明的统治下没能中断，就是因为有像窦娥这样的底层大众和以关汉卿为代表的儒士阶层，他们带着信仰，以匹夫之力，在民间"用自己的生命和热血，在野蛮的时代守护着民族文化，才使得中华文明之花没有在金元时期的百余年里凋谢"[1]。作者塑造的女斗士窦娥坚定不移地捍卫传统道德，捍卫自身的人格尊严，并以之为武器，无所畏惧地与人间邪恶做斗争，其表现出的强烈抗争精神，其光辉峻洁、光彩照人的高大形象，在中国古代文学史上是罕见的，也必将薪火相传，千古不朽。

---

① 杨健：《存亡继绝的政治抱负——〈窦娥冤〉思想主题再辨》，《戏剧》2009 年第 1 期。

论阿尔泰语系语言对汉语北方官话
语音演变的影响[*]

傅　林　齐孟远^{**}

摘　要: 根据早期的语音创新特征,应将北京官话、东北官话、冀鲁官话的北纬37度以北地区的官话方言与其他官话方言分开,重新定义为"北方官话"。北方官话具有入声韵塞尾脱落较早、知系声母为二分型等重要特征。契丹语通过接触,对前者的进程起到滞后作用,对后者最终合并为合一型起到促进作用。契丹文汉字音显示出母语干扰是北方官话不规则轻声产生的可能动因。

关键词: 北方官话　阿尔泰语系　入声韵　知系　轻声

汉语北方方言在历史上长期与阿尔泰语系语言接触。这种接触必然会对汉语本身的语音、词汇和语法特征产生一定影响。京津冀和东北地区的汉语方言在接触中处于较为前沿的位置,观察语言接触对这一地区汉语方言的影响,具有典型意义。自元朝以来,汉语通语的标准音从中原地区逐渐转移到今北京周边地区,^①直到当代,

---

*　本文是教育部人文社科基金青年项目"语言接触对京津冀汉语方言历史演变的影响研究"(批准号:17YJC740019)的最终成果。

**　作者简介:傅林,男,河北大学文学院副教授,研究领域为历史语言学、方言学。齐孟远,男,河北大学文学院语言学及应用语言学专业研究生,研究领域为民族语文、语言类型学。

①　参见刘勋宁《再论汉语北方话的分区》,《中国语文》1995年第6期。

普通话的标准音最终定为北京语音。因此，考察阿尔泰语系语言对京津冀和东北地区汉语方言的影响，也是研究普通话历史必不可少的部分。

京津冀和东北地区的现代汉语方言，在共时分类上一般归为北京官话、冀鲁官话、东北官话和晋语等几种。[①] 从亲缘关系分类看，如果按照早期的音系创新特征——（1）铎、药、觉三韵今同肴、宵、萧韵；（2）职韵庄组、陌韵今同佳韵[②]——则应将河北省中北部（北纬37度以北，[③] 除晋语地区）、北京市、天津市的方言，以及共时分类中的"东北官话"合并在一起，归为重新定义的"北方官话"[④]。熊燕把根据特征（1）勾勒出的官话范围称为"北系官话"，并将其南界定为黄河，比雅洪托夫划定的"北纬37度"线（以下称"雅洪托夫线"）更靠南，但根据实际分布，这一界限的划分应以雅洪托夫线为更精确。

本文主要对"北方官话"中区别于其他方言和官话次方言的重要特征进行讨论，分析语言接触在这些特征形成过程中的影响。

在与北方官话接触较广的阿尔泰语系语言中，存世历史资料较多的是契丹语、女真语、蒙古语和满语，而在重要的音变发生时间点上，参与接触的主要是契丹语（包括极相近的奚语）。本文结合这些语言资料展开论述，重点分析下面几个主要的音系特征：其一，中古入声韵的演变；其二，中古知系声母的演变；其三，不规则轻声的产生。

---

① 李荣：《官话方言的分区》，《中国语文》1985 年第 1 期。

② 参见刘勋宁《中原官话与北方官话的区别及〈中原音韵〉的语音基础》，《中国语文》1998 年第 6 期；傅林《辽代汉语与河北方言语音层次的形成》，《河北大学学报》（哲学社会科学版）2017 年第 4 期。

③ "地理界限"参见〔苏〕谢·叶·雅洪托夫《十一世纪的北京语音》，唐作藩、胡双宝选编《汉语史论集》，北京大学出版社，1986，第 190 页。

④ 这里说的"北方官话"比刘勋宁定义的"北京官话"（以中古入声为三分型作标准，包括冀鲁官话、北京官话、东北官话、胶辽官话）范围小，不包括胶辽官话和冀鲁官话中北纬 37 度以南的部分。参见刘勋宁《再论汉语北方话的分区》，《中国语文》1995 年第 6 期。

一　入声韵

中古入声韵的演变类型，是我们定义"北方官话"的主要标准。下面以北京话为代表，将北方官话与邻近方言的代表点进行比较。中古咸深山臻摄入声的演变情况，北方官话与邻近方言类型较为一致，这里暂不讨论。下面主要看中古宕江曾梗通摄入声韵的演变情况（见表1、表2）。为了更直观地显示差异，我们对数据做以下处理：首先，表1、表2中韵母只列出韵基（韵腹＋韵尾）的音值。其次，方言中存在文白异读或新旧读的，只取白读音和旧读。最后，中原音韵中重出的字，按文白异读处理，文白的认定参照后代方言。

先讨论表1中所列中古宕江曾梗摄入声的情况。

表1　北方官话宕江曾梗摄入声韵的演变与邻近方言比较

中古		北京	济南	西安	郑州	洛阳	诸城	兰州	太原	中原音韵	代表字
梗摄入声三四等		i/ʅ	i/ʅ	i/ʅ	i/ʅ	i/ʅ	i	i/ʅ	ə?	i齐微	吃石踢戚
曾摄入声	开三除庄										直力
	一等	ei	ei	ei	ɛ	æ			ə? e?	ei齐微	黑北
	开三庄						o/ə	ɣ	a?		色侧
梗摄入声二等		ai	ɛ	æ	ai				e? a?	ai皆来	白窄
蟹摄开口一二等							ɛ	ɛ	ai		来奶
蟹摄合口一二等帮组		ei	ei	ei	ei	ei	ei	ei	ei	ei齐微	背妹
江摄入声		au	ɣ	o	o	ə	o/ə	ɣ	a?	au萧豪	薄脚角学药
宕摄入声									e?		

续表

中古	北京	济南	西安	郑州	洛阳	诸城	兰州	太原	中原音韵	代表字
果摄	o/ɤ	ɤ	o	o	ə	e/o	ɤ	uɤ	o 歌戈	多火
效摄	ɑu	ɔ	ɑu	ɑu	ɔ	ɔ	ɔ	ɑu	ɑu 萧豪	小好笑草

注：表格底纹中有阴影的，阴影深浅相同的表示韵母一致。

资料来源：本文字音来源如下。北京、济南、西安、太原引自北京大学中国语言文学系语言学教研室编《汉语方音字汇》，语文出版社，2003；郑州引自卢甲文《郑州方言志》，语文出版社，1992；洛阳引自贺巍《洛阳方言研究》，社会科学文献出版社，1993；诸城引自钱曾怡、曹志耘、罗福腾《诸城方言志》，吉林人民出版社，2002；兰州引自高葆泰《兰州方言音系》，甘肃人民出版社，1985；中原音韵拟音引自杨耐思《中原音韵音系》，中国社会科学出版社，1981。

通过观察曾梗宕江四摄入声韵的去向，我们首先可以确定：北方官话的塞尾脱落时间比其他方言更早。

先看曾梗两摄入声韵。北京话和其他官话方言分成两种类型：曾梗摄入声韵在北京话今音中仍保持差别，例如就韵母而论，"黑≠白"。其他方言（济南、西安、郑州、洛阳、诸城、兰州）虽然曾梗摄入声归并后的下一步流向不同，但曾梗本身并不保持差别，即"黑＝白"。两种类型的差别必然是塞尾消失的先后造成的：塞尾只有在韵母主要元音仍存在差别的时候脱落，舒化后的韵母才能继续保持差别。所以，北京话的塞尾消失必然较早，而其他官话方言的塞尾是在韵母主要元音合并后才脱落的，否则，它们也应该像北京话那样，曾梗入声韵分别与不同的阴声韵合并。

再看宕江两摄入声韵。从中古汉语该类韵母的音值 *ɑk 出发，① 如果丢失塞尾 k，其最接近的合并方向是果摄韵母 *ɑ，这也正是北京之外的官话方言的合并方向。北京话的宕江摄入声没有合并到果摄，理论上的可能性有：（1）北京话 *ɑk 脱落韵尾前，果摄韵母主要元音音值

---

① 本文中古音拟音除特别说明的以外，均引自王力《汉语史稿》，中华书局，1980，第45～200页。

已经高化，与 ɑ 不接近，宕江摄入声主要元音因为塞尾条件而仍保持 ɑ，则宕江摄入声塞尾脱落后只能与其他阴声韵中最接近的效摄韵母 ɑu 合并；（2）宕江摄入声韵，北京话的初始音值不是与中古音相同的 *ɑk，而是带有 u 韵尾的 *ɑuk，则塞音韵尾脱落后，u 尾保留，这样韵母自然就与效摄而不是果摄合并。哪一种可能性更符合实际呢？我们可以结合契丹汉字音的材料来进行确认。

契丹文字记录的汉字音中，中古入声字韵母存在有塞尾和无塞尾两个层次，如中古深摄入声字"十"存在 p 尾与无 p 尾的异读：𘱛𘯶 ʃ-ip（人名"高十"）、𘱛𘭺 ʃ-i（人名"十神奴"）。通摄入声字"叔"存在-k 尾与无-k 尾的异读：𘱛𘲃 ʃ-ouk（尊号"皇太叔祖"）、𘱛𘱣 ʃ-ou（尊号"皇太叔"）。① 这说明塞尾在其时代正处在消失的进程中。

宕江摄入声字的契丹文拼写中，一般显示为 u 尾，如"洛"𘳌𘯶𘱛 l-au，目前仅见有一例存在-k 尾的情况："博"𘲽𘱔 p-ɑuk。这种拼写直接提示了辽代汉语的早期层次中存在 ɑuk 这样的双韵尾音形。另外，有很明确的证据表明当时的果摄韵母音值仍然是 ɑ，如"河"𘲾𘱅 χɑ、"罗"𘳌𘱅 lɑ。这些现象说明上文推测的第（2）种可能性更大。这样一来，北方官话的直接祖先——辽代汉语的宕江摄入声字韵母应该在很早的时候就与其他方言出现了分化，甚至与《广韵》代表的中古音（通常认为宕江摄主要元音为单元音 ɑ 和 a）不属于同一类型。从契丹汉字音的材料来看，辽代汉语的宕江摄入声字已经基本完成了塞尾的脱落进程，而韵文、反切等资料表明同时期的晚唐五代—宋代汉语（中原音）则仍保留塞尾，② 因此，我们可以说中古宕江摄入声字的塞尾在北方官话中脱落的时间比其他方言也是更早的。

---

① 傅林：《契丹语和辽代汉语及其接触研究》，商务印书馆，2019，第 217~240 页。
② 王力：《汉语语音史》，《王力文集》第十卷，山东教育出版社，1987，第 287~326 页。

下面再看表 2 整理的中古通摄入声字的情况。

表 2　北方官话通摄入声韵的演变与邻近方言比较

中古		北京	济南	西安	郑州	洛阳	诸城	兰州	太原	中原音韵	代表字
通摄入声	一等；三等非组；三等屋韵精组知组；三等烛韵精组章组	u	u	u	u/y	u/y	u/y	u/u（ʯ）	əʔ	鱼模	木屋服目足属
	三等见系	y	y	y	y	y	y	y	əʔ/y	鱼模	菊玉
	三等屋韵来母日母	ou	ou	ou	ou	əu/uё	ou/y	əu	əʔ	尤侯	六肉
	三等屋韵章组	ou	u	u	u			u（ʯ）		尤侯	熟
遇摄	一等；三等非组	u	u	u	u	u	u	u/u（ʯ）	u	鱼模	布夫
	三等见系	y	y	y	y	y	y	y	y	鱼模	举雨
流摄		ou	ou	ou	ou	əu	ou	əu	əu	尤侯	手流

通摄入声字的今韵母类型，如果抛开三等韵中后起的从 iu 演变出的 y 类韵母不提，北京话和其他方言的突出差异是在章组条件下保持了中古烛韵和屋韵的差别，即"属≠熟"。和上述我们对曾梗摄入声的讨论一样，北京话必然在更早的时候发生韵尾脱落，才能保持这种元音

差别。另外，上文所引契丹汉字音"叔"的拼写，表明通摄入声字也存在 ouk 这样的双韵尾类型，这和宕江摄的情况是平行的。在陈保亚采用"一致构拟"原则构拟的中古音体系中，屋韵采用了 *ɒuk 这样的音形，这和契丹汉字音的音形不谋而合。[①] 从这种构拟出发，北方官话的屋韵章组变为 ou 可以得到很好的解释，但其他官话则需要在 *ɒuk 基础上再经历复元音的单化变成 *uk，然后再脱落塞尾，才能与遇摄合并，这就需要塞尾较晚脱落，从而为元音单化创造条件。这从另一角度说明了北方官话通摄入声的塞尾比其他官话脱落较早的特征。

这样，我们结合现代方言和契丹汉字音的材料，证明了北方官话的塞尾 k 比其他官话方言脱落得更早。

塞尾脱落的另一个观察指标是 p、t、k 三种塞尾脱落的先后。王力指出中古汉语塞尾消失的顺序是 p 并入 t，然后 k、t 脱落。这是根据韵书做出的推断，应该反映的是当时的通语基础方言——中原音的情况。就北方官话的直接祖先——辽代汉语的情况看，塞尾的脱落顺序则与之不同。傅林根据契丹汉字音中中古入声字的语音层次，推断了辽代汉语的塞尾脱落顺序：

	中古 p 尾字	中古 t 尾字	中古 k 尾字
层次 1：	– p	– Ø	– k
层次 2：	– Ø	– Ø	– i/u

层次 2 代表辽代汉语的口语层次，塞尾全部脱落，层次 1 代表较保守的音值类型，t 尾已无存，p、k 尾仍残存，但 p 尾的出现比例要大于 k 尾的比例，再细分不同摄，则可得出残存塞尾的情况按比例由大到小

---

① 在陈保亚的体系中，宕江摄入声仍为单纯的塞尾，但从契丹汉字音的音形来看，如果参照通摄的情况，宕江摄入声也可以构拟为元音和塞音双韵尾。参见陈保亚《论切韵音系韵母的一致构拟》，石锋、沈钟伟编《乐在其中：王士元教授七十华诞庆祝文集》，南开大学出版社，2004。

是：p 尾 > 通摄 k 尾 > 梗摄 k 尾 > 宕摄 k 尾 > t 尾。由此可以得出辽代汉语的塞尾脱落顺序：

t 尾 — k 尾 — p 尾

这和王力梳理的通语的发展路径是不同的。

通过分析中古入声韵在北方官话中的演变方式，可以看出其和当代其他方言相比存在重要的不同。需要讨论的是，与北方官话直接接触的阿尔泰语系语言是否曾经在这些重要特征的形成上起作用，即：

（1）北方官话失去塞尾较早，是否与阿尔泰语系语言有关系？

（2）北方官话塞尾的失落顺序，是否与阿尔泰语系语言有关系？

在语言接触中，相对弱势的语言影响强势语言的方式主要是通过母语干扰，即弱势语言者在说强势语言时，带有母语的特征，从而形成强势语言的一种民族方言。民族方言的特征可以通过接触传递到强势语言者所说的强势语言中。[①] 历史上，阿尔泰语系诸语言在和汉语接触时，通常居于弱势地位，并最终发生母语转换。从理论上说，阿尔泰语系诸语言可以通过母语干扰使强势语言产生民族方言并进而影响强势语言自身。

与北方官话有过密切接触的北方民族，先后有东胡、匈奴、鲜卑、突厥、契丹、奚、女真、满族等。但在中古汉语入声韵发生变化的关键时期，主要接触者是契丹族和奚族。契丹文记录的汉字音存在有塞尾和无塞尾两种层次，这一现象本身就表明了契丹语与北方官话接触时，汉语正处在塞尾脱落的关键时间点。奚族的语言信息虽未留存于世，但历史文献记载其与契丹族最亲近，语言能互通，这说明奚语和

---

① 参考陈保亚《语言接触导致汉语方言分化的两种模式》，《北京大学学报》（哲学社会科学版）2005 年第 2 期。

契丹语是很接近的亲属语言。① 因此，我们可以根据契丹文的资料来论证契丹语在北方官话演变中可能的影响。

假设契丹语者接触的汉语具备 p、t、k 三种韵尾，而契丹语本身没有相应韵尾，那契丹语者在说汉语时则有可能用契丹语的纯元音韵母去匹配汉语塞尾韵，从而因母语干扰而形成"契丹式汉语"这种没有塞尾的汉语变体。但实际情况恰恰相反，契丹语本身不仅具备这三种韵尾，而且能与之相拼的元音种类不在少数。下面先看表 3、表 4 中所列契丹小字的基本文字单位"原字"中，对应 t 尾和 p 尾的原字及其音值。

表 3　契丹小字中与舌尖塞音有关的原字

原字	– t	原字	t –	原字	t^h –
公	tɛ	令	tə	令	t^hə
分／化	ut	门	tu	劣	t^hu
帀	tɔ	雨	tɔ	生	t^hɔ
无	it	王	ti	王	t^hi
方	at	久	ta	仞	t^ha
—	ait	丞	tai	丞	t^hai

资料来源：傅林：《契丹语和辽代汉语及其接触研究》，商务印书馆，2019，第 65 页。

表 4　契丹小字中与唇塞音有关的原字

原字	– p	原字	p –	原字	p^h –
刈	up	丹	pu	今	p^hu
夬	ip	付	pi	—	p^hi
全	ap	丕	pa	—	p^ha
—	aip	可	pai	—	p^hai

资料来源：傅林：《契丹语和辽代汉语及其接触研究》，商务印书馆，2019，第 85 页。

表中的"—"部分是目前尚未发现原字的音值类型，但即便是现有

① 傅林：《契丹语和辽代汉语及其接触研究》，商务印书馆，2019，第 86、12 页。

的原字，也足以较准确地匹配汉语的相应塞尾韵。契丹汉字音也确实是用这些原字来拼写有塞尾的汉字音值的。因此，如果契丹语能够对汉语的演变产生影响，应该是使其保持 t 尾和 p 尾，而不是促进其脱落。契丹汉字音是契丹语对汉语的匹配，同时代的汉字契丹词（汉语者用汉字音译的契丹语词）是汉语对契丹语的匹配。相比而言，后者基本上反映了塞尾的脱落，而前者还保留塞尾层次，这显示契丹语造成的影响恰恰就是保守作用。这种保守力量虽然存在，但在汉语自身的塞尾脱落大势面前，并没有产生明显的影响。

k 尾的情况相对特殊。契丹语有舌根 k 和小舌 q 两种塞音，目前发现的以 k 或 q 收尾的音节的原字见表 5。

表 5　契丹小字中对应以舌根或小舌塞音为韵尾的音节的原字

原字	– k	原字	– q
夂	uk	欠	uq
勺	ik	洏	iq
坔	ɑuk	—	ɑuq
习	ouk	—	ouq

资料来源：傅林：《契丹语和辽代汉语及其接触研究》，商务印书馆，2019，第 114、129 页。

这些原字大都被用来拼写宕江曾梗通诸摄中有塞尾的汉字音值。

契丹语的塞尾韵足以用来准确匹配汉语的塞尾入声韵，已毫无疑义。学界目前较公认契丹语属阿尔泰语系的蒙古语族。如果我们将观察范围扩大到蒙古语族乃至阿尔泰语系其他语言，尤其是也曾经与北方官话密切接触的蒙古语、突厥语等，情况则更加明晰。这些语言也都拥有较丰富的塞尾韵。因此，我们可以确认，在北方官话塞尾脱落这一音变过程中，阿尔泰语系语言曾经起到一定的滞后作用而非促进作用。塞尾脱落的动力，应该来自北方官话内部，而不是来自语言接触，尤其是与阿尔泰语系语言的接触。

二 知系声母

中古知庄章三组声母的分合演化，是汉语语音史的重要事件之一，也是用来观察现代方言类型差别的重要指标。熊正辉、桑宇红、王洪君、张光宇、高晓虹和钱曾怡等对汉语方言尤其是官话方言的今音类型做了分析。高晓红、钱曾怡以中古知庄章三组声母的分化类型为纲，对现代官话进行了分类，如表6所示。

表6 官话方言知庄章分合类型

音类类型	音值类型		小类	开口					合口	分布地举例	对应山西
				知二	庄二	庄三	章止	知三、章止外	知庄章		
合一型	Ⅰ一组型	1	①	tʂ≠精组						北京济南郑州荆门	⑤
			②	tʂ=精组						晋城秦皇岛	⑨
		2	③	ts＝精组						沈阳通化贵阳太原	⑧
		3	④	ts～tʂ						吉林	×
	Ⅱ二组型甲丙类		①	tʂ≠精组					pf	永济	⑥
			②	tʂ≠精组					tʂ tʂ'f	临汾	⑤
			③	ts					pf	闻喜静乐	⑦
			④	ts					ts ts 's/f	单县太谷	②
			⑤	tʂ≠精组					k k'f	张掖	×
			⑥	ts					tstɕ	武汉	×

续表

音类类型	音值类型	小类		开口					合口	分布地举例	对应山西
				知二	庄二	庄三	章止	知三、章止外	知庄章		
二分型	Ⅲ二组型甲乙类	1	①		ts			tʂ/tʃ/tɕ	tʂ	大连莱州沧州咸阳烟台东明离石长岛	②
			②		tʂ＝精组			tʃ	tʂ	壶关	④
			③		tʂ≠精组			tʃ	tʂ	荣成诸城莒南	×
		2	④		ts				tʂ	洛阳	①
		3	⑤		ts			tʂ		英山	×
		4	⑥	ts tʂ		ts		tʂ	tʂ ts	南京昆明中卫	×
		5	⑦	ts tʂ		ts		tʂ	tʂ ts	左权	0
	Ⅳ三组型甲乙丙型		①		ts			tʂ	pf	西安娄烦	③
			②		ts			tʂ	tʂ' tʂf	西宁乌鲁木齐	×
			③		ts			tʂ	tʂf tʂf' s/f	霍城	×

资料来源：高晓虹、钱曾怡：《官话方言古知庄章声母的读音类型》，北京大学中国语言学研究中心《语言学论丛》编委会编《语言学论丛》（第四十六辑），商务印书馆，2012。

表 6 中的"合一型"和"二分型"的划分依据是中古知庄章三组

的音值相互之间是否有一致性，因此虽然第 II 类有两种声母，但因为这是知庄章合流为一组声母后又按介音分化形成的，所以仍归为"合一型"。本文讨论的"北方官话"，基本上为第 I 类，即"合一型"中的"一组型"。第 I 类覆盖的方言，地理上要大于北方官话，延伸到了通常所说的冀鲁官话的雅洪托夫线以南、中原官话和西南官话的北部。但是，北方官话区仍然是第 I 类的核心分布区域，并且因为北京话的影响作用，其他官话区的第 I 类应该有不少是在权威方言的影响下形成的。因此，本文仍将第 I 类特征作为北方官话的区别特征来进行讨论，观察阿尔泰语系语言在这一特征形成中的作用。

　　中古知庄章三组声母在北方官话中形成目前的局面，中间经过了多个阶段。傅林根据契丹汉字音的资料，重建出了知庄章在北方官话中的演变路径，见表 7。

表 7　中古知系声母在北方官话中的历史演变路径

	韵母	中古	前辽代	辽代前期	辽代后期	中原音韵	北京话
知三	其他	ȶ （猪：ȶio）	ȶ （猪：ȶio）	tʃ （猪：tʃio）	tʃ （猪：tʃio）	tʃ （猪：tʃiu）	tʂ （猪：tʂu）
	止开三	ȶ （持：ȡi）	ȶ （持：tȶʰi）	tʃ （持：tʃʰi）	tʃ （持：tʃʰi）	tʃ （持：tʃʰi）	tʂ （持：tʃʰʅ）
知二	二等	ȶ （涿：ȶuck）	tʃ （涿：tʃuck）	tʂ （涿：tʂɔu）	tʂ （涿：tʂɔu）	tʂ （涿：tʂuau）	tʂ （涿：tʂuo）
庄二	二等	tʃ （巢：dʐaʂ） （朔：ʂuck）	tʃ （巢：tʃʰuʃ） （朔：ʂou）	tʂ （巢：tʂʰuʂ） （朔：ʂou）	tʂ （巢：tʂʰua） （朔：ʂou）	tʂ （巢：tʂʰau） （朔：ʂuau）	tʂ （巢：tʂʰau） （朔：ʂuo）
庄三	其他	tʃ （庄：tʃiaŋ） （楚：tʃio）	tʃ （庄：tʃiaŋ） （楚：tʃio）	tʂ （庄：tʂaŋ） （楚：tʂʰu）	tʂ （庄：tʂaŋ） （楚：tʂʰu）	tʂ （庄：tʂuaŋ） （楚：tʂʰu）	tʂ （庄：tʂuaŋ） （楚：tʂʰu）
	止开三	tʃ （使：ʃi）	tʃ （使：ʃi）	tʂ （使：ʂi）	tʂ （使：ʂʅ）	tʂ （使：ʂʅ）	tʂ （使：ʂʅ）

续表

	韵母	中古	前辽代	辽代前期	辽代后期	中原音韵	北京话
章	止开三	tɕ（侍：ʑi）	tʃ（侍：ʃi）	tʂ（侍：ṣ）	tʂ（侍：ʂʅ）	tʂ（侍：ʂʅ）	tʂ（侍：ʂʅ）
	其他	tɕ（章：tɕiaŋ）	tɕ（章：tɕiaŋ）	tʃ（章：tʃiaŋ）	tʃ（章：tʃiaŋ）	tʃ（章：tʃiaŋ）	tʂ（章：tʂaŋ）
日	止开三	□ʑ（儿：ʑi）	ʐ（儿：ʐi）	ʐ（儿：ʐi）	ʐ（儿：ʐʅ）	ʐ（儿：ʐʅ）	Ø（儿：ɚ）

资料来源：傅林：《契丹语和辽代汉语及其接触研究》，商务印书馆，2019，第176页。

表 7 中"辽代前期"和"辽代后期"是根据不同年代的契丹汉字音来分期的，与前期相比，辽代后期的止开三韵母发生了舌尖化，声母系统则没改变，并且和后世中原音韵系统已经一致。"前辽代"是根据音类分合关系构拟出来的介于中古和辽代前期的一个必要的过渡阶段。表 7 中例字的选取受制于契丹汉字音的数量，没有全部照顾到开合口的情况。

把辽代汉语放到表 6 的框架中观察，可知其符合"二分型"，与今荣成方言类型一致。但是，荣成方言（属"胶辽官话"）并不是辽代汉语的直接后代，因为在入声韵演变类型等更重要的音变特征上，二者存在重大差异。[①] 今北京话虽然是"合一型"，但实际上是在辽代汉语基础上，知庄章三组声母从二分再进一步合并形成的。二者并不存在演变方向上的分歧。

那么，在中古知庄章三组声母从辽代汉语中的"二分型"到今北京话的"合一型"的演变进程中，阿尔泰语系语言是否曾起到作用呢？本文的回答是肯定的。证据依然可以从契丹汉字音中找到。

辽代汉语中，中古知庄章有两类音值，但契丹小字只用一类音去拼写，见表 8、表 9 所列契丹汉字音的情况。

---

① 刘淑学：《中古入声字在河北方言中的读音研究》，河北大学出版社，2000，第 80~103 页。此部分是关于中原音韵与胶辽官话关系的论述。

表 8　中古知庄章声母塞擦音类在契丹汉字音中的分布

字形	音值	知母	澄母·平	澄母·仄	章母	昌母	船母·仄	初母·平	崇母
[契丹字]	tʃu	中忠							
[契丹字]	tʃa	张			昭章彰				
[契丹字]	tʃi	镇知		郑	政正职				
[契丹字]	tʃ			赵	主诸诏昭				
[契丹字]	tʃʰu								崇
[契丹字]	tʃʰa		长			敞		察	巢
[契丹字]	tʃʰ	中涿猪张	朝陈持承		主诸章州周昭	春		册楚	
[契丹字]	tʃɛu			赵	招				
[契丹字]	tʃʰou					醜充			
[契丹字]	ʃ					枢	顺		

资料来源：傅林：《契丹语和辽代汉语及其接触研究》，商务印书馆，2019，第 86 页。

表 9　中古知庄章声母擦音类在契丹汉字音中的分布

原字	拟音	生母·其他	生母·止开三	书母·其他	书母·止开三	禅母·平声	禅母·仄声	禅母·止开三	日母·合口	日母·开口
[契丹字]	ʃ	省朔率帅水山		圣守沈叔少书室舜			尚上寿十淑蜀署尚			
[契丹字]	iʃ			使			氏		如	儿
[契丹字]	ʃi		师使史		诗			氏侍		
[契丹字]	tʃʰ					城丞臣郕宸澶	尚			
[契丹字]	ʒu								如乳	
[契丹字]	ʒ								润	冉仁儿

资料来源：傅林：《契丹语和辽代汉语及其接触研究》，商务印书馆，2019，第 91 页。

从这些拼写中可以明确的一个重要事实是：中古汉语的知章庄三组声母在契丹汉字音中被合为一组。因为每两组之间都有共用原字的情况。此外，中古汉语全浊声母中，澄母按平仄分别与昌母和章母共用原字，崇母平声与昌母、初母共用原字，仄声与生母、书母、船母仄声共用原字，这些特征也是与后代方言一致的。

契丹语用一组音去拼写汉语的两类音，原因很简单：契丹语本身只有一组塞擦音，这和其较近的亲属语言蒙古语的情况是一样的。除了无法区分知庄章在辽代汉语中的两类声母音值外，因为知庄章组声母所辖三等字较多，且仍存 i 介音，当遇到介音、韵腹、韵尾齐全的三合韵母时，契丹语因缺乏该种类型韵母，也不得不用俭省的方式匹配，具体情况见表 10。

表 10 契丹语对辽代汉语三合韵母的拼写方式

		辽代汉语韵母目标音值						
		iau 效	iaŋ 宕	iɛn 山	iou 流通入	iəm 深	iən/ion 臻	iəŋ 梗曾
知三/章	类型 1	ɛu 朝赵/少昭	ɛŋ/章					
	类型 2	au 少	aŋ 长张/章敞尚上	ɛn/善	ou/守周州寿醜叔	əm/沸	ən/on 陈/臣春顺舜	əŋ/政圣廊承
	类型 3					im/沸	in 陈/臣	iŋ 郑/政圣承
其他声母		ɛu	ɛŋ	ɛn	iu	im/əm	in/on	iŋ

资料来源：傅林：《契丹语和辽代汉语及其接触研究》，商务印书馆，2019，第 171 页。

表 10 中，类型 1 是把 i 介音的［＋高、＋前］特征赋予韵腹，类型 2 则是把 i 介音直接删除，这都能使三合韵母缩减为二合韵母。相对的，类型 1 能保持三等韵母与其他韵母的差别，因此更接近汉语实际音值格局。

不同韵母条件下采用的匹配策略也不尽相同。iau 韵母不仅在与知三/章拼接时采用类型 1，其他声母条件下也是类型 1。iɑŋ 韵母则以类型 2 为主流形式，但其他声母条件下则是类型 1。这种差异只能从契丹语的音节特性去解释，即契丹语本来就存在 tʃuʒ 这个音节，所以效摄字较少采用类型 2，而契丹语本身没有 tʃʊŋ 这个音节，但有 tʃɑŋ 这个音节，所以较少采用类型 1。观察契丹小字文本，可发现 ɛu、ɑŋ 都是既可以拼契丹语又可以拼汉语的，而 ɛŋ 则只用于拼汉语。有不同匹配策略也正说明了韵母本身 i 介音的存在，否则就不会出现这么多变异了。

韵母 iɛn、iou 的情况与韵母 iɑŋ 相似，并且并未发现有类型 1 的拼法。其性质应该是相同的。

类型 3 实际上是类型 2 的变体。iəm、iən、iəŋ 这些韵母在汉语音系中为底层形式，它们在表层可表现为"iəm、iən、iəŋ"或"iim、iin、iiŋ"，类型 3 可看作后者删掉 i 介音的形式，实际上与类型 2 的模式相同。契丹汉字音中 iəm、iən、iəŋ 三组韵母存在类型 2 与类型 3 之间无条件的变异，但其他声母条件下只有类型 3 的形式。这也必须用音节特性来解释。即契丹本身缺乏 tʃim、tʃin、tʃiŋ 这样的音节，所以采用类型 2。

了解了契丹语对辽代汉语的匹配模式后，一个事实也很明显地浮现出来：所有韵母的类型 2 拼法正是后代方言的演变方向。也就是说，契丹语母语者所说的汉语中，知三/章两组声母所辖三合韵母字的音值，和今北京话是一类。这种母语干扰作用和汉语后来的演变结果完全吻合，二者之间应具有一定的因果关系。

另外，包括契丹语在内的阿尔泰语系诸语言，一般都缺少 ts、tsʰ、s 这一组舌尖前声母，汉语的该类塞擦音都被用 s 来匹配，而与知庄章组声母不混。因此，契丹语者的母语干扰的另一种效应就是可以帮助维持知庄章组与精组之间的界限，而这也正是以北京话为代表的现代北方官话核心区域的一个特征。

三 不规则轻声

傅林从契丹汉字音的材料出发，对北方方言中的不规则轻声的产生年代和机制进行了探讨。[①] 本文在其基础上进一步讨论。

轻声是汉语尤其是北方方言中的一种重要语音现象。相对于非轻声音节，轻声的音长短、音强弱、音色含混，音高值不固定。现代汉语北方方言的轻声一般分两类，一类是虚词或语义虚化的词缀读为轻声，如"你的"和"桌子"中的"的""子"，这类字读为轻声有明确的语义条件，本文称为"规则轻声"；另一类是部分词语中的后字，一般是实义性语素，如"熟悉"和"眉毛"中的"悉""毛"，这类字一般无明显的规律可循，本文称为"不规则轻声"。学界对轻声产生年代和机制的研究焦点一般放在后一类，这也是本文讨论的重点。

不规则轻声并非本文所说"北方官话"独有的现象，但以中国北方的汉语方言为多见，以南方的汉语方言为少见，而北方的方言又都与阿尔泰语系语言接触密切，所以我们可以将其作为语言接触可能产生影响的现象来分析。需要讨论的有关不规则轻声的问题是：

（1）不规则轻声是什么时候产生的？

（2）不规则轻声的产生机制是什么？

（3）不规则轻声的产生是否受到了阿尔泰语系语言的影响？

先讨论轻声的产生年代。学界主要根据文献异文和方言语音两种材料进行研究，前者以李荣、李思敬为代表，后者以李树俨、孙景涛为代表。[②]

[①] 傅林：《从契丹汉字音看汉语北方方言轻声的产生年代和机制》，《隋唐辽宋金元史论丛》2019 年第 0 期。

[②] 李荣：《旧小说里的轻音字例释》，《中国语文》1987 年第 6 期。李思敬：《现代北京话的轻音和儿化音溯源——传统音韵学和现代汉语语音研究结合举隅》，《语文研究》2000 年第 3 期。李树俨：《从中宁方言双音节地名的读法看北方话轻声的消长》，李树俨、李倩《宁夏方言研究论集》，当代中国出版社，2001。孙景涛：《连读变调与轻声产生的年代》，《方言》2005 年第 4 期。

文献异文是轻声存在的直接证据，因此较有说服力，如李思敬提到《红楼梦》中"编排、编派"和"差事、差使"等异文，反映了不同单字调类在词语尾字位置上调类的中和，这是轻声的直接体现。但是，受制于文献的年代，李荣、李思敬等得出的轻声年代都偏晚。

李树俨考察宁夏中宁县乡镇及以下的双音节地名后发现，地名后字是否为轻声，与地名的产生年代有关：唐及以前就存在的古地名不读轻声，元明清出现的地名读轻声，清之后的新地名不读轻声。在读轻声的地名中，年代最早的是北宋出现的"韦州"，从而推断轻声的产生年代是北宋。这一研究具有启发性。但是，不同地区的地名产生年代很多无法判断，而历史移民造成的方言接触和替换也会给方言的历史延续性带来挑战，从而影响年代判断的准确性。

孙景涛通过研究河北顺平方言的连读变调，推断了北方官话中轻声产生年代的上限和下限。顺平方言的一个特点是中古清声母去声字和浊声母去声字的单字调相同，均为去声，但二者在轻声前对立，如：

秀（[51]，去声，心母）＝袖（[51]，去声，邪母）；
秀儿 [33＋0] ≠ 袖儿 [21＋0]

并且，中古全浊上声字现在的单字调和变调同浊去声，例如：

柱（[51]，上声，定母）＝箸（[51]，去声，定母）；
柱脚 [21＋0] ＝ 箸子 [21＋0]

这里，轻声是古代的清去和浊去在现在得以保持差别的条件。由于全浊上声字和浊去字在轻声前的变调相同，孙景涛推断轻声产生年代的上限是全浊上声变入去声之后（中唐）。

本文认为，从理论上说，孙景涛提到的顺平方言的变调并不是"轻声产生于全浊上归去之后"这一论断的充分证据。参看表11。

表 11 列出了清去、浊去、全浊上三个调类单字调的分合情况。现代顺平方言处在历史阶段 3，而轻声前变调则保存着历史阶段 2 的格局。孙景涛推断的轻声产生年代上限即历史阶段 2。可是，如果我们假设轻声在历史阶段 1 时已经产生，也并不会出现矛盾，即浊去和全浊上在单字调和轻声前因调值相近合并，形成阳去，阳去和阴去在单字调和轻声前都不同。再到以后的阶段，阴去和阳去的单字调和轻声前变调各自发生不同的演变，以至于单字调合流，轻声前变调仍相互区别。

表 11　去声和全浊上声的分合阶段

	历史阶段 1	历史阶段 2	历史阶段 3
单字调类	清去声	阴去	去声 （清去声，浊去声，全浊上声）
	浊去声	阳去 （浊去声，全浊上声）	
	全浊上声		

总的来说，孙景涛给出了研究轻声产生年代的一种很重要的线索，但因为所依据的为间接性的材料，要以之证明轻声产生的具体年代，逻辑上还缺乏充分性。

再说轻声的产生机制问题。轻声的产生有"自源说"和"他源说"两种观点。"自源说"认为轻声来源于汉语自身的发展，"他源说"认为轻声来源于语言接触，是其他语言改说汉语时受其母语干扰产生的语音现象。

"他源说"可以桥本万太郎和赵杰为代表。[①] 桥本万太郎从"重轻"型词调模式在方言地理分布上从北向南减少这一现象出发，认为北京话的"重轻"式词调是"阿尔泰化"了的。这一基于地理分布的宏观判断之所以还不够让人信服，主要是还没有直接的证据表明在轻声产生的开始阶段就有阿尔泰语言的参与。赵杰认为北京话的不规则

---

① 〔日〕桥本万太郎：《语言地理类型学》，余志鸿译，北京大学出版社，1985。赵杰：《北京话的满语底层和"轻声""儿化"探源》，北京燕山出版社，1996。

轻声来源于清朝满族人说的"满式汉语",即满族人在说汉语时,将汉语词套用满语的"重—轻"式词重音,从而使"熟悉""眉毛"这样的词根复合词的后字产生轻声。赵杰这一观点的主要问题是与其他文献证据不统一,上文谈到李荣、李思敬已经用文献材料证明了汉语北方话(包括北京话)在"满式汉语"影响汉族汉语之前就已经有了轻声。但是,赵杰的研究提示我们,北方其他民族语言在汉语轻声的形成中可能会有其作用,尤其是那些较早与汉语接触的语言。这实际上就又促使我们回到桥本万太郎的判断上来,寻找更为确凿的证据。

再看"自源说"。王力和金有景都指出了轻声的出现次序。[①] 简单地说,就是上文所说的"不规则轻声"出现于"规则轻声"之后。但是,不规则轻声的产生原因并没有得到展开分析。冯龙在论证赵杰"他源说"不成立的基础上,认为不规则轻声是汉语自身产生的,因为北方方言中不规则轻声的覆盖区域很大,很难将这种大面积的分布归因于满语的影响。冯龙并没有论证相比满语更早与北方汉语接触的其他民族语言是否在汉语轻声的形成中起过作用。[②] 我们应该回到桥本万太郎指出的重要的事实上来,即汉语方言从南方到北方,越往北,不规则轻声就越丰富,这与汉语和北方阿尔泰民族语言的距离正好成反比。如果更早期的阿尔泰语言如鲜卑、契丹、女真、蒙古等与汉语的接触是汉语轻声的成因,那就可以解释这种历史分布。本文主要通过对契丹汉字音这一直接证据的分析,论证"他源说"的合理性。

契丹汉字音指契丹文文献中用契丹字拼写的汉字音。契丹汉字音属于通常说的"对音"。契丹文产生和使用于唐末五代至金代前期,正是通常所推断的汉语轻声产生的大致时代,如果能从契丹汉字音中找

① 王力:《汉语史稿》,中华书局,1980。金有景:《北京话"上声+轻声"的变调规律》,山东省语言学会编《语海新探》第一辑,山东教育出版社,1984。
② 冯龙:《北京话轻声探源》,北京大学硕士学位论文,2013。

到轻声存在的证据，可为探究其产生年代提供直接证明。

目前学界提取的契丹汉字音主要来自契丹小字文献。契丹小字在拼写汉字音时不区分声调，如：

平声字和上声字同形。吾、五：**岌及**。
平声字和去声字同形。仪、义：**岌关**。
上声字和去声字同形。李、吏：**屮关**。

因此，我们无法从音高角度观察是否存在轻声，但契丹小字对音色的差别记载甚细，轻声本身也会出现音色模糊、音素丢失等现象，所以，我们下面从音色出发，梳理契丹汉字音，观察轻声存在的痕迹。

契丹语者在用契丹小字拼写汉字音时，有很多形式与轻声的特征相同。

1. 韵母元音央化

在用契丹小字拼写的汉语人名中，"×哥"是很常见的类型。"哥"为果摄开口一等字，辽代这一类字的韵母音值为 $[\alpha]$，见表12。

表12　契丹汉字音果摄开口一等字的拼写

汉字	契丹小字拼写	音值	所处词语	文献出处
哥	刭为	$q\alpha - \alpha$	杨哥	韩3
河	坴为	$\chi\alpha - \alpha$	河间	尚6
何	坴	$\chi\alpha$	萧何	胡16
罗	屮为	$l\alpha$	罗汉	梁3、胡28

注：本文引用的契丹小字文献，除胡、廉外，均引自刘凤翥《契丹文字研究类编》，中华书局，2014，第1～1865页。"胡"引自吴英喆《契丹小字新发现资料释读问题》，东京外国语大学亚非语言文化研究所，2012。"廉"引自 Wu Yingzhe and Juha Janhunen, *New Materials on the Khitan Small Script*, Global Oriental, 2010. 文献出处在正文中用简称，如"尚6"表示《尚食局史墓志》第6行，文献简称与通行全称对照见本文附录。

但是，"×哥"中的"哥"的韵母又经常被拼为其他形式，其中最常见的是**几芬**，音值为 kə，如"贵哥"（清2）等。这种形式在文献中的数量非常多，甚至远远超过了上面所引韵母为 ɑ 的形式。果摄开口一等字中，只有"哥"有这种韵母元音央化的音值。"×哥"这种汉族式人名一般是风格非常口语化的小名或乳名，我们推断，"哥"在这种环境中出现元音央化，其条件是轻声。

2. 韵母脱落

有的汉字在不同词语中，拼出的音值不同，如"子"，比较"开国子"和"牌子"（见表 13）。

表 13　契丹汉字音"子"的两种拼式

汉字	契丹小字拼写	音值	所处词语	文献出处
子	仐 谷	tsɿ	开国子	叔 2
子	仐	ts	牌子	先 21

"子"在"牌子"中为词缀，在"开国子"中为词根，构词地位不同，而在前者中脱落韵母，这和现代汉语中词缀"子"因意义虚化而读轻声，且音值为韵母脱落的情况，是很一致的。

此外，我们还能在"使""氏"等字中观察到类似现象（见表 14）。

表 14　契丹汉字音"使""氏"的拼写

汉字	契丹小字拼写	音值	所处词语	文献出处
使	戈关	ʃi	令余 戈关 "度使"	迪 25
使	夭	ʃ	分夭 "副使"	尚 14
氏	戈	ʃ	出央 戈伏夭 "韩氏女"	图 4

这种韵母脱落的现象根据目前的统计，只出现在声母为擦音、塞擦音的汉字中，而现代汉语轻声中韵母脱落现象也一般出现于擦音或塞擦音声母字中。[①]

① 林焘、王理嘉：《语音学教程》，北京大学出版社，1992，第 180 页。

心思 [ʂ→s] 本事 [ʂ→ʂ] 豆腐 [fu→f] 出去 [tɕʰy→tɕʰ]

因此，我们可以推定契丹小字拼写中的这些现象是和轻声有关的。当然，有的字如"副使"中的"使"在现代汉语中一般不读轻声，这一现象我们将在下文解释。

有时，汉字韵母并不完全脱落，还保留原韵母的介音，如"女"字（见表 15）。

表 15　契丹汉字音"女"的不同拼式

汉字	契丹小字拼写	音值	所处词语	文献出处
女	𘭀𘯘	nio	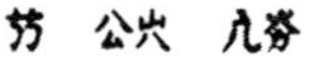 𘬞 𘭀𘯘 𘮒�\ "丑女哥"	梁 19
女	𘲦	ni	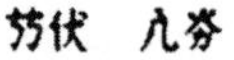 𘬞𘲦 𘮒�\ "丑女哥"	智 15

这里，同一个人的名字"丑女哥"在不同文献中被拼成不同音值，后者的"女"脱落韵腹元音，且整个音节依附于前字，这和轻声音节的特征非常吻合。

3. 声母脱落

在上文关于"哥"字的讨论中，我们分析了韵母元音的央化现象。在有的文献中，"哥"还被拼写成声母脱落的形式，声母脱落后，韵母或央化或不央化（见表 16）。

表 16　契丹汉字音"哥"字声母脱落的拼式

汉字	契丹小字拼写	音值	所处词语	文献出处
哥	𘰂	a	"×哥"	烈 15
哥	𘰀	ə	"×哥"	烈 18、尚 22、奴 9、鲁 24、廉 13

因轻声而引发的声母脱落，在现代汉语方言中也能观察到，尤其是地名中的"家"字，如：（1）tɕia→ia。"小任家庄"，河北栾城地名；"毕家庄"，河北宁晋地名。（2）tɕia→a。"大家峪"，河北赞皇地

名；"国家庄"，河北隆尧地名。[①]

这说明契丹汉字音中"哥"脱落声母的音值并不是偶然的误拼，而是轻声的一种表现。

为了说清楚契丹汉字音中轻声的性质，我们先分析一下契丹语的词语语音结构。从族源和目前解读出来的契丹语词来看，契丹语和蒙古语族诸语言应该存在亲缘关系。根据德力格尔玛、波·索德，蒙古语族诸语言中，词语重音模式一般是首音节重和末音节重两种，而前者占多数。首音节重音会造成后续音节的音色模糊、音素脱落等现象。契丹小字文本自身并没有显示其词重音模式，但通过观察与蒙古语的关系词，可以发现契丹语有非首音节的语音脱落现象，如爱新觉罗·乌拉熙春指出的契丹语"水"与蒙古语的对应：

契丹小字	契丹小字音值	蒙古语
仐	u	usun

这提示我们契丹语的词重音为"首重"型。这种重音模式和汉语的轻声模式正是对应的。

契丹汉字音中与轻声有关的拼写，反映了下面几种可能的情况：

（1）辽代汉语已经存在轻声，契丹汉字音是对汉语实际音值的记录；

（2）辽代汉语无轻声，契丹语者受契丹语的干扰，在说汉语时，词语的非首音节被弱化，以至于产生轻声的特征；

（3）辽代汉语已经出现轻声，但只出现在非词首位置的虚词和词缀上。契丹语者可以说出这样的轻声，并在母语的干扰下，将一般词语的非词首音节也读为轻声。后来，一般词语中的轻声也扩散到汉语者口中。

---

① 河北省地方志编纂委员会编《河北省志·方言志》，方志出版社，2005，第252~265页。

我们认为第 3 种情况更接近实际情况。上文已经讲到，契丹汉字音中，有的词语如"副使"的"使"也有轻声的记音。有的文献中，"太子"的"子"也记为轻声模式：

子：𘬜𘭞 t^hai-s "太子" 韩3

这些词语在有轻声的现代汉语方言中一般都不读轻声。因此，契丹汉字音的音值表明契丹语者确实会把母语的词重音模式套用在本来不是轻声模式的汉语词上，而非只是简单地模仿汉语的轻声。

现代汉语方言中，存在不规则轻声的方言，不规则轻声词的范围一般并不一致。如果各方言的不规则轻声词都是从北方民族所说的"契丹式汉语"或"蒙古式汉语"等扩散来的，则难免在词汇上参差不一，于是这种词汇分布上的不一致就比较容易解释了。

综合上面的论述，我们认为汉语北方方言的不规则轻声应该来源于历史上很早就发生接触的阿尔泰语言。不规则轻声是汉语中阿尔泰语言的底层形式之一。五代—辽时期是北方汉语方言不规则轻声产生的上限。本文讨论的"北方官话"中的不规则轻声也是在这种机制下产生的。

四　结语

从宏观角度看，语言接触对汉语自身的发展产生影响是必然的。北方官话在发展过程中，应该会受到鲜卑、匈奴、突厥、契丹、女真等阿尔泰语系语言的影响。但是，如果缺乏直接的证据，这种判断就只能停留在假说的层面。另外，语言接触造成的影响是在语言的哪一种要素上进行的？不同要素受影响的程度是否一致？如果没有直接证据，这些问题也就无法回答。

北方官话在音系特征上和其他官话方言存在重要的差异。契丹文材料的发现和研究，使得学界对北方官话特征的形成时间点有了更清晰的认识。更为重要地，契丹汉字音把当时汉语的各种语音变异也记录了下来，这为观察音变的方式和进程提供了良好的参照，也把契丹语在汉语音变进程中的作用显示了出来。

通过分析契丹汉字音等材料，我们确认一些事实：（1）中古入声韵的塞尾在辽代正处于脱落的进程中，契丹语由于本身有丰富的塞尾，所以在该进程中起到的是滞后作用。（2）中古知系声母在辽代汉语中为二分型，仍处在合并的前夜，契丹语用一类塞擦音匹配知系声母，促进了其最终的合并。（3）不规则轻声是否在辽代已经产生，还缺乏更多汉语自身的证据，但契丹汉字音的变异提示出，包括契丹语在内的阿尔泰语系语言，会通过母语干扰的方式将词重音模式带入汉语，从而产生不规则轻声。

就北方官话来说，还有一些音系特征值得研究，如中古入声调按声母的清、次浊、全浊在当代派入三类舒声调。通常说的北京官话、东北官话、冀鲁官话保唐片和中原音韵的初始归派是上、去、阳平，冀鲁官话保唐片之外、雅洪托夫线以北的地方的初始归派是阴平、去、阳平。两种归派都和其他官话的派入两类舒声调不同。这一特征的具体形成过程仍待进一步研究。作为无声调语言的阿尔泰语系诸语言是否在其中起到了作用，需要对包括契丹文资料在内的更多文献进行研究之后才能得出确切的答案。

附录：契丹小字文献简称与通行全称对照

迪　《耶律迪烈墓志》

韩　《萧特每阔哥驸马二夫人韩氏墓志》

胡　《萧胡睹堇墓志铭》

廉　《耶律廉宁墓志》

梁　《梁国王墓志》

烈　《耶律（韩）迪烈墓志》

奴 　《耶律奴墓志》

清 　《萧太山与永清公主墓志》

尚 　《尚食局使墓志》（早期称《萧居士墓志》）

叔 　《皇太叔祖墓志》

图 　《萧图古辞墓志》

先 　《耶律仁先墓志》

智 　《耶律智先墓志》

"可能"的词汇化及其认识情态语义的来源[*]

冯军伟[**]

摘　要："可能"是在疑问句语境中由"可_{揣度询问义副词}＋能"的临时组合经历词汇化发展而来的。在"可能"的词汇化过程中，语体的改变，特别是使用环境的改变和说话人交际意图的改变促使"可_{揣度询问义副词}＋能"结构由表达"疑问"向表达"说话人对命题信息所持有的怀疑态度"转变，最终语法化为一个表达推测认识义的情态词。

关键词：可能　词汇化　语义演变

一　学界关于"可能"词汇化的相关研究

关于"可能"的成词过程及其"或然义"的来源，学术界主要有四种观点。

第一种观点，表达"或然义"的"可能"最初是动词"可"和动词"能"的连用，之后经历词汇化发展而来的。陈曦认为"可能"连

---

* 基金项目：2021年度河北省社会科学发展研究课题"认知类心理动词的认识立场表达研究"（课题编号：20210201200）；国家社会科学基金后期资助项目"汉语语言成分认识情态意义的互动建构过程研究"（项目编号：19FYYB030）。
** 作者简介：冯军伟，河北大学燕赵文化高等研究院副研究员，文学院副教授，硕士生导师，主要研究领域为现代汉语语法。

用最早出现在春秋时期，当时的"可能"仅仅是两个动词的连用，意为"可以能够"，动词短语"可能"经过重新分析词汇化为能愿动词"可能"，表达说话人的某种估计和推测，词汇化的过程始于元代，完成于清代。①

第二种观点，表达"或然义"的"可能"是由"可$_{(副词)}$＋能"词汇化而来的。江蓝生认为由疑问副词"可"与表示"能够"义的能愿动词"能"组合形成"可能"，可以表达"能否、能不能"和"会否、会不会"两种意义。② 朱冠明认为"可能"是"可$_{(副词)}$＋能"结构在疑问句语境中发展而来的，句末已经存在的疑问词导致"可$_{(副词)}$＋能"结构中"可$_{(副词)}$"的揣度色彩大大降低，使得"可$_{(副词)}$＋能"语法化为表达说话人揣测意义的能愿动词"可能"。③ 梁清认为"可能"是由表达推度询问语气的语气副词"可"和助动词"能"组成的临时组合"可$_{(副词)}$＋能"词汇化为"可能$_1$"（意为"能否、会否"）；然后在反问语境中，经过隐喻的语用推理，进一步语法化为表达"或然性推测"的助动词"可能$_2$"。④

第三种观点，表达"或然义"的"可能"是由两个动词"可＋能"（表示"可以能够"）的连用和由"可$_{(副词)}$＋能"结构共同词汇化而来的。董秀芳认为"可能"的发展变化与"可"在唐代的语义变化有关，她引用了江蓝生关于"可"表示揣度询问意义的相关论述，并指出当"可能"表达"能否、能不能"意义时，其中的"能"表示的是"能力"，属于动力情态；当"可能"表达"会否、会不会"意义时，其中的"能"表示的是认识情态，因此，表示"会否、会不会"的"可能"慢慢从反问句环境中获得了肯定的含义，从而

---

① 陈曦：《能愿动词"可能"意义的词汇化研究》，《长春工程学院学报》（社会科学版）2017年第3期。
② 江蓝生：《疑问副词"可"探源》，《古汉语研究》1990年第3期。
③ 朱冠明：《情态动词"该"的来源——附论"可能"》，《汉语史学报》2006年第6辑。
④ 梁清：《从助动词"可""能""可能"的形成看词义的演变》，《现代语文》2019年第11期。

可能黏合为一个表示"大概、也许"的副词。① 胡丽珍认为表达推测义的"可能₃"有两条平行的演变路径：一是在肯定句中由表达现实意义的"可以能够"（"可能₁"）词汇化发展而来；二是在疑问句中由表达疑问义的"可否能够"（"可能₂"）经历重新分析得来。两种路径合力共同促成了推测义"可能"的产生，表达推测义的"可能₃"最早出现于明末清初，最终成词于 19 世纪。②

第四种观点，表达"或然义"的"可能"是一个来自日语的借词。胡静书将现代汉语中的"可能"分为三个。其中，把表达"能力许可"的"可能"称为"可能₁"，"可能₁"是一个表达动力情态的情态动词；把由表达疑问的语气副词"可"和"能"连用的短语"可能"称为"可能₂"，意为"能不能、能否"；把表推测义的"可能"称为"可能₃"，"可能₃"是一个语气副词，具有表达说话人推测的认识情态意义。胡静书认为表达认识情态意义的"可能₃"与"可能₁""可能₂"没有关系，是一个从日语中借来的外来词。③ 李海霞则认为"可能"是汉语中的固有词，但是，清末"可能"语料的爆炸式增长确实是受到西语翻译的促进和影响。④

二 "可能"的词汇化路径

根据前人关于"可能"成词过程的相关研究，依据语言研究"先内后外"的原则，⑤ 本文认为汉语中表达推测义的"可能"经历了两种可能的演变路径。

第一种可能的演变路径是从实义动词的组合到情态动词的组合，

---

① 董秀芳：《词汇化：汉语双音词的衍生和发展》，商务印书馆，2011，第 263 页。
② 胡丽珍：《再论推测副词"可能"的来源》，《汉语史研究集刊》2019 年第 1 期。
③ 胡静书：《推测副词"可能"的来源》，《语言研究》2014 年第 3 期。
④ 李海霞：《汉语"可能"、"必然"意义表达的发展》，《重庆师范大学学报》（哲学社会科学版）2011 年第 4 期。
⑤ 胡丽珍：《再论推测副词"可能"的来源》，《汉语史研究集刊》2019 年第 1 期。

再到推测副词"可能"的词汇化演变路径。

"可能"表达"或然性推测"的认识情态意义的历时获得过程大致经历了以下三个阶段。

第一个阶段,"可能"是表"许可义"的动词"可"和表示动作的实义动词"能"的临时组合,意为"可以做到",例如:

（1）养,可能也,敬为难;敬,可能也,安为难。（春秋战国《礼记》）

（2）曾子曰:"吾闻诸夫子,孟庄子之孝也,其他可能也;其不改父之臣与父之政,是难能也。"（春秋战国《论语》）

第二个阶段,"可能"是表示"可以义"的助动词"可"和表示能力意义的助动词"能"的临时组合,意为"可以能够",此时的"可能"是两个助动词的连用,例如:

（3）弟子六人悉愚暗,无可能言,必触忌讳。（汉《太平经》）

（4）风雨时节,万物生多长,又好下粪地,地为之日壮且富多,可能长生。（汉《太平经》）

第三个阶段,"可能"是表达"或然性推测"的认识情态词,例如:

（5）蒋爷下去,把他们拉了上来。到了上面,才能告诉,不可能在水里头说话。（清《小五义》）

（6）就听进来一个人说:"你瞧乔家五奶奶由看台上往下吐唾沫,正吐在一个雷公崽子嘴里,他一叭哒吃了,还嚷好香! 也不是哪里来的这么个愣小子,今天有他个好瞧的!"石铸等人一听就知道不好,可能是傻小子惹了祸,赶紧给了饭账出来一瞧,就听

有人说："这个雷公崽子被乔家五虎擒住了，吊在庙旁打呢！"（清《彭公案》）

第二种可能的演变路径是由揣度询问义副词"可"和助动词"能"的临时组合"可_{揣度询问义副词}＋能"演变而来的，演变过程大致经历了以下两个阶段。

第一个阶段是临时组合"可_{揣度询问义副词}＋能"阶段，例如：

（7）恶苗承沴气，欣然得其所。感此因问天，可能长不雨？（唐《白居易诗》）

（8）若是世间七宝，只首交汝难求，可能舍得己身，与我充为高座？（五代《敦煌变文集新书》）

第二个阶段是表达推测义的认识情态词"可能"，例如：

（9）飞云"哎哟"一声窜进屋里说："可了不得了！叔父、道兄你等快出去，房上人都满了，可能是彭赃官手下差官前来拿我等的。"（清《彭公案》）

（10）这一日正往前走，就听前面喊杀连天，赶车的说："前面可能有山贼！"（清《彭公案》）

那么，表达推测义的"可能"到底是经历了第一种演变路径，还是经历了第二种演变路径，抑或是两种路径合力为之？学术界还存在诸多争议。

在考察"可能"的词汇化及语义演变之前，我们先分别考察一下"可"和"能"各自的语义演变史。

苏俊波、余乐认为，实义动词"可"最早表达"许可和准许"义，一般带体词性宾语成分。当"可"带动作行为宾语时，"可"可以被重新分析为助动词"可",同样表达"准许、许可"义;作为助动词,"可"所表达的"准许、许可"可以来自施事自身的条件(内部条件),也可以来自施事自身以外的条件(外部条件)。如果"准许、许可"的条件源于施事本身,那么属于内部条件,表达"有能力、能够"之义,此时的"可"表达的是动力情态;如果"准许、许可"源于施事之外的外部环境,那么属于外部条件,此时的"可"表达的是"可以、能够"的道义情态。在某种条件下"可以、能够做某事",也就意味着有"做某事的可能",因此,此时的"可"表示"可能、能够"之义,表达说话人对"施事做某事的可能性"的主观判断,属于认识情态的表达范畴,因此,"可"具有表达动力情态、道义情态和认识情态的功能。① 根据苏俊波、余乐的语料举例,我们可以推断"可"的这三种用法早在春秋战国时期就都已经出现了,"可"经历了"实义动词>有能力、能够(动力情态)/可以、能够(道义情态)>可能、能够(认识情态)"的演变历程。

"能"经历了从表示"动物"到表示"人",再到表示"能力",再到表示"中性可能",再到表示"知识可能"和"道义可能"的发展过程,朱冠明将情态动词"能"的语义演变过程描绘为图 1。

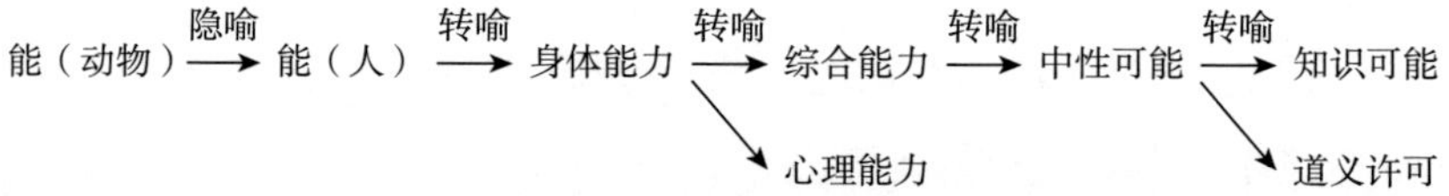

图 1　情态动词"能"的语义演变过程

资料来源:朱冠明:《汉语单音情态动词语义发展的机制》,《解放军外国语学院学报》2003 年第 6 期。

根据朱冠明的考察,"能"从"中性可能"到"知识可能"的发展,在《左传》中就已经出现了相关的用例。

通过分别考察"可"和"能"各自语义演变的历史,我们发现早

---

① 苏俊波、余乐:《语气副词"可"的核心语义》,《汉语学报》2018 年第 3 期。

在春秋战国时期"可"和"能"就已经具有了表达认识情态意义的功能。早期的"可能"应该属于同义助动词的连用，如例（3）和例（4）中的"可能"表达的是施事"六人"和"万物"的内部条件，表达施事有能力做某事，属于动力情态范畴。从语料出现的历时脉络来看，助动词"可"和助动词"能"的连用早在东汉中晚期（公元200年之前）的《太平经》中就已经出现了。从唐代开始一直到清末，都有相关用例，但是，语例相对较少，举例如下。

（11）贪臣王公，鞅掌者可以勤万机；欲升汗漫，逍遥者可能为匹夫。（清《唐文拾遗》）

（12）王文正太尉气羸多病。真宗面赐药酒一注瓶，令空腹饮之，可能和气血，辟外邪。（北宋《梦溪笔谈》）

（13）今观此阵，旌旗杂乱，队伍交错，刀枪器械无一可能胜吾者，始知前日之言谬也。（明《三国演义》）

（14）贼人使那地躺招，就地十八滚，燕青十八翻，全凭腕胫肘膝间，钢刀随身团转，如没学过这套工夫的，进之必输。惟有三人可能拿他，一个是邱成，念其是三叔之义子，未免动了骨肉之情，暗暗不往前进。（清《三侠剑》）

从上述语料来看，"可能"多表达施事的内部条件，大都属于动力情态范畴。

"可"在东汉时期就有疑问副词的用法，相当于"岂、难道"，表达反诘语气；从唐五代时期（公元900年前后）开始，"可"产生了表达揣度询问的用法。[①]表达揣度询问义的"可"经常和表达"可以、能够"的助动词"能"组合，"可揣度询问义副词+能"最早出现在唐五代时期的诗文和禅宗语录中［见例（7）和例（8）］。

---

① 江蓝生：《疑问副词"可"探源》，《古汉语研究》1990年第3期。

在同一历史时期，"可揣度询问义副词 ＋能"组合出现的频率与表达"可以、能够"义的助动词连用"可_{助动词}＋能_{助动词}"组合相比要高很多。宋元时期，二者的使用比例大致相当，明清时期，二者的使用频率差距逐渐拉大，明朝时期二者的使用比例是 12∶1，清朝时期二者的使用比例接近 8∶1；民国时期表达推测义的"可能"逐渐成为主流用法。"可_{揣度询问义副词}＋能"组合、"可_{助动词}＋能_{助动词}"组合和表推测义的"可能"三者在清朝时期的使用比例接近 8∶1∶2，民国时期的使用频率比为 5∶1∶60。不同历史时期，"可_{揣度询问义副词}＋能"组合、"可_{助动词}＋能_{助动词}"组合和表推测义的"可能"出现频率对比情况如表 1 所示。

表 1 "可_{揣度询问义副词}＋能"组合、"可_{助动词}＋能_{助动词}"组合和
表推测义的"可能"出现频率对比

	五代	北宋	南宋	元	明	清	民国
"可_{揣度询问义副词}＋能"组合	4	7	1	0	24	134	15
"可_{助动词}＋能_{助动词}"组合	0	6	1	0	2	18	3
表推测义的"可能"	0	0	0	0	0	31	180

资料来源：五代文献包括《十六国春秋别本》《敦煌变文选》《敦煌变文集新书》《祖堂集》；北宋文献包括《本心斋疏食谱》（陈达叟）、《童蒙训》、《禅林僧宝传》、《册府元龟》、《资治通鉴》、《晏几道词》、《晏殊词》、《李煜词》、《柳永词》、《欧阳修词》、《秦观词》、《苏轼词》、《宋诗一百首》、《三国杂事》、《五代春秋》、《太平广记》、《梦溪笔谈》、《靖康纪闻》、《朱子语类》；南宋文献包括《五灯会元》《古尊宿语录》《无门关》《元好问词》《朱敦儒词》《朱淑真词》《李清照词》《辛弃疾词》《话本选集》；元朝文献包括《朴通事》《老乞大新释》《老乞大谚解》《元人小令》《元散曲》《倩女离魂》《西厢记杂剧》《三国志平话》《元代话本选集》《大唐三藏取经诗话》《大宋宣和遗事》；明朝文献包括《天工开物》、《明季三朝野史》（顾炎武）、《柳如是集》、《纪效新书》（戚继光）、《练兵实纪》（戚继光）、《万历野获编》、《三国演义》、《三宝太监西洋记》、《东汉秘史》、《两晋秘史》、《二刻拍案惊奇》、《云中事记》、《云中纪变》、《五代秘史》、《今古奇观》、《初刻拍案惊奇》、《包公案》、《周朝秘史》、《喻世明言》、《夏商野史》、《大同纪事》、《姜氏秘史》、《封神演义》、《水浒全传》、《清暑笔谈》、《皇明奇事述》、《皇明异典述》、《皇明本纪》、《皇明盛事述》、《皇明纪略》、《续英烈传》、《英烈传》、《蜀王本纪》、《西游记》、《警世通言》、《醒世姻缘传》、《醒世恒言》、《野记》、《金瓶梅》（崇祯本）、《隋唐野史》；清朝文献包括《宋论》（王夫之）、《廿二史札记》（赵翼）、《文史通义》（章学诚）、《曾国藩家书》（曾国藩）、《经学历史》（皮锡瑞）、《经学通论》（皮锡瑞）、《七侠

五义》、《七剑十三侠》、《三侠剑》、《东周列国志》、《二十年目睹之怪现状》、《儒林外史》、《儿女英雄传》、《孽海花》、《官场现形记》、《小五义》、《彭公案》、《施公案》、《济公全传》、《红楼梦》、《绿野仙踪》、《聊斋志异》、《镜花缘》、《隋唐演义》；民国时期包括《明史演义》《民国演义》《民国野史》《清史演义》《雍正剑侠图》《顺治出家》《大清三杰》。

从表 1 关于"可_{揣度询问义副词}＋能"组合、"可_{助动词}＋能_{助动词}"组合和表推测义的"可能"出现频率的对比中，我们可以发现明清时期"可_{揣度询问义副词}＋能"组合是主流用法，出现的频率最高，到民国时期，表推测义的"可能"出现频率最高，取代"可_{揣度询问义副词}＋能"组合成为主流用法，使用频率呈现压倒性优势。高频率是语法化背后的一个重要推手，一般来说，高频率会引起线性毗邻的语言单位的组块化，语串频率（string frequency）则是导致相邻语言单位附着化（cliticization）和合并（merger）的最重要动因，频率和语法化之间的这种因果关系都已经得到跨语言研究的证明。① 因此，从使用频率的角度，我们认为表推测义的"可能"是从"可_{揣度询问义副词}＋能"组合经历词汇化发展而来的，因为只有高频使用才能最终导致语法化的发生，"可_{助动词}＋能_{助动词}"组合与"可_{揣度询问义副词}＋能"组合相比使用频率太低，这种低频率的非主流用法（"可_{助动词}＋能_{助动词}"组合）不太可能语法化为高频率的主流用法（表推测义的"可能"），一般来说，都是高频率的主流用法（"可_{揣度询问义副词}＋能"组合）在某种语用推理的促动下语法化为高频率的主流用法（表推测义的"可能"）。

三 "可能"词汇化的动因及其认识情态语义的来源

朱冠明认为"可能"是"可_{揣度询问义副词}＋能"结构在疑问句语境中词汇化而来的，句末已经存在的疑问词导致"可_{揣度询问义副词}＋能"结构中的

---

① 彭睿：《临界频率和非临界频率——频率和语法化关系的重新审视》，《中国语文》2011 年第 1 期。

"可_{揣度询问义副词}"的揣度色彩大大降低，使得"可_{揣度询问义副词}＋能"语法化为表达说话人揣测意义的情态词"可能"。[1] 胡丽珍也认为表达疑问义的"可否能够"（"可能₂"）是在疑问句语境中经历重新分析而得来的。[2] 梁清则认为"可能"是在反问语境中经过隐喻的语用推理语法化而成的。[3] 其中，以朱冠明关于"可_{揣度询问义副词}＋能"结构词汇化为表揣测意义的"可能"最为典型。但是，从历时语料的考察来看，句末疑问词的出现并没有导致"可_{揣度询问义副词}"产生明显的功能差异，举例来说：

（15）不与余秀英厮杀了，随即说道："我等如果投诚，你可能救我等么？"

余秀英道："你等若果矢志投诚，我当立保便了。"（清《七剑十三侠》）

（16）杨香五站起身形说道："弟子去探莲花湖，可能称其职吗？"

胜爷说道："你也是不称其职。"（清《三侠剑》）

（17）如不能盗印，必把比印大的东西盗来，如果盗来，老寨主可能收留？

白爷说道："我破出一身剐，敢把皇帝打。"（清《三侠剑》）

例（15）和例（16）中，句末分别出现了疑问语气词"么"和"吗"。在所搜集到的语料中，与揣度询问义副词"可"共现的句末语气词以"么"出现的频率最高。但是，通过对例（15）、例（16）与例（17）的对比，我们发现句末疑问词的出现对句中"可_{揣度询问义副词}"的功能并无明显的影响。

---

[1] 朱冠明：《情态动词"该"的来源——附论"可能"》，《汉语史学报》2006 年第 6 辑。
[2] 胡丽珍：《再论推测副词"可能"的来源》，《汉语史研究集刊》2019 年第 1 期。
[3] 梁清：《从助动词"可""能""可能"的形成看词义的演变》，《现代语文》2019 年第 11 期。

江蓝生曾经指出表达"揣度询问义"的"可"后面经常出现句末语气词，包括"耶、摩、么"等。① 除此之外，我们发现"可_{揣度询问义副词} + 能"的句末还经常出现否定词"否"、"不"或"没有"，例如：

（18）老子大笑曰："此乃是吾掌中所出，岂有不知之理。此是太极两仪四象之阵耳！有何难哉！"

通天教主曰："可能破否？"（明《封神演义》）

（19）不知几位大仙，究竟可能救她不能咧？（清《八仙得道》）

（20）心上又想："幸亏还好，他老兄弟俩还见得一面。但这一霎的工夫，不晓得他老兄弟可能说句话没有？"（清《官场现形记》）

"可_{揣度询问义副词} + 能"后面还会出现"VP 不 VP"正反疑问形式，形成"可_{揣度询问义副词} + 能 VP 不 VP"的组合形式，例如：

（21）那护印亲随不知柳广地是仇总兵的走狗，就脱口答道："要武官的印信倒有，不识我们老爷的印信可能用不能用？"（民国《明代宫闱史》）

（22）迎春道："二则还记挂着我的屋子，还得在园里旧房子里住得三五天，死也甘心了。不知下次还可能得住不得住了呢！"（清《红楼梦》）

有时，也会出现"可_{揣度询问义副词} + 能 VP 不 VP"的变化形式，例如"可能 VCV 不 C"，例如：

（23）我只问你，我那奶奶是怎样死的？我哥哥又是怎样死的？

① 江蓝生：《疑问副词"可"探源》，《古汉语研究》1990 年第 3 期。

等回去对爹说出来，看你可能活得成活不成？（清《八仙得道》）

（24）张仙笑道："形于歌曲，扮为戏剧，白发老妪，黄口稚童，当作神仙风流的艳史，永远传说起来，看你可能受得受不得？"（清《八仙得道》）

综上所述，"可_{揣度询问义副词}＋能……耶/摩/么""可_{揣度询问义副词}＋能……否/不/没有""可_{揣度询问义副词}＋能 VP 不 VP""可能 VCV 不 C"都是表达疑问语气的常用组合形式，因此，单纯地将"可能"推测义的语义获得归为句末疑问语气词对"可_{揣度询问义副词}"揣度色彩的吸收，从而导致"可_{揣度询问义副词}＋能"结构中的"可_{揣度询问义副词}"的揣度色彩大大降低，最终导致"可_{揣度询问义副词}＋能"结构语法化为表推测义的"可能"缺乏一定的说服力。那么，既然"可_{揣度询问义副词}＋能"的词汇化不是句末疑问语气词对揣度语气的语义吸收导致的，那么，促使"可_{揣度询问义副词}＋能"发生词汇化的语用动因到底是什么呢？

通过对历时语料的考察分析，我们发现"可_{揣度询问义副词}＋能"出现的典型语用环境是疑问句，而且以对话语体（非正式语体）最为常见。而表推测义的"可能"出现的典型语用环境则是肯定句，一般以非对话语体为主。由此，我们认为"可_{揣度询问义副词}＋能"向表推测义的"可能"语法化的动因是语体因素，特别是说话人交际意图的改变。

认识情态表达的是说话人对命题认识的态度支持（support），或者说话人关于命题判断的确信程度（degree of confidence）。[1] 无论是"确信命题确定为真"，还是"确信命题确定为假"，都表达了说话人关于命题真值判断的高确信度（highcertainty），表达了说话人关于命题认识的肯定态度或否定态度。关于命题认识的态度除了肯定态度和否定态

---

[1] Kaspar Boye，"The Expression of Epistemic Modality，" In：Jan Nuyts and Johan Van Der Auwera（eds.），*The Oxford Handbook of Modality and Mood*，Oxford：Oxford University Press，2016. p. 117.

度之外，还有其他态度类型，而情态范畴表达的恰恰就是肯定态度
（"yes"）和否定态度（"no"）两极之间的态度领域。换句话说，情态
范畴表达了肯定意义和否定意义之间的意义区间。① 因此，情态范畴所
表达的"可能性"是"是"（"yes"）与"否"（"no"）之间的各种不
确定性选择，即在说话人所表达的肯定态度和否定态度之间，是说话
人各种确信度不同的不确定性态度（uncertainty），这种不确定性态度
本质上属于说话人关于命题的怀疑态度，怀疑程度的差异取决于说话
人对命题判断的确信程度。因此，确信语气和怀疑语气是人类语气范
畴的一组典型语气范畴。也正基于此，学术界经常从传信和传疑的角
度对语气副词进行分类，如齐沪扬认为传信类语气副词表达说话人对
客观事物确定的肯定性态度；传疑类语气副词传达"疑信参半"的带
有揣测意味的假性疑问消息。② 齐春红认为传疑类语气副词（如"大
概、大约、恐怕、多半、或、或者、也许、或许、兴许、不定、万一"
等）表达的是说话人主观上的"疑信参半"，即表达主观上对所表达命
题肯定或否定信息的不确定性。③ 而认识情态的本质就是说话人"信疑
态度"的表达，换句话说，认识情态表达的是说话人关于命题真值的
"确信态度"（certainty）或"不确信态度"（uncertainty），说话人的"不
确信态度"从本质上来说就是说话人对命题为真所持有的怀疑态度。
因此，确信语气和怀疑语气就构成了人类语气范畴对立的两极，④ "确
信"和"怀疑"之间是信疑程度的一系列差异。

基于认识情态与疑问语气的内在联系，我们认为，在对话语体中，
说话人用"可_{揣度询问义副词}＋能……?"表达说话人向听话人询问，此时说
话人是真性疑问，需要听话人针对说话人的疑问进行回答，说话人的

---

① Michael Alexander Kirkwood Halliday, *An Introduction to Functional Grammar*, London：Edward Ar-
nold，1994. pp. 88 – 95.

② 齐沪扬：《语气副词的语用功能分析》，《语言教学与研究》2003 年第 1 期。

③ 齐春红：《语气副词与句末语气助词的共现规律研究》，《云南师范大学学报》（哲学社会科学
版）2007 年第 3 期。

④ 苏俊波、余乐：《语气副词"可"的核心语义》，《汉语学报》2018 年第 3 期。

交际意图是向听话人寻求自己不确信的信息——"怀疑"的信息。当说话人的交际意图发生改变时，即说话人的交际意图不是向听话人寻求持有疑问的信息，而是意在向听话人传递自己尚持有疑问态度的信息（"不确信信息"）时，"可$_{揣度询问义副词}$＋能"就会用在非对话语体的肯定句中。基于语体的改变，特别是使用环境的改变和交际意图的改变，"可$_{揣度询问义副词}$＋能"就不再表达"疑问"，而是表达"说话人持有怀疑态度的不确定性信息"，因为说话人的交际意图不是询问，而是传信，并不需要听话人做出回答。因此，"可$_{揣度询问义副词}$＋能"在非疑问语境中，在说话人非询问意图的促动下，发生词汇化，成为一个表达说话人不确定性推测的情态词。从表达疑问到表达不确定认识，符合人类的一般认知规律。

从人类的认知常识来看，在说话人的认识空间内，"确信命题确定为真"或"确信命题确定为假"都表达了说话人在认识上的确信性（certainty），是认识空间的一极，而认识空间的另一极则是认识上的"不确信性"（uncertainty）。认识上的不确信有两种语言表达形式：一种是采用不确定性推测的语气进行表达，另一种是采用疑问语气进行表达。所以"表疑问"和"表不确定性"本质上是"一个硬币的两面"，二者都表达了说话人关于命题信息的不确信性，只是二者的语用功能不同。说话人究竟采用哪一种语言表达形式，取决于说话人的交际语境和交际意图。当说话人的交际意图是向听话人询问自己所不确信的信息时，往往采用疑问的语言表达形式（"可$_{揣度询问义副词}$＋能……？"），这种形式往往出现在对话语体中；当说话人的交际意图是向听话人传递自己的不确信信息时，说话人并不寻求听话人的回答，此时，说话人的交际意图不是向听话人询问自己所不确定的信息，而是向听话人主动表达自己不确定的信息，那么，此时说话人往往使用表推测义的"可能"来进行表达。

除了语体和语用的动因之外，在"可$_{揣度询问义副词}$＋能"发生跨层结构的词汇化过程中，韵律动因也起到了重要的作用。汉语的自然音步是右向音步，即不受句法和语义因素影响的音步是从左向右组织的，句首的前两个音节会被牢固地组织在第一个自然音步里。句子起首的第一个音步必须是一个标准的韵律词，也就是说，必须是两个音节，不允许有任何变通。① 董秀芳认为自然音步的组合规则促进了句首跨层成分的黏合，也就是说，位于句首的跨层结构比位于句中的跨层结构更容易发生词汇化，因为句首是韵律管制最为严格的地方。② 在疑问句"可_{揣度询问义副词}＋能……?"中，"可_{揣度询问义副词}＋能"这一跨层结构恰好处于句首位置，按照自然音步的组合规则极易发生跨层结构的词汇化。在历时语料中，我们发现一些近义的跨层结构因为不符合自然音步的组合规律而未能发生词汇化，以"可_{揣度询问义副词}＋能够……?"为例，说明如下：

（25）王明说道："当初我和你初相结纳之时，洞房花烛夜，何等的快活！到落后你身死，我下海，中间这一段的分离，谁想到如今反在阴司里面得你一会。这一会之时，可能够学得你我当初相结纳之时么?"（明《三宝太监西洋记》）

（26）回答："有后堂，叫人家占了。"说："可能够叫他们腾一腾?"（清《小五义》）

（27）"崔承炽竟敢如此荒唐么？你去告诉张怀芝，这种人终日在外面游荡，如何好叫他做官，岂不贻误公事？先将崔承炽免职，看他可能够履行喜奎的三条条约么?"（民国《民国野史》）

清末民国初年是"可_{揣度询问义副词}＋能"结构发生词汇化的时期，在民国时期表推测义的"可能"逐渐成为主流用法。但是，同一时期、相同结构的近义表达形式"可_{揣度询问义副词}＋能够……?"出现频率也非常高，但其并未

① 冯胜利：《论汉语的"自然音步"》，《中国语文》1998年第1期。
② 董秀芳：《论句法结构的词汇化》，《语言研究》2002年第3期。

发生跨层结构的词汇化，这主要是受到自然音步组合规律的韵律影响。

综上所述，在"可能"表推测认识义的历时获得过程中，说话人交际意图的改变和语体的改变起到了关键作用。当说话人交际的意图不再是向听话人寻求确定信息时，即在非对话语体中，说话人交际的目的是主动向听话人表达自己关于命题真值的不确定性态度时，表达疑问义的"可_{揣度询问义副词} + 能"临时组合就在韵律的促动下发生了跨层结构的词汇化，从而语法化为一个表达推测认识义的情态词。

四　结语

"可能"是现代汉语中表达认识可能最常用的情态词。从历时的角度来看，"可能"是在疑问句语境中由"可_{揣度询问义副词} + 能"的临时组合经历词汇化发展而来的。在"可能"的词汇化过程中，语体的改变，特别是使用环境的改变和说话人交际意图的改变促使"可_{揣度询问义副词} + 能"结构由表达"疑问"向表达"说话人对命题信息所持有的怀疑态度"转变，进而完成其认识情态语义的历时语义获得过程，最终语法化为一个表达推测认识义的情态词。

"可能"情态语义特征是〔 + 概率可能〕，表达认识上的概率可能，这个概率可能性从"大概率可能"到"一般概率可能"，再到"较大概率可能"，处于一个模糊的连续系统内，这种特定的认识情态语义特点可以从历时层面进行解释。因为表推测义的"可能"源于表疑问义的"可_{揣度询问义副词} + 能"组合，对说话人而言，因为对命题真值的不确信才会产生疑问，而这种疑问语气在没有得到听话人确定之前，说话人自己对命题真值的判断都是不确定的，这就是从"表疑问"到"表不确定性"语义演变的认知基础。

不管是"确信命题确定为真"，还是"确信命题确定为假"，都处于认识程度的两极（肯定性和否定性），在"确定为真"（肯定态度）和"确定为假"（否定态度）之间是一个模糊区间（疑问态度），疑问语气越强，不确定性越强，确定性越弱；疑问语气越弱，不确定性越弱，确定性越强，说话人的疑问语气和说话人的确信度是成反比的，因此，"可能"所表达的"概率可能的大与小"本质上取决于"说话人对命题信息疑问语气的弱与强"。

《释名》的"右文"用字[*]

刘青松^{**}

摘　要：从文字的角度看，《释名》以声符相同的字互训（"右文"为训）几乎占全书的三分之一。这其中既有客观因素，也包含着刘熙的主观考虑。汉代的学问逐渐由口耳相传到书于竹帛，语言的物质形式语音的辨识度减弱，而语言的书写形式文字的重要性凸显。汉代是语言史上古与中古分期的关键点，语音与上古渐行渐远，以字形为依据补足语言的研究，是历史的必然选择。而"右文"为训，以字形限制字音，在一定程度上限制了声训的随意性。本文通过对《释名》用字的考察，解释《释名》对"右文说"的影响以及清人在《释名》研究中过分执着于本字、正字的失误。

关键词：《释名》　声训　右文　词源

汉末刘熙的《释名》是一部重要的训诂著作，其主要训诂方法是声训，即以音同、音近词为训，力图达到解释词源的目的。《释名》之作，与当时的社会背景密切相关，汉代之前的学术，以口耳相传为主，待书于竹帛后，不同版本用字不同，导致学者各守师承，形成了今古文经学之争。东汉末以来，官学既衰，经学已经消除了家法、师法的

---

* 本文为河北大学燕赵文化高等研究院重点项目《古释名辑证》、国家社会科学基金重点项目《释名笺疏》（21AYY020）阶段性成果。

** 刘青松：（1978—），河北献县人，河北大学教授，从事中国语言文字学的教学与科研。

壁垒，走向融合。此时经学的特点是：从专治一经到兼通众经，无论经学结论还是文字训诂，能为我所用者，都可以采用。口耳相传导致的不同是文字的不同，语音上则是相同或相近的，因此郑玄多以声训、破假借之法通经。将郑玄的这套方法抽离出来，系统地应用于语言研究，就是刘熙所做的工作。因此，《释名》中有两种不可忽视的因素：一是语境中的经学因素，即黄季刚先生所谓"汉人多以经学解释小学"①。《释名》声训继承先儒故训者占22.5%，其中既有经书也有纬书及诸子。二是对文字的利用，汉代的学问由耳治变为目治，语言的物质形式语音的辨识度减弱，而语言的书写形式文字的重要性凸显。《释名》的声训充分利用了字形因素，一是文字假借，二是右文现象。《释名》对文字假借的利用表现在，找到记录被训词的字在使用中的假借字，进而用当时的观念将二者牵合到一起。经学背景文字假借，笔者已有专文论及。本文重点讨论《释名》中的同声符字为训也就是"右文"为训的现象。记录《释名》被训词和训释词的字中，存在大量俗体字、假借字、异体字，这些字的存在大都可能为"右文"为训服务。《释名》用"右文"的例子很多，本文选取的是特殊而不是一般情况。

一 正俗字

汉代是语言史由上古向中古过渡的重要阶段，语言分化促使文字孳乳，各种后起俗字纷纷出现。在文字学家看来，先后正俗，畛域分明，但在普通的文字使用者看来，并没有那样的区别，他们反倒以俗字中的有利因素为自己服务。为了"右文"的需要，《释名》中大量使用后起俗字。

---

① 黄侃述，黄焯编《文字声韵训诂笔记》，上海古籍出版社，1983，第23页。

（一）显性右文

"显性右文"指的是被训词用俗字，与记录训释词的字构成"右文"，其"右文"现象一目了然。例如：

（1）《釋飲食》："膈，蒿也，香氣蒿蒿也。"①

"膈"为"臁"之俗，《说文·肉部》："臁，肉羹也。"《释名》用俗体"膈"，以便"膈""蒿"右文为训。

（2）《釋車》："輠，裹也，裹軹頭也。"

"輠"为"楇"之俗，《说文·木部》："楇，盛膏器。"亦作"锅"，《方言》卷九："盛膏者谓之锅。"膏为施于车钉之脂，即润滑剂。《史记·孟子荀卿列传》"炙轂过輠"集解引刘向《别录》："輠者，车之盛膏器也。"《释名》用俗体"輠"，以便"輠""裹"右文为训。

（3）《釋衣服》："袖，由也，手所由出入也。亦言受也，以受手也。"

"袖"为"褎"之俗，《释名》用俗体"袖"，以便"袖""由"右文为训。

《释名》也存在训释词用俗字以便与被训词构成右文者，如《釋彩帛》："練者，言其经纬踈也。"按《玉篇·纟部》："練，纺麤丝。""踈"为"疏"之俗，"練""踈"右文。但训释词用俗字的例子不多，这说明《释名》的关注重点是被训词。

（二）隐性右文

"隐性右文"指的是被训词用正字，但这个正字与记录训释词的字并无关系，如果找到记录被训词的字的俗体，就能发现其中的"右文"现象。也就是说，尽管刘熙用的是正字，但在观念中，这个字符却应当是个俗字。例如：

① 因涉及字形，本文作为例证的《释名》条目及论述中的相关文字用繁体。本文所用《释名》版本为中华书局 2016 年版。

（1）《釋疾病》："癬，徙也，浸淫移徙處日廣也，故青徐謂癬爲徙也。"

"癬""徙"非右文，"癬"俗作"瘗"，《史记·越王勾践世家》："齐与吴，疥瘗也。"《集韵·獮韵》：癬，"或作瘗"。"瘗""徙"右文。

（2）《釋親屬》："無妻曰鰥。鰥，昆也。昆，明也；愁悒不寐，目恒鰥鰥然也。"

"鰥""昆"并非右文，《诗·齐风·敝笱》"其鱼鲂鰥"，《尔雅·释鱼》作"鲲"，为后起俗字，《御览》卷九百四十引《敝笱》"鰥"作"鲲"，亦为俗字。"鲲""昆"右文。

（3）《釋姿容》："批，裨也，兩相裨助，共擊之也。"

"批""裨"非右文，"批"为"捭"之俗，《说文·手部》："捭，兩手击也。""捭""裨"右文。

《释名》也存在训释词用正字，它的俗字与被训词构成右文者，如《释天》："疧，截也，气伤人如有断截也。"按："截"异体字作"戗"，见《隶释》卷七《荆州刺史度尚碑》，"疧""戗"右文。这种现象并不多。

有时《释名》为了"右文"的需要，会利用古文字形，例如《释宫室》："厩，勾也；勾，聚也，牛马之所聚也。"按："厩""勾"并无字形联系，但《说文》古文异体为"亄"，"亄""勾"右文。《释天》："岁，越也，越故限也。""岁""越"并从"戉"声，右文。按："岁"从"戉"声，《说文》从"戌"乃讹变。这都属于"右文"为训的变例，但可见刘熙对"右文"为训做出的努力。

二　假借字

从文字规范的角度看，汉代用字是混乱的，尤其体现在文字假借方面。因此，破假借是汉代经师读古书的重要手段。这种环境反倒为

《释名》选择适合"右文"声训的假借字提供了便利。《释名》对假借字的利用非常普遍，无论是被训词还是训释词都存在这种现象。以下分别举例说明。

（一）显性右文

"显性右文"指的是《释名》的被训词或训释词用假借字，以便相互构成"右文"为训。被训词用假借字者，大部分已经久假不归，本字反倒成了非常用字。例如：

（1）《释水》："注沟曰澮。澮，会也，小沟之所聚会也。"

"澮"为水名，沟渎义为"巜"之借，《说文·巜部》："巜，水流澮澮也，方百里为巜，广二寻，深二仞。"《周礼·考工记》："方百里为同，同间广二寻，深二仞，谓之澮。"《尔雅·释水》："水注沟曰澮。""澮"并"巜"之借。《释名》用借字"澮"，以便"澮""会"右文为训。

（2）《释丘》："水出其前曰沚丘。沚，基沚也，言所出然。"

"沚"为基沚义，丘义为"渚"之借，《尔雅·释丘》："水出其前，渚丘。"《说文·水部》："水出丘前谓之渚丘。"《释名》用借字"沚"，以便"沚""沚"右文为训。

（3）《释疾病》："疹，诊也，有结聚可得诊见也。"

"疹"为"胗"籀文，唇伤义，皮肤之疹义为"痏"之借，《说文·月部》："痏，热病也。"经典多假"疹"为"痏"，《左传》襄公二十三年"季孙之爱我疾痏也"，《吕氏春秋·长见》"痏"作"疹"。《诗·小雅·小弁》"痏如疾首"释文："痏又作疹。"《左传》哀公五年"则有疾痏"释文："痏本或作疹。"《玉篇·疒部》："疹，瘾疹，皮外小起也。"《释名》用借字"疹"，以便"疹""诊"右文为训。

训释词用假借字者，偶有久假不归的现象，但大部分属于一般意义上的文字假借。例如：

（1）《釋樂器》："磬，罄也，其聲罄罄然堅緻也。"

训释词"罄"为空义，声音义当为"硿"之借，"罄罄"当作"硿硿"，《说文·石部》："硿，余坚也。"段玉裁以为当作"余坚声"，即石以外之坚者之声。《释名》用假借字"罄"，以便"磬""罄"右文为训。

（2）《釋天》："亥，核也，收藏百物，核取其好惡、真僞也，亦言物成皆堅核也。"

训释词"核"为木名，核查、坚核义为"核"之借，《释名》用借字"核"，以便"核""亥"右文为训。

（3）《釋形體》："眼，限也，瞳子限限而出也。"

训释词"限"为"輥"之借，輥輥，齐等义。《周礼·考工记·轮人》"望其毂，欲其眼"郑玄注引郑司农云："眼读如限切之限。"《说文·车部》引作"望其毂，欲其輥"。《说文·车部》："輥，毂齐等貌也。"段注引戴震曰："齐等者，不桡减也，干木圆甚。"即二车毂齐等。段玉裁云："从车昆声，昆者，同也。此举形声包会意也。"惠士奇《礼说》卷十四："'轮人为轮，望其毂，欲其眼也'，先郑读眼为限，后郑云出大兒。《释名》云：'眼，限也，瞳子限限而出也。'与二郑之说同。然眼《说文》作輥，云'毂齐等兒'。按：輥与棍通，《洞箫赋》'棍其会同'《两都赋》'棍建章'，棍一作混，其训为同，兼取约义。《集韵》云：'束木也。'扬雄曰：'棍申椒与菌桂。'《诗》云'约軝'，軝即毂也，约谓革纆之而加漆焉，非棍之象乎。……《方言》曰：'掩、棍，同也。江淮南楚之间曰掩，宋卫之间曰棍。'棍误为眼，《说文》引《周礼》甚明，从之为允。"是"限限"为"輥輥"之借，"輥輥"与"棍棍"通，并齐等义。《释名》用借字"限"，以便"眼""限"右文为训。

（二）隐性右文

"隐性右文"指的是被训词和训释词用字没有"右文"关系，但训释词的本字与记录被训词的字构成右文，这种假借字多属于久假不归的类型，且多存在于训释词中。例如：

（1）《釋兵》："鉞，豁也，所向莫敢當前，豁然破散也。"

"鉞""豁"不具备右文关系，"豁"为通谷义，豁大义为"眓"之借，《说文·目部》"眓，视高貌也"，段玉裁注："豁目字当作此。"《广雅·释训》"眓眓，视也"王念孙疏证："眓眓犹豁豁也。""鉞""眓"右文。

（2）《釋彩帛》："纚，筵也，麤可以筵物也。"

"纚""筵"不具备右文关系，此"筵"为"籭"之借，《说文·竹部》："籭，竹器也，可以取麤去细。"即今"筛"字。《说文·竹部》："筵，筵箪，竹器也。"为盛物之具。后多以"筵"为"籭"。"纚""籭"右文。

（3）《釋州國》："益州。益，阨也，所在之地險阨也。"

"益""阨"不具备右文关系，"阨"为"隘"之借，《礼记·礼器》"君子以为隘"释文："隘本又作阨。"《左传》昭公元年"所遏又阨"释文："阨本又作隘。"《左传》定公四年"直辕冥阨"释文："阨本或作隘。""益""隘"右文。

有一类特殊情况，可以归为隐性假借字，就是被训词与训释词并未构成右文关系，但被训词常常被用作某常用字的假借字，这个常用字与记录训释词的字构成右文。例如：

（1）《釋姿容》："據，居也。"

"據""居"并非右文。但"據""据"多假借通用，《史记·酷吏列传》"赵禹时據法守正"；《汉书·酷吏传》"據"作"据"，《汉书·扬雄传》"旁则三摹九据"注引晋灼曰"据今據字也"；何休注《公羊传》"據"皆作"据"。"据""居"右文，《释名》因此将"據""居"联系在一起。

（2）《釋地》："地不生物曰鹵。鹵，爐也，如爐火處也。"

"鹵""爐"并非右文，但"鹵""虜"多假借通用，如《史记·

高祖本纪》"诸侯所过毋得掠卤"集解引应劭曰："卤与虏同。"张家山汉简《盖庐》"卒卤则重"，"卤"爲"虏"之借。《后汉书·武帝纪》"有出卤掠者"李贤注："卤与虏同。""虏""㺟"右文。《释名》因此将"卤""㺟"联系在一起。

（3）《釋典藝》："敍，杼也，杼洩其實，宣見之也。"

"叙""杼"并非右文，但次第义之"叙"多借"序"为之，《尚书·舜典》"百揆时叙"，《史记·五帝本纪》作"百官时序"。《尚书·洪范》"彝伦攸叙"，《孟子·滕文公上》赵岐注引"叙"作"序"。《周礼·天官·女御》"掌御叙于王之燕寝"，《后汉书·皇后纪》引"叙"作"序"。"序"与"杼"右文。又，《释言语》："序，杼也，拽杼其实也。"

这种现象也存在于训释词中，《释言语》："贵，归也，物所归仰也。""贵""归"非右文，"归""馈"多假借，《仪礼·聘礼》"归饔饩五牢"注："今文归或为馈。"《仪礼·聘礼》"夕夫人归礼"注："今文归作馈。"《论语·先进》"咏而归"释文："归，郑本作馈，鲁读馈为归。"《论衡·明雩》引"归"作"馈"。"贵""馈"右文。

普通的文字假借构成"右文"为训，显然是有意为之。如果久假不归的假借字是少数，可以看作偶然的巧合，但大量的数据表明，这类现象也是刘熙作《释名》时的刻意经营。

三　异体字

异体字是用字过程中的冗余，它的存在会对文字识别、使用造成不必要的干扰。但刘熙利用了这个现象，《释名》中有些声训，记录训释词与被训词的字不存在"右文"现象，但记录被训词的字的异体字与训释词构成"右文"。以下分别举例说明。

（一）显性右文

一个字存在异体字，《释名》选择容易构成右文为训的一个，使记录训释词与被训词的字呈现明显的"右文"现象。例如：

（1）《釋天》："又曰蠟蝀，其見每於日在西而見於東，啜飲東方之水氣也。"

《诗·墉风·蝃蝀》"蝃蝀在东"释文："蝃蝀，《尔雅》作'螮蝀'。"作"蝃"为毛诗、韩诗，作"螮"为鲁诗、齐诗。（陈寿祺、陈乔枞《三家诗遗说考》）《释名》用"啜"为训，故用毛、韩诗之"蝃"字，便于右文。

（2）《釋山》："山無草木曰屺。屺，圯也，無所出生也。"

"山无草木曰屺"本于《尔雅》，"屺"《尔雅》作"峐"，《尔雅·释山》云："无草木，峐。"释文："《三苍》《字林》《声类》并云'峐犹屺字'。""屺"即"峐"字异文，《释名》之所以选"屺"字，是因为"屺""圯"（毁也）右文，适合"山无草木"之说。

（3）《釋形體》："臀，殿也，高厚有殿遻也。"

《说文·尸部》："屍，髖也。""屍""脽""臀"异体，《释名》选"臀"，以便与"殿遻"之"殿"构成右文，从而将"臀"与"殿遻"牵合到一起。

（二）隐性右文

表面看，训释词与被训词不是"右文"关系，但深入挖掘异体字现象，能发现该字的异文与被训词存在"右文"现象。例如：

（1）《釋地》："土黃而細密曰埴，埴，膱也，黏昵如脂之膱也。"

"埴""膱"并非右文，《尚书·禹贡》"厥土赤埴坟"，孔传："土黏曰埴。"释文："埴，郑作戠，徐、郑、王皆读曰炽。""戠""膱"右文。

（2）《釋山》："山多小石曰磝。磝，堯也，每石堯堯，獨處而出見也。"

"碻""尧"并非右文，《尔雅·释山》："山多小石，碻。"释文："碻，字或作硗。""硗""尧"右文。

（3）《釋水》："風行水波成文曰瀾。瀾，連也，波體轉流相及連也。"

"瀾""連"非右文，《说文》"澜""漣"异体，《尔雅·释水》："河水清且瀾漪，大波为瀾。"《诗·魏风·伐檀》："河水清且漣猗。"毛传："风行水成文曰漣。""漣""連"右文。

训释词中也存在这种异体字现象，如《释床帐》："毡，旃也，毛相著旃旃然也。""毡""旃"并非右文，但据《说文》，"旃""氊"异体，"毡""氊"则具备右文关系。但这种现象并不多，说明《释名》比较重视记录训释词的字的选择。

在对异体字的选择方面，隐性右文所占的比重比显性右文要大很多，说明刘熙是充分考虑到文字的使用率的，不会刻意将不常用的那个异体字用来记录被训词以便形成"右文"，他更注重的是"右文"的观念，而不是具体的字形。

四　结语

上述正俗字、假借字、异体字的分类是后世文字学的分法，在汉代并没有这种区分，这是我们解释古人时的操作方法。从校勘的角度看，上述文字现象也不能排除《释名》流传过程中的人为篡改。尽管如此，从这些材料中依然可以看到，刘熙对当时的文字现象具备清醒的认识。以"右文"为声训的大量产生，与秦汉之际形声字的大量增加密切相关。春秋战国之前，假借字大量使用，经过秦汉之交文字系统内部的激烈斗争和外部的人为干预，形声字取得了决定性的胜利，东汉以后，文字使用中的假借现象明显变少。[1]《释名》中以假借字作

---

① 毛远明：《汉字假借性质之历时考察》，《西南大学学报》（社会科学版）2010 年第 4 期。

声训的例子共 456 条，以"右文"为声训的例子共 547 条，后者数目明显高于前者，反映了这一时期文字发展的趋势。面对当时的用字情况，和许慎的"愤世嫉俗"① 不同，刘熙和光同尘，因势利导，用文字为语言研究服务，形成了自己的语言学体系。以"右文"为训的方法在当时学者如郑玄、樊光、孙炎、李巡等人的训诂中屡见不鲜，刘熙只是将这一方法系统化而已。我们说《释名》是一部语言学著作，就是因为作者系统归纳先儒随文释义的语言学方法，并有意识地加以运用，而不仅仅是零散的例证。据统计，《释名》以"右文"为声训的条目共 547 条，占全部声训的 32.8%。这个统计数据仅仅是根据现有典籍做出的钩稽，在这些典籍中，出土文献常常为我们提供令人欣喜的证据。可以想见，在尚未发现的文献中，还会有大量的字形支持《释名》的"右文"的为训。毕沅作《释名疏证》，常常用找本字、正字的方式纠正《释名》，以今绳古，反倒泯灭了刘熙的良苦用心。

上述将《释名》用字进行客观分析，是对刘熙语言研究反向思考的结果。通过反向的分析，我们可以厘清刘熙的思路。尽管《释名》的声训带有推测性，但刘熙牵合的根据是"右文"，根据右文关系，加入其主观思考。"右文"为训，以字形为依据，在一定程度上限制了声训的主观随意性，这是《释名》声训较前代进步的地方。当语音与上古渐行渐远，《释名》以字形为据，辅助语言的研究，是历史的必然选择。对"右文"的大规模利用，是刘熙的重要探索。"右文"具备音同或音近的条件，这仅仅是同源词（音近、义通）的一个标准，因此，《释名》中有许多不符合同源的声训是情理之中的事。由于体例所限，《释名》没有条例阐释，"右文说"这一理论的窗户纸，需要等到宋代的王圣美来戳破，其间还有将近千年的漫长时光，可见理论道路的艰难。

---

① 姚孝遂：《精校本许慎与说文解字》，作家出版社，2008，第 10 页。

民国《满城县志略》赵简子筑城地记载分析[*]

——兼论两汉时期北平县地望

崔玉谦　徐　舒[**]

摘　要： 民国时期《满城县志略》记载收录了《燕南赵北碣石》及《赵简子祠记》，对照元代郝经的《赵简子庙记》相关记载，可对赵简子筑城地做分析，筑地在今保定市满城区北部一带；结合对赵简子筑城地的地望分析，综合其他地理志书的记载，两汉时期的北平县地望涵盖今满城区北部，东汉末年皇甫鉴撰《城冢记》一书也可印证这一结论。

关键词：《满城县志略》　赵简子　赵国北境　汉代北平县

民国时期的《满城县志略》及今《满城历代碑石刻辑录》均记载今满城区有一方燕南赵北石刻，这方石刻两书均属于转载收录，由于石刻所立时间较早，在两书收录时石刻已遭到严重破坏。但该石刻提到了"燕南赵北"，直指燕赵分疆问题，关于这一问题，笔者在前期相

---

* 本文为河北社会科学发展研究课题（年会确认课题）"燕赵分疆视角下的鸿上关与鸿上关道"（项目编号：2021060135）、京津保联动发展研究院服务地方研究专项"保定旅游资源开发与建设研究"阶段性成果。

** 作者简介：崔玉谦，保定学院文物与博物馆学院副教授，河北师范大学中国史博士后，邯郸学院太行山文书研究中心/河北师范大学中国语言文学博士后流动站研究人员，主要研究方向为唐宋史，文献考订，地方文化史；徐舒，宁夏大学新闻传播学院讲师，主要研究方向为文化传播。

关研究成果①中已有涉及，这则石刻虽然现存信息不完整，但结合志书中关于赵简子筑城的其他记载，可以对石刻内容做出补充，在此基础上还可对《读史方舆纪要》《太平寰宇记》等地理志书记载的两汉时期北平县地望做出考证。已有的涉及赵国疆域的研究成果对于赵简子北界筑城以及赵国北境问题，②虽有涉及，但所论有限；关于今保定市域的汉代城址，已有的研究成果③涉及较少。鉴于此，笔者在已有研究基础上，结合相关材料做出进一步论述。

一　民国时期《满城县志略》的相关记载

前文提到的赵简子筑城处及东汉熹平四年（175）幽、冀二州分界诏书的记载分别出自满城地方志及中古地理志书（《水经注》及《水经注疏》），除此之外，相关方志中对于赵简子筑城也有记载。关于赵简子筑城，民国《满城县志略》有记载：

> 燕南赵北碣石　在北厂村北百余步，道光年间知县姚廷清立，今尚存。④

《满城县志略》系民国时期唯一一部满城地方志，今《满城历代碑石刻辑录》收录的依据即是这则记载。除了这则记载之外，关于赵简子的其他记载也可参考，集中于《赵简子祠记》，先看《满城县志略》对其所做的解释：

---

① 崔玉谦：《早期督亢故地研究二题》，《传媒与艺术研究》2022 年第 1 期。
② 张龙凤：《赵国历史地理研究综述》，《邯郸学院学报》2015 年第 4 期；张龙凤：《赵国会盟活动的时空特征分析》，《邯郸学院学报》2013 年第 2 期。
③ 李文龙：《河北北部赵、燕、秦长城的调查与研究（选编）——兼议赵北、燕北长城与秦始皇长城的关系》，《中国长城博物馆》2007 年第 3 期。
④ 陈宝生、陈昌源：《满城县志略》卷一三，新文丰出版公司，1976，第 409 页。

赵简子祠　在北门外，居民改奉佛；旧迹止余一区，邑令皮殿选复为之树立。

按《畿辅志》谓：此祠在（满城）县北眺山下，（西）晋永康元年立。旧传（赵）简子筑北平城以拒燕，故祀之。元郝经庙记谓：县北有古城，城之东独高其上，上有庙，庙有像，其下大聚落曰"城东村"。清王用儒庙记谓：邑阁门外，直北十数步有高原，上有祠。（北）宋乐史《寰宇记》谓：城北百余步，眺山下有简子祠。今古城北百余步眺山下有奶奶庙，当日祠或在此后居民改奉佛欤。①

方志对于赵简子祠及其筑城说有几点阐释：赵简子祠系长期存在，最早可追溯至西晋永康时期，除了县志之外，元代、清代的两则庙记可以佐证。关于简子祠的位置，元代、清代的庙记及《太平寰宇记》均可佐证系在县北方向。关于材料中提到的赵简子筑北平城以拒燕一事，相关论述系"赵简子将目标最终锁定在晋国的北面，因为晋国广袤的北部是戎狄族盘踞的地区。'北进战略'就是在这种背景下出台的。应该说赵氏的这种发展取向是切合实际的，也是受晋国长期以来成功向戎狄地区开疆'启土'经验的启迪而制定的"②，可见赵简子选择向北发展系赵氏、赵国的既定战略，这一点毋庸置疑，其北进的方向涵盖满城县（今满城区）一带，但筑北平城以拒燕一事与赵简子生平恐有不符，简子北进的对象并不是燕国，"赵氏'北进战略'的首要目标就是要吞并代戎建立的代国"③，可见北进的目标系代国，燕国、赵国具备接壤条件应是到战国时期，简子时期显然不具备这一条件。但即便如此，祠记的内

① 陈宝生、陈昌源：《满城县志略》卷四，新文丰出版公司，1976，第122页。
② 白国红、陈艳：《试论赵简子的"北进战略"》，《河北师范大学学报》（哲学社会科学版）2006年第3期。
③ 白国红、陈艳：《试论赵简子的"北进战略"》，《河北师范大学学报》（哲学社会科学版）2006年第3期。关于赵简子卒年，综合各类材料记载，应系晋定公三十五年，即公元前477年。

容仍不容忽视，尤其简子祠的长期存在，并不是偶然现象，虽然方志的作者从佛教传播的视角对该祠庙的长期存在做了解释。

二 不同时期《赵简子庙记》内容的对照分析

关于元代、清代的庙记，清代的《王用儒庙记》已无从查起，但元代郝经的《赵简子庙记》保留了全文，如下：

赵简子庙记

见文："满城故隶易州，金源氏以保州为燕都畿内节镇，升为顺天军，故复为顺天属邑。县北有古城，故县也。城之东闉独高，其上有庙，庙有像。其下大聚落曰城东，居民以庙为简子庙，亦不知简子为何神。""居民父老，请书之壁，以告后之人，使知神之为晋大夫赵简子也，故书。"

满城故隶易州，金源氏以保州为燕都畿内节镇，升为顺天军，故复为顺天属邑。县北有古城，故县也。城之东闉独高，其上有庙，庙有像。其下大聚落曰城东，居民以庙为简子庙，亦不知简子为何神。岁时祈赛，雩告雨泽，昭灵响答。以古庙圮侈，易而新之，请某辨其故而揭神之名。

按易州，古燕南之境也；古保州，赵之北境也。当七国时，赵为长城以限燕，在易水之南。今自遂城、安肃，亘出雄、鄚之间，长城犹呀侈绵络。而满城在西山之阿，长城之内，则为赵地无疑，而简子则晋赵鞅也。保州西北十里许曰廉梁，有赵将廉颇庙，去满城三十里而近，俱为赵臣，庙于赵边，为有征矣。然而贤若文子、雄若武灵王而不祀，千六七百年独简子世祀于赵人，何哉？盖赵鞅首并邯郸，逐范、中行氏，遂成三晋，则开国之主也。故赵人特祀于边，以旌其功，居民因之，遂为世祀。

至宋有国，赵之自出，而宣祖则保州人，其上世陵寝皆在州城之东，其族绪则布于涿易之间。及与契丹疆白沟，而保州宿重兵，杨延朗诸将控扼西山，而满城为襟喉，且鸡距、一亩二泉，泛为溏泺，以限突骑，又为宋之重边要害。

简子之庙，必崇为明祀，载祀典矣，故至于今而不废也。夫用物精多则魂魄强，积千年之诚敬于其故土，则其神必灵，宜乎呵禁一方，沛泽而御厉。况其常为霸国之政，以为诸侯盟主，长吴伐齐，诛君侧之恶乎？其世祀也宜哉！居民父老，请书之壁，以告后之人，使知神之为晋大夫赵简子也，故书。年月日，陵川郝经记。①

郝经所撰虽名为庙记，但内容与元代的简子庙没有直接关系，多系对赵国北境的考辨。元代时，简子庙虽还存在，但赵简子为何人在地居民已不知晓，郝经所撰庙记即对此做出解释、考辨。郝经的考辨结合了宋元时期的地理变迁，具体到涉及赵简子部分，可以概括为两点。

1. 保州西北十里许曰廉梁，有赵将廉颇庙，去满城三十里而近，俱为赵臣，庙于赵边，为有征矣。②

2. 盖赵鞅首并邯郸，逐范、中行氏，遂成三晋，则开国之主也。故赵人特祀于边，以旌其功，居民因之，遂为世祀。③

从郝经的结论来看，赵简子筑城一事系确信，简子时满城县为赵国北境亦可得到佐证，尤其提到的"保州西北十里许曰廉梁"，今保定

① 张进德、田同旭编年校笺《郝经集编年校笺》卷二五，人民文学出版社，2018，第646～647页。

② 张进德、田同旭编年校笺《郝经集编年校笺》卷二五，人民文学出版社，2018，第646～647页。

③ 张进德、田同旭编年校笺《郝经集编年校笺》卷二五，人民文学出版社，2018，第646～647页。

市竞秀区仍有"廉良"地名存在。按郝经考辨，简子庙系赵人纪念其功绩所立，在此之后纪念赵简子北进之功即成为当地民众的世祀传统。结合郝经的考辨来看，虽然满城当地民众世祀赵简子一事符合基本的历史框架，但世祀本身即有一定的口传性、故事性。赵简子北进代国以打通代道确有其事，满城所在地系简子时期赵国北边也无疑问，郝经的学术①，先后受到北传理学、家学的影响，学风朴实，其考证结论可以借鉴，在此基础上对待世祀一事应是：此事不必尽真，也不会尽需，其事不必尽信，也不会全非。②

三　兼论两汉北平县地望

在上文的补充基础上，有一点可以明确，赵简子筑城地无形之中成为之后燕赵两国分界的基础，虽然简子时期两国不存在划界的问题。除了世祀之外，方志中还提到筑北平城一事，关于北平城，材料有记载：

---

①　古卫兵：《试论郝经学术传承的渊源》，《晋中师范高等专科学校学报》2004 年第 1 期。

②　关于口传性、故事性，可以借鉴非物质文化遗产中民间文学类别的历史传说，例如口传于今河北迁安市、卢龙县一代的老马识途、玄鸟生商的故事。关于赵简子筑城，笔者曾于今满城区与保定市主城区交接地带走访调研，赵简子筑城的故事在此区域范围内有长期流传基础。可参见王彦坤、贾玉娥、梁跃民《创造燕赵文明新辉煌——河北省文化发展 30 年的回首与前瞻》，《领导之友》2008 年第 6 期；梁跃民《在新的历史起点上提升河北省国际传播能力的对策建议》，《经济论坛》2019 年第 6 期；梁跃民《构建新河北人文精神散论》，《共产党员（河北）》2006 年第 2 期；朱文通、梁跃民《人文精神：和谐河北建设的精神资源与精神动力》，戴长江、周振国主编《发展·和谐·文明——构建和谐社会促进社会文明理论与实践》，河北人民出版社，2006。河北社科界关于黄帝的讨论，可做相关借鉴：王树民认为"在中国古代朝代建立以前的时期，战国人称为'五帝时期'。'五帝'并非以五位帝王为限，更非仅限于一族之内，所以不能称为朝代，但它保持了一定的历史形态，为朝代的建立开通了道路"（《五帝时期是中国正式朝代建立前之代称》，《河北学刊》2004 年第 2 期）；孙继民认为"学术界越来越重视发现神话或传说背后的历史真实，越来越重视挖掘文本之下的精神内涵一样，黄帝与涿鹿之战所蕴涵的历史真实成分也理所当然越来越多的为学者们重视和接受。无论如何，处于神人之间的黄帝，其人不必尽真，也不会尽需；介于传说信史之间的……其事不必尽信，也不会全非，这种神与人之间传说信史之间的杂糅与模糊……在一定程度上代表了那个时代中华文化自身的价值判断与精神追求"（《中华文化视野下的涿鹿之战——以〈史记·五帝本纪〉为例》，《张家口文化年鉴》，张家口市文化局，2008）。

北平废县，（完）县东二十里。汉县治此……光武击尤来、大枪诸贼于元氏，追至北平……即此处也。……宋置北平寨于此。……庆历二年，于北平寨置北平军。四年，即县治置军，以寨属焉。①

完县即今河北顺平县，系满城西部邻县。北平废县大致位置系完县东二十里。除了这则记载之外，还有几则材料与此相关：

满城县，府西北四十里。西至完县五十里，北至易州百二十里。汉北平县地，属中山国。②

满城故城，在县北眺山下，旧县治此。③

眺山，县东北三里。巍然特立，可以眺远，因名。山北有五马、黄金二洞，容数百人。④

从关于满城的几则材料看，其县域也属于汉代的北平县范围，眺山亦在满城北部。再看乐史的记载：

满城县。西南一百里。旧七乡，今三乡。本汉北平县，属中山国……赵简子祠，按《城冢记》："赵简子筑北平城以拒燕，今满城是也。其祠在城北一百步眺山下，晋永康元年立。"⑤

结合乐史的记载，汉代的北平县范围亦涵盖满城北部，赵简子筑城说出自《城冢记》一书，关于此书，《汉唐地理总志钩沉》有载：

① （清）顾祖禹：《读史方舆纪要》卷一二，上海书店出版社，1998，第101页。

② （清）顾祖禹：《读史方舆纪要》卷一二，上海书店出版社，1998，第100页。

③ （清）顾祖禹：《读史方舆纪要》卷一二，上海书店出版社，1998，第100页。

④ （清）顾祖禹：《读史方舆纪要》卷一二，上海书店出版社，1998，第100页。

⑤ （宋）乐史：《太平寰宇记》卷六九，中华书局，2007，第1362页。

城冢记一卷汉皇甫鉴撰。宋代诸书引此记时，均无撰人。唯《清一统志》卷一九二、二〇〇、二〇八所引书名前冠以"皇甫鉴"。《宋史·艺文志卷三》："《城冢记》一卷。按序，魏文帝三年，刘裕得此记。"魏文帝三年，即魏立国三年。据此皇甫鉴当为东汉末人。秦荣光《补晋书艺文志》："《城冢记》一卷"。①

《城冢记》一书系东汉末年皇甫鉴撰，此书已佚。结合这一点来看，赵简子筑城说在汉代即已流传，简子祠的最初修建系在此之后的西晋时期。东汉熹平四年幽、冀二州分界诏书显然受到了赵简子筑城说的影响。

---

① 刘纬毅、郑梅玲、刘鹰：《汉唐地理总志钩沉》，国家图书馆出版社，2016，第 94 页。

论直隶总督那彦成"改用银桩"之尝试[*]

——兼论银钱比价对芦商的影响

杨泽宇^{**}

摘　要：清代银钱比价对长芦盐政有着复杂的影响。白银、制钱在芦商食盐运销中，承担着不同的作用。在康熙朝直隶省"银贱钱贵"的形势下，芦商资本得到了快速的发展，成为直隶省经济实力雄厚的商人群体之一。雍乾以后，在"银贵钱贱"的背景下，芦商经营逐渐出现问题，赔累不断，清廷的盐税征收同时受到了影响。针对此种情况，直隶总督那彦成提出了"改用银桩"的改革想法，在清廷引起了激烈的讨论，最后以失败告终，那彦成改革从现实出发，但改革局限性是失败的主要原因。

关键词：清代　银钱比价　芦商　那彦成

清代食盐价格的制定机制延续了明代的"官为定价"，即盐业由国家管控，盐商缴纳盐税，领取盐引，运盐至地方销售，并根据国家制定的价格，将食盐卖给民众。表面上看，食盐的价格由清政府直接定价，并且在多数时间内，食盐价格相对恒定。但食盐作为一种生活必需品，价格相对低廉，同时有着较大的社会需求量，价格的细微变动对于社会经济，乃至国家税收会产生不同的影响。盐业受到清廷采

---

* 河北省社科基金项目：清代直隶总督与区域社会变迁研究（项目编号：HB17LS007）的阶段性成果。

** 杨泽宇（1997－），男，河北大学历史学院硕士研究生，研究方向为清史，邮箱1836078146@qq.com。

取的银钱平行本位制①影响极大，白银作为贵重金属，在大额贸易中受到民众的青睐。铜钱相对较贱，在小额贸易中较为常见。在清代盐政中，盐商买办盐引，向国家缴纳盐税所采用的是以白银为主要单位的货币，而民众日常买盐，以铜钱为主。在这种情况下，银钱比价的波动会给盐商及民众带来不同影响。

学术界对于盐价的研究现已取得了一定的进展，韩燕仪对督抚核定盐价做了相应的研究，指出"官商之间的互庇使得盐商获得更大的主动权，盐商暗中抵制地方督抚革除陋规的行动，地方商人和各级官吏的利益勾连使得盐价的形成呈现更为复杂的面貌"。"清代盐价的制定，即非完全由国家或官府掌握，也非完全由盐商制定，存在一定的经济强制与超经济强制色彩，又并非与市场中供需状况和运输成本无关。"②黄国信提出清代盐政运作中的"市场导向性"，清代盐政存在"局部地区违反市场逻辑与宏观上具有一定市场导向的矛盾现象"，一定程度上的市场导向、特定情境下的行政理性、长期以来的制度路径依赖共同构成清代盐政运作机制。③钟莉研究了盐斤加价在县一级的具体运作情况，厘清了盐斤加价的内涵，指出"盐斤加价的方案在中央、地方督抚、州县官府、民众之间存在着利益博弈，在博弈中，盐斤加价在加价钱额、征收方式上都得到调适"④。陈锋基于对盐价成本的分析，以两淮盐区为例，指出"食盐成本的增加是必然现象，盐商进行垄断食

---

① 对于清代币制的实质学术界有着不同的观点，若以现代货币理论来衡量，清代的所谓银钱平行本位制（或称"双本位"制、"复本位"制），杨端六称作"不完整的平行本位制"，这主要是因为铜钱的铸造虽然有一定的法定标准，钱币的重量与币材的成分屡有变更，基本具备货币的形态，但银两严格来说并不是一种货币，其在流通中以重量计，仅是一种称量货币。且银两的成色、形状、单位重量等因时因地都有不同。周健认为"清代的币值是一种银钱复本位制，在田赋的征解中，州县普遍以钱征收，而解交钱漕以银为准"。诸多观点仍有很多，不再赘述。

② 韩燕仪：《清代盐价制定中的地方干预——以康熙年间衡、永、宝三府为中心的考察》，《中国经济史研究》2019 年第 2 期。

③ 黄国信：《市场导向与行政理性：清代盐政运作的原则和机制》，《深圳大学学报》（人文社会科学版）2021 年第 1 期。

④ 钟莉：《清末盐斤加价与官商博弈——以四川南部县为中心》，《盐业史研究》2018 年第 4 期。

盐销售，获得高额利润是无疑的"[1]。清代银钱比价是一个极其重要的问题，但在学术界的盐业史研究中，将盐业置于清代银钱比价波动环境之中的研究尚少，本文基于清代银钱比价的变动，对直隶总督盐价调节的诸多尝试进行探讨。

一　盐价制定的机制与影响因素

清代长芦盐价由政府制定，其影响因素主要由两个方面构成——成本因素、外部因素。

成本因素体现在生产运销一定数量的盐所产生的成本，如运费、生产成本等。外部因素主要是指市场上的银钱比价的变化。运费是影响食盐价格的一个重要因素。清代长芦的盐价议定始于康熙二十七年（1688），由直隶巡抚于成龙、巡盐御史布尔海提准："计道路之远近，水路之脚费，斟酌减定盐价，每斤价银一分四毫至一分二厘六毫不等。"[2]由此可见，在官府衡量食盐成本之时，将运费置于重要的地位，且直隶省地域辽阔，食盐经长芦盐场生产，并从盐场转运至各府州县售卖，根据盐销地与盐场距离的远近，其价格会有一定程度上的差别，笔者根据《清盐法志》中有关盐价的记载，整理了清代直隶各府州县盐价（见表1）。

表1　清代直隶各府州县盐价

单位：文

	顺天府		遵化直隶州		宣化府	保定府		易州	永平府	
	大兴县	房山县	遵化州	丰润县	延庆州	清苑县	博野县	易州	卢龙县	乐亭县
盐价1	11	10	10	9	11	10	11	11	8	6.5
盐价2	17	16	16	15	17	16	17	17	14	12.5

---

① 陈锋：《清代食盐运销的成本、利润及相关问题》，《中山大学学报》（社会科学版）2020年第5期。

② 《清盐法志》卷二十一，长芦十二，运销门八，盐价，民国九年（1920）铅印版。

续表

	河间府		天津府			正定府			冀州直隶州	
	阜城县	东光县	天津县	盐山县	青县	正定县	获鹿县	新乐县	赵州	隆平县
盐价1	8.5	10	2.5	6	8	13	13	12	12	12
盐价2	14.5	16	2.5	12	14	19	19	18	18	18

	深州直隶州		定州直隶州		顺德府		广平府		大名府	
	深州	武强县	定州	曲阳县	邢台县	沙河县	邯郸县	磁州	大名县	开州
盐价1	12	11	12	12	12	10.5	12	12	14	14
盐价2	18	17	18	18	18	16.5	18	18	20	20

注：盐价1为户部则例所载额定盐价值。盐价2为嘉庆九年（1804）盐法志所载盐价值，该盐价值为经过雍乾两朝多次加增盐价后的数值。

表1数据来源于《清盐法志》卷二十一，长芦十二，运销门八，盐价。在数据的选择方面，直隶每府选择2～3州县。

从表1可以看出，直隶各府州县的盐价差别较大，天津府的盐价为全省最低，天津县的盐价仅2.5文，虽然经过雍乾时期的屡次加价，其价值仍为2.5文，这是因为，天津有着广袤的盐场，天津盐场地域广阔，"延广约一千一百八十里，约占长芦盐场的三分之一还多"①。天津各县相较其他府县距盐场最近，运销一定数量的食盐所花费的人力、物力较少，食盐的成本较为低廉，因此天津各州县的盐价相对于其他州县最低，同时在天津对食盐的价格设定不宜过高，盐价过高会致使私盐泛滥，对盐税的征收产生不同的影响。大名府的盐价为全省最高，盐价达到了14文，大名府位于直隶、山东、河南三省的交界处，位于直隶省的边缘地区，食盐的运费较别府高，食盐的定价受到了道路脚费的重要影响。在各府之中，不同州县也存在一定的差距，基本在1文至2文之间，一定程度上是运费所致。但也存在较大的差额，如天津府的天津县和青县，盐价差达到了5.5文，在运费之外，政府的盐业政策

---

① 张毅：《明清天津盐业研究（1368—1840）》，南开大学博士学位论文，2009，第50页。

也会影响盐价的议定。

康熙二十七年，直隶巡抚等对于盐价的议定，仅从运销成本上进行核定，对其余影响盐价及其成本的诸多因素，尚未考虑到，同时此时国内银钱比价的形势处在"银贱钱贵"时期，叶梦珠在《阅世编》中言，"二十六年后，私钱复渐流行，制钱价遂递减。至二十八、九年间，每千不及值银一两"①。此时，银钱比价低于"银一两换制钱一千文"这个价格。此时银钱比价的变化对直隶财政及长芦盐务的影响尚未显现出来，并未引起清廷的重视。在清代前期有利的形势下，芦商产业得到了快速发展，芦商成为全国重要的商人群体，甚至出现了盐商奢靡的情形，"商人用度奢靡，相沿陋俗，不知节俭"②。盐商奢靡正是在银钱比价于商有利的情况下，加之垄断性的经营，商人资本膨胀的表现。

银钱比价的变化是影响清代盐价制定的重要因素。清政府对于银钱比价的理想数值是白银一两兑换制钱一千文，高于这个数值称为"银贵钱贱"，低于这个数值称为"银贱钱贵"。③ 具体在盐业贸易中，盐商买办盐引、缴纳盐税，以白银作为其支付手段，若此时银钱比较处于"银贵钱贱"的条件之下，对盐商来说是不利的，意味着盐商采办一定的食盐，缴纳的赋税相对更多。反之，在"银贱钱贵"的情况之下，对盐商是有利的。民众从盐商手中采买日常口盐，用制钱作为其支付手段，在"银贵钱贱"的情况下，制钱的相对价格较低，对于民众是有利的，反之不利。在此种背景下，虽然名义上食盐的价格保持在政府所掌控下的稳定数额，但由于银钱波动，食盐的实际价格产生了一定程度上的波动，在商民之间产生了不同的影响。清代盐价极其重要，若盐价处在不合理的情形，则"穷商力竭，不得不那新

---

① （清）叶梦珠：《阅世编》，来新夏点校，上海古籍出版社，1981，第172页。
② （清）黄掌纶等：《长芦盐法志》卷1谕旨，刘洪升点校，科学出版社，2009，第6页。
③ 王宏斌：《清代价值尺度：货币比价研究》，生活·读书·新知三联书店，2015，第2页。

补旧，上亏国课。高抬盐价，下累小民"①。基于此，清廷有其背后的考量，尽可能在一定的范围内，将国家、商人、民众的利益保持在均衡的情况下，一方面不影响国家的盐税征收；另一方面不至于"病民病商"。正如"夫士农工商，虽各异业，皆系国家子民，理当一视同仁"②。正所谓"商民两便"。方志远指出："盐价议定具有三个特点：一、保证政府的财政收入；二、百姓可以接受；三、盐商有利可图。"③综合多种因素，康熙四十二年（1703），巡盐御史与直隶巡抚针对直隶省的盐价进行了议定，经巡盐御史与直隶巡抚的访查，指出"迩来钱价日贱，不敷商本"④。这是清代长芦第一次将银钱比价作为盐价议定的标准，康熙帝因此做出了处理意见："觉钱价低昂不齐，俱依原定银数，按时核算，庶商民两无偏累。"⑤尽管皇帝要求地方督抚及盐政对银钱比价要按时核定，但盐价在康熙二十七年时，已奉为定制，难以轻易做出调整，因此波动的银钱比价成为影响清廷盐税征收、盐商运营的潜在因素。

二 清廷盐斤加价与芦商的赔累

在"银贱钱贵"的形势下，盐商资本得到了一定的发展，但康熙朝后，清代逐渐出现了"银贵钱贱"的局面，对芦商经营造成不利影响。对此，清廷主要采取的措施是"盐斤加价"。由直隶总督与长芦盐政访查直隶省银钱比价的情况，向清廷提议加价。清代中期以后，多次出现盐斤加价的提议，多得以批准。关于清代盐斤加价的原因，陈锋将其归为两类："补贴加价与因公加价。补贴加价是银、钱比值失调

---

① 《清世宗实录》卷 3，雍正元年正月辛巳条，《清实录》第 7 册，中华书局，1985，第 75 页。
② 《清世宗实录》卷 11，雍正元年九月甲辰，《清实录》第 7 册，中华书局，1985，第 213 页。
③ 方志远：《明清湘鄂赣地区的"淮界"与私盐》，《中国经济史研究》2006 年第 3 期。
④ （清）黄掌纶等：《长芦盐法志》卷 10 转运下，刘洪升点校，科学出版社，2009，第 167 页。
⑤ （清）黄掌纶等：《长芦盐法志》卷 10 转运下，刘洪升点校，科学出版社，2009，第 168 页。

下，商人赔累，加价对其补贴；因公加价是清廷财政困难，入不敷出，加价补贴财政。"① 清代中期的加价主要归因于银、钱比值失调，清代后期的加价主要在于清廷财政困难。

雍正朝以后，逐渐呈现银贵钱贱的趋势，并逐渐引起清廷的重视，此时芦商已无康熙朝时的富足，经营及完课出现相应的困难，康熙二十七年议定的盐价，已经不适应此时芦商的经营，出现商人赔累的情形。雍正三年（1725），雍正帝曾发布上谕："盐价之贵贱，亦如米价之消长，岁歉则成本自重，价亦随之……行盐以本年成本之轻重，合远近脚费，酌量时价，随时销售，不得禁定盐价以亏商，亦不得高抬时价以病民。"② 雍正帝针对银贵钱贱的形势，要求地方督抚根据盐业经营成本、银钱比价的情形，及时核定成本，在适当时期，对盐价灵活做出调整。长芦盐斤加价的提议始于雍正六年（1728），由长芦盐政郑禅宝根据直隶银贵钱贱的形势提出："长芦商人向多疲乏，然商力未能尽裕，课项未能全完，实因盐价日减，运本日亏……俱系用银，民间买盐用钱。"③ 又"直隶八府盐价康熙年间经抚臣盐臣议定。盐价每斤银一分四毫至一分二厘六毫不等，彼时每银一两只换小制钱一千四五百文，每盐一斤钱十六文，今每两合钱二千文。而盐价仍每斤十六文，亦有减至十三四文者。以钱易银，不敷原数，商运消乏，欠课之源实由于此"④。银钱比价的失衡，致使商人买盐与完课之间存在巨大的兑换差，银贵加重了商人经营的成本。针对银价的昂贵，直隶总督唐执玉精心访查，与布政使、盐政等官员根据银钱比价进而核定成本后，称"康熙二十七年定价，当时乡、城市价，仍循其旧，并未加增，在当时已属难行，今日实有未协"⑤。康熙二十七年议定的盐价在今日

---

① 陈锋：《清代盐政与盐税》第2版，武汉大学出版社，2013，第192~193页。
② 《钦定皇朝通典》（食货十二·盐法），《景印文渊阁四库全书》第642册，台湾商务印书馆，1982，150页。
③ 《清盐法志》卷二十一，长芦十二，运销门八，盐价。
④ 《清盐法志》卷二十一，长芦十二，运销门八，盐价。
⑤ 《清盐法志》卷二十一，长芦十二，运销门八，盐价。

不敷商本，于是请旨增加制钱一文，雍正帝经过谨慎思考及户部多次商议后，同意了加价的提议，直隶盐价提高了一文。

此后，清廷因为银贵钱贱等诸多原因，在直隶省实行了数次盐斤加价，笔者依据《清盐法志》，将清代长芦盐斤加价的时间、加额、原因等进行了整理，表 2 是清代长芦历次盐斤加价的相关内容。据表 2 可见，在鸦片战争之前，清廷在长芦盐区实行了数次盐斤加价，原因众多，有银贵钱贱、成本增加、特旨加恩、河工加价、堰工加价等，其中最为常见的原因仍是银贵钱贱，同时诸多加价的原因除了因公加价外，其他加价的核心目的是补贴商人，清廷寄希望于通过加价来改变芦商成本日亏的情形。但实际上，清廷虽然多次对芦商进行加价补贴，成本日亏的局面仍未改观。嘉道以后，芦商的经营日渐捉襟见肘，极大原因来源于银贵钱贱的经济形势。

表 2 清代（1840 年前）长芦历次盐斤加价

时间	（每盐一斤）加额	原因
雍正十年（1732）	一文	银贵钱贱
乾隆二十九年（1764）	一文	物价增长、成本增加
乾隆三十五年（1770）	二文	银贵钱贱
乾隆三十六年（1771）	一文	特旨加恩
乾隆四十七年（1782）	二文	银贵钱贱
乾隆五十三年（1788）	二文	银贵钱贱
嘉庆十四年（1809）	二文	河工加价
嘉庆十七年（1812）	一文	成本日亏
道光五年（1825）	二文	堰工加价
道光十八年（1838）	二文	银贵钱贱

资料来源：《清盐法志》《长芦盐法志》等。

笔者将乾隆十三年（1748）至嘉庆四年（1799）之间的银钱比价的变动，及其盐价的实际波动的情形，进行了相应的整理，如表 3

所示。

表3 清中期银钱比价及盐价波动（乾隆十三年至嘉庆四年）

单位：文

年份	银钱比价	地区	实际盐价	年份	银钱比价	地区	实际盐价	年份	银钱比价	地区	实际盐价
1748	800	直隶	0.0175	1764	806	京师	0.0174	1786	954	京师	0.0147
1749	800	直隶	0.0175	1765	890	京师	0.0157	1787	1000	京师	0.0140
1750	900	广西	0.0156	1766	930~940	京师	0.0150	1788	1100	直隶	0.0127
1751	780	山西	0.0179	1767	830	京师	0.0169	1791	1100	江苏	0.0127
1752	780~790	河南	0.0178	1769	930~940	京师	0.0150	1792	1025	京师	0.0137
1753	830~870	直隶	0.0165	1770	952	京师	0.0147	1793	1040	京师	0.0135
1754	750~760	京师	0.0185	1771	940~1040	山西	0.0141	1794	1090	京师	0.0128
1759	819	山西	0.0171	1772	930~940	京师	0.0150	1795	1000	山西	0.0140
1760	813	京师	0.0172	1773	1000	广西	0.0140	1796	1190	京师	0.0118
1761	850~890	直隶	0.0162	1774	952	京师	0.0147	1797	1205	京师	0.0116
1762	806	京师	0.0174	1776	885	京师	0.0158	1798	1195	京师	0.0117
1763	813	京师	0.0172	1778	1100	云南	0.0127	1799	1050~1150	直隶	0.0127

注：在数据的选择方面，笔者选择银钱比价地区，首先考虑京畿地区，以京师和直隶的资料为主，如果此一年份无京畿地区的数据，再选择华北地区及华中地区的资料数据。因本文主要探讨直隶的银钱比价及盐价变化，其他地区的数据参考性较低，数据偏差较大。

实际盐价不是此一年份该地区的盐价，而是笔者根据银钱比价及清代直隶地区的盐价，一斤盐的价格14两，进行计算，即14价格/银钱比价=盐的白银价格，此数据假设白银作为主币来看盐价的波动。银钱比价有多数值的笔者取其平均值。

资料来源：王宏斌：《清代价值尺度：货币比价研究》，生活·读书·新知三联书店，2015，第80~89、137~143页。

据表3，乾隆二十九年（1764）之前，直隶省的银钱比价较为稳定，以白银一两兑换制钱800文左右，此后的几年间，出现了银钱比价上涨的趋势，食盐的白银价格出现下跌的趋势，较之前的价格下跌10%左右。乾隆五十三年（1788），银钱比价再次大幅度提高，上升到白银一两兑换制钱1100文左右，此时盐价相较于前，发生了食盐的白银价格再次贬值的状况，较乾隆二十九年的盐价，下跌 27% 左右。银价的大幅度上涨，在商人经营过程中，滋生了额外成本，银钱比价波动成为盐商经营的不稳定因素，虽然清廷针对这种情况采取了多次加价（参见表 2），但盐商疲敝的情形持续发生，经营困境始终没有改变，屡次加价还引发了诸多问题，高额的盐价使百姓购买食盐负担增加。嘉庆年间长芦盐政董椿曾提道："自雍正十年起，至乾隆五十三年，统计六十年内，先后五次，共加增制钱八文。现在近处有卖制钱十一文者，极远之处有卖钱二十三四文者不等。即如京师，从前原卖制钱九文，今卖制钱十七文。虽一人食盐每日不过三钱，然统而计之，为数不少。诚如圣训，盐价颇昂，民虞淡食。"① 对比表 1 户部则例所载盐价，此时直隶省盐价已居高不下。于此，清廷中出现反对加价的意见，"加价恤商，于商无益也。两次加价商人获利已多，所以恤商者不为不至，今再请加增，无论无厌之求，不可重困。究竟加价之后，官盐愈贵，私盐愈炽。私盐既炽，则官引愈滞，而商人益困矣"②。盐价加价造成了私盐的泛滥及商人益困。

三　地方官员的尝试："改用银桩"改革的提出

　　乾隆时期芦商赔累尚在可控制的范围内，嘉道时期，清廷统治日渐衰微，财政困境日益显露，盐政官员腐败案丛生，并经过嘉庆年间白莲教起义，天灾人祸不断，长芦盐业日渐衰微，同时伴随着银钱比价的持续失衡，芦商的困境日益显露，不仅没有此前的"急公好义"，甚至经营出现严重问题。直隶总督那彦成针对长芦盐政存在的诸多问题，向道光帝上疏：

① （清）黄掌纶等：《长芦盐法志》卷 16 奏疏下，刘洪升点校，科学出版社，2009，第 327 页。
② 《巡视南城湖广道监察御史蔡学川为请停止长芦盐斤加价事奏折》道光四年九月十八日（1824 年 11 月 9 日），中国第一历史档案馆、天津市档案馆、天津市长芦盐业总公司编《清代长芦盐务档案史料选编》，天津人民出版社，2014，第 345 页。

自道光四年清查时，已有九百余万，甫经二三年间，又有积亏一百五十余万。每见历任盐政设法调剂，无非恳求皇上逾格施恩，借给帑本，缓带引课。是名为调剂，损上不能益下，即仍归亏空。而该商人等运盐交银，仍形拮据，非挪新拨旧，即移此垫彼，并未归还。旧欠转至接续新亏，似此年复一年长芦醝政势必全行涣散。①

在那彦成看来，长芦盐务最大的问题在于长芦盐税的大量积欠，芦商积欠大量税银的原因在于经营困难，以挪新补旧为其交税的方式。那彦成经过访查，指出银贵钱贱是造成芦商疲敝的根本原因。商人交课用银，卖盐收钱，以前钱贵时，尚有余利，近年银贵，商人赔累成本。针对银钱比价波动造成的商人赔累情形，清廷此前采取了两种处理措施，一种是财政补贴，为商人提供经营资本，另一种是通过盐斤加价，增加盐价，来补贴商人，但都未取得理想的效果。如乾隆五十三年，清廷补贴商人，每斤加价两文，"长芦各引票，通行直隶、河南盐价每斤加制钱二文，以资转运，将来或遇钱价较贵之时，据实奏明，将所增盐价停止"②。清廷对于盐斤加价的态度是想挽救芦商的经营危机，寄希望于加价的方式，待芦商经营好转后，即行停止。但银贵钱贱的形势没有改变，芦商日渐疲乏，加价并未停止，且屡次增加。

商人赔累的原因在于利润低下。在清代盐业的专卖的制度下，国家和商人紧密结合，商人的盈利离不开国家的扶持，但财政补贴仅仅是一方面，他们更需要降低盐业运营成本，提高利润。正如"今日盐政之坏非专卖之罪，乃不善专卖之罪也"③。国家的财政支持，仅仅是

---

① 道光七年三月二十二日直隶总督那彦成奏：《奏请敕长芦盐政妥议芦商先交课后领引以杜亏欠事》。中国第一历史档案馆朱批奏折，档案号：04-01-35-0505-001。
② （清）刘锦藻编纂《清朝续文献通考·十通第十种》（第1—4册），商务印书馆，1955，第7869页。
③ （清）刘锦藻编纂《清朝续文献通考·十通第十种》（第1—4册），商务印书馆，1955，第7869页。

在短期内使盐商暂时经营下去，长久盈利仍需要保障商人成本。且国家的财政支持对国家的财政也造成影响，在盐政中呈现负收入的状况。

商人利润 =（售价 - 成本）× 销售数量

同时国家及社会上存在私盐市场，因为社会的人口相对恒定不变，私盐的盛行与否对官盐销售数量影响巨大，私盐会与官盐竞争抢占食盐销售市场，私盐充斥会使官盐的销售数量降低，进而影响商人获利。售价由清政府制定，不能由商人代为制定，呈现售价"固定化"的状态。清代曾多次议定盐斤加价，但对于增加盐价的态度，清廷格外谨慎。只有在现实所迫，财政赋税紧张之时，清廷才不得不提议加价。

成本是保障商人获利的又一关键因素，学术界关于盐商运销食盐的成本，已有诸多探讨，陈锋指出盐商运销食盐成本"包括产盐之地的食盐价格、正项课税、杂项税费、包索费用、储运费用、人工等其他费用"[①]。商人获利的根本在于降低其运销成本，但成本中存在诸多不稳定因素，诸如物价、银钱比价等。"况百物时价昂贵，今昔不同，商人办运，除纳课交款外，其盐穰绳席、水陆运脚、辛工火食房租一切使费。在在均关成本。"[②] 经营成本往往受到物价的影响。清中期以后，物价的上升导致了盐商经营成本的增加。盐业成本最为庞大的支出在于盐税的缴纳。在盐税的缴纳中，银钱比价的变化对成本影响极大。综上所述，高额的成本是造成商人赔累的重要原因。正如郑祖琛所说："盐价之贵者，今之盐价由于官为代计，其行息道路之资而督责之豫筹之，且有余课之带销有匦费之，应酬有缉捕之经费，无一不归之于成本，故浮于正课之数且五六倍也。"[③] 盐政官员的种种规费加重了盐商经营成本。

---

① 陈锋：《清代食盐运销的成本、利润及相关问题》，《中山大学学报》（社会科学版）2020 年第 5 期。

② 《长芦盐政阿扬阿为芦纲疲乏积重情形事奏折》道光七年三月二十六日（1827 年 4 月 16 日），《清代长芦盐务档案史料选编》，天津人民出版社，2014，第 353 页。

③ （清）贺长龄、魏源等编《清经世文编》，中华书局，1992，第 1187 页。

清廷官员同时也看到了芦商疲敝的种种原因。面对长芦的积重情形，直隶总督那彦成与长芦盐政阿扬阿不断向清廷奏陈长芦盐务积弊情形，他们认为，银钱比价的失衡及商人经营过程中银钱兑换的差额是商人赔累的原因。长芦盐政阿扬阿提议从整顿乏商入手，选任殷实商人充任盐商。"若论目前整顿之法计，惟将乏商裁汰，另募殷实者承充第，十商九欠，势难概予严参，且一经参半，引地多致虚悬，帑本咸归无著，即使抄产变抵，收禁监追，终属有名无实。"① 但仍是治标不治本，无法提高商人的利润，在利润低下的盐政形势下，殷实商人逐渐也会赔累。

直隶总督那彦成建议从改变商人经营中银钱比价的差额入手，提出了"改用银桩"的改革想法。此前直隶总督梁肯堂也提出过"改用银桩"的改革办法，但未引起清廷的重视。"改用银桩"即将银设为长芦盐务中唯一可接受的货币，废除此前盐业贸易中，银、钱并行的货币体系，商人卖盐及交税以"银为桩"。那彦成改革思想是通过改用银桩，使得商人富裕，从而先课有引，进而盐政疲敝肃清，最后年清年款，国家财政充裕。

道光七年（1827）九月二十三日，直隶总督那彦成上奏道光皇帝，正式提出了"改用银桩"的具体措施及计划安排：

> 请改用银桩，以求实效，诚恐盐价骤增，并请减去加价三文，俾两省百姓先沐皇恩，从此商民交易食贵食贱，随市长落，率其市场之常情，似与民食无碍，唯不予以限制。亦恐商人贪利，任意增长盐价，查现在纹银一两换制钱一千三百余文，应请引地较近，例价每斤在十七文以下者，以一千二百五十文为断，引地较远，例价在十八文以上者，以一千二百文为断。覆定之后，一体

---

① 《长芦盐政阿扬阿为芦纲疲乏积重情形事奏折》道光七年三月二十六日（1827年4月16日），《清代长芦盐务档案史料选编》，天津人民出版社，2014，第353页。

出示晓谕，银贵不许再增，银贱仍随市减落。①

那彦成改革的初步想法是减去此前的三文加价，以银为计量单位，盐价"随市长落"，正式将银钱比价的波动考虑到盐价定价之中，以纹银一两换制钱一千三百余文为基准，围绕其小规模地波动。其改革的核心即通过强制性的措施，使银钱比价得以在盐业方面确定，保持在稳定的局面，试图废弃盐业贸易中银钱比价的波动变化，只以白银为计量单位。那彦成认为改用银桩对于改善长芦盐政有着重要的意义，不仅可以保证新课的完纳，旧课的亏欠在试行一段时间后，也可以完成赔补。同时认为芦盐"改用银桩"有独特的优势，"芦盐独贱，即改用银桩仍较淮浙卖价为轻，计口食盐日止三钱，一月九两，费钱不过十文，内外而减去加价，所费尤少，似于民食"②。通过改用银桩，使商民两便，不仅民众购买食盐价格低廉，芦商也不再受银钱比价的困扰。

四　中央官员的反对："改用银桩"计划之破产

乾隆以后，全国的盐政均出现颓败之势。长芦外，其他地区也对盐政实行了相应变革，以改变盐业颓败的局面，如河东"课归地丁"、四川"盐课归丁"，某种程度上改善了盐政的颓势。但长芦盐政改革却最为艰难，那彦成"改用银桩"计划的提出，在清廷引起了激烈的讨论。

户部尚书禧恩首先从商人成本方面来说明"改用银桩"存在的问题，"查生盐买价由运商散给灶户，辛工、巡工、厂店各费亦系工食、

---

① 道光七年九月二十三日直隶总督那彦成奏：《请整饬长芦盐务折》，台北"故宫博物院"朱批奏折，档案号：故机 057309 - 056896。

② 道光七年九月二十三日直隶总督那彦成奏：《请整饬长芦盐务折》，台北"故宫博物院"朱批奏折，档案号：故机 057309 - 056896。

薪水零星杂用，皆可用钱支发，至雇佣船只、车辆置买席片、麻绳更系市场贸易之常，无不以钱交易，商人等子母兼权，岂有将钱易银多一转折，自甘赔累之理"①。若以银为桩，在盐业运营中的零星杂用，皆用银支发，难免会造成商人的困扰，且频繁的银钱相易，对芦商及百姓而言无非又是一种赔累，衍生多余的成本。况银为价值较大的货币，在贸易中，难买不便。同时禧恩指出"事关更改百余年旧章，必须倍加详慎"，不能轻易更改盐政旧制。经过短暂的争论后，道光帝颁行上谕，一方面命杨国桢、琦善"认真访察运务商情，并将各该处易银市价核计盐价，务期于民食毫无窒碍，详细确查，据实具奏"；另一方面命那彦成、阿扬阿按照户部的议覆"将商人成本内支销各项，凡用钱支发者，悉令剔除，另行核计"②。同时道光帝对"改用银桩"的实行没有明确的决心，甚至存在质疑，如是否可以经久实行、积欠课项是否可以归补等，道光帝在可实行与不可实行之间，徘徊不定，只能让官员继续考察，寄希望于户部官员及直隶省官员有更为便利的解决措施。

道光帝上谕颁行以后，引发了清廷官员对那彦成"改用银桩"的广泛议论，多数官员对"改用银桩"持反对意见，其中以贺长龄最为典型，贺长龄称："如果于国课稍有裨益，亦未尝非通变权宜之法，乃臣再四访察窃，恐有累于平民，有损于帑项，而并无益于醠政，实有不可轻议更张者。"③贺长龄建议"改用银桩"不宜施行，随后阐发了自己的两点原因：第一，担心"改用银桩"成为定制，"改用银桩"的目的在于使商人易于完课，盐斤加价也可作为补救方法，且加价在国家盐税征收完毕之时，可议定停止。"且从前之加价尚不过暂时权宜，犹有停止之日。近银桩加价，则将著为定例。永无望减之时。"在贺长

---

① 道光七年十月二十日户部尚书禧恩奏：《奏报覆议直隶总督那彦成等会奏之整饬长芦醠务一事》，台北"故宫博物院"军机处档折件，档案号：故机 057640－057226。
② 《清宣宗实录》卷128，道光七年十月壬辰，《清实录》第34册，中华书局，1986，第1135页。
③ 《驳长芦盐价改用银桩疏》，《清经世文续编》卷四十二户政十九盐课一，清光绪石印本。

龄看来，"改用银桩"是一种变相的盐斤加价。第二，"改用银桩"引发了大量商人的抵制，"且臣闻长芦之改用银桩，惟总商为其愿，散商并不乐从，盖总商惟图专利，而散商则因一经加价，凡一切浮杂派费，无不增加，益受总商之扰累"①。贺长龄认为"改用银桩"的施行会引发盐业浮杂派费的增加，对盐政毫无裨益。琦善、杨国桢等人和贺长龄持有相同意见，"（改用银桩）虽俱称于民食无碍，而计算易银折钱之数，仍系有增无减。即谓将从前加价三文减去抵算，不甚增多，不知前此之加价。限满即当停止。一经改用银桩，将来永为定例，是盐价暗加，民间究不免于食贵"②。清廷的官员担心"改用银桩"成为定制，打破长芦盐政旧有秩序，以及认为改用银桩是一种变相的加价，不赞同施行。

面对诸多反对意见，道光七年十二月，道光皇帝颁行上谕，对此前清廷对于"改用银桩"的争论做了相应的回应，道光帝认为那彦成的改革想法有许多"窒碍之处"，不宜实行，"所奏均无把握。徒然更改旧章。有累民生"③。那彦成的改革因此破产。但芦商疲敝的问题仍然存在，清廷保证芦商盐税征收仍是当务之急，那彦成"改用银桩"改革无法实行，必然要寻求另一种清理盐税的改革措施。道光八年（1828）三月，道光皇帝命王鼎、敬征为钦差大臣，前往天津，会同盐政、运同等官员筹办补课帑章程。王鼎等人首先核查芦商近年的盐税欠款，共欠银一百八十四万八千余两，并请示道光帝是否可尽行豁免。后拟定章程，对盐税的征收流程进行完善，并对旧引的融销、新引的认领做了相关规定：

　　首重年清年款，惟年分有远近之殊，款目有正带之别，应先

① 《驳长芦盐价改用银桩疏》，《清经世文续编》卷四十二户政十九盐课一，清光绪石印本。
② 《清宣宗实录》卷 131，道光七年十二月庚寅，《清实录》第 34 册，中华书局，1986，第 1181 页。
③ 《清宣宗实录》卷 131，道光七年十二月庚寅，《清实录》第 34 册，中华书局，1986，第 1181 页。

将积年带款，逐加厘剔，则现年正款自不难按额清完。

又查原奏清单内称，商岸滞销盐引，准由畅岸融销，如滞岸于融销之外尚有未销之引，于奏销时据实造报，存俟下年续领补运，是将来按年奏销引日，即不能照额全完，日久必有积引，应令查明滞岸引盐，如有未销，一并拨归畅岸融完，滞引销完方准请领余引，不得存俟下年补运以符销额。①

虽然王鼎等人的改革章程，对盐税的征收、盐引的融销等做了规范，但仍无法改变银钱比价形势，盐商的利润问题仍没有解决，这种章程的实施仍是短时间有所改善，长期并无法改变芦商疲乏的情形；是旧有盐政清查的重复，没有针对核心问题进行变革。道光十二年（1832），长芦盐政钟灵面对芦商欠课的问题，陈奏其种种困境："该商等实已筋疲力尽，未克全完。该司细加查察，实缘该商等资本微薄，银位日昂，逐年赔折，积疲已久。"② 虽然已经拟定与实施新章程，但芦商经营困境丝毫没有改变，亏折成本的现象依然存在。"近年来银价日昂，成本日亏，加以灾歉销滞，遂致竭蹶艰难，课运不能兼顾。核计每年交项及一切出入用费，以钱易银，一年须赔折银四五十万两不等。"③ 银钱比价对芦商的影响始终没有改善，反而愈演愈烈。

结　语

那彦成"改用银桩"改革，开始即看到了银钱比价的变化对盐商经营、国家赋税征收造成的影响，看到了芦商贸易中银钱的兑换差，

---

① 《钦差大臣王鼎为遵旨确查长芦盐务核实酌定章程事奏折》道光八年四月十一日（1828 年 5 月 24 日），《清代长芦盐务档案史料选编》，天津人民出版社，2014，第 353 ~ 356 页。

② 《长芦盐政钟灵为芦东商人应交加价银两未完事奏折》道光十二年三月二十二日（1832 年 4 月 22 日），《清代长芦盐务档案史料选编》，天津人民出版社，2014，第 373 页。

③ 《长芦盐政钟灵为设法整顿长芦盐务情形事奏折》道光十五年三月二十六日（1835 年 3 月 24 日），《清代长芦盐务档案史料选编》，天津人民出版社，2014，第 380 页。

兑换差即造成商人赔累的重要原因。那彦成改革的本质是在盐政中进行币制改革，改革想法较为先进。但改革本身也存在两方面的问题：一方面没有考虑到白银作为贵重货币，在小额贸易中流通不方便，食盐作为生活必需品，不适应以白银作为货币进行流通。况白银和制钱的频繁兑换，于民于商均有不便。从某种程度上说，白银制钱的兑换差从商人转移到了民众身上。另一方面，清廷对于改革多持谨慎态度，白银、制钱并行作为清廷的"旧制"，不易轻易变动。中央官员对此大多持反对态度，担心那彦成改革触动清代的货币体制。同时道光帝的态度亦不明确，没有彻底改革的决心，受到了中央官员的影响。

陈锋指出"明清时代在所谓的白银货币化时期，白银和铜钱同等重要，如果是'白银成为主要的货币'，那么，铜钱也是主要的货币"①。虽然明知"改用银桩"改革对于盐商的经营存在益处，但是更改旧章必然触犯一些群体的利益，打破清廷"旧制"，不宜于盐政的稳定。那彦成"改用银桩"改革破产从根本上来说，是食盐垄断销售体制下的产物，受到专卖制度及货币制度的掣肘，其失败是历史的必然。

---

① 陈锋：《明清时代的"统计银两化"与"银钱兼权"》，《中国经济史研究》2019 年第 6 期。

康熙十二年《南皮县志》批注本考述

蔺　坤[*]

摘　要： 南京图书馆藏康熙十二年《南皮县志》批注本是众多南皮县志中的一个重要版本。批注内容涉及目次改动、排版修订、用字规范、内容增补与订正等。本文考证批注作者是光绪时期的南皮县举人潘震乙，这些批注是潘震乙为续修南皮县志所做的准备工作，但未及完成，潘氏就死于意外。潘震乙的批注直接影响了光绪《南皮县志》的成书。

关键词：《南皮县志》　批注本　潘震乙　修志

南皮县修志始自万历三十一年（1603），嗣后的康熙、光绪及民国年间又经历了多次重修或续修，[①] 除万历志亡佚之外，其余各版本均有传世。南京图书馆藏有康熙十二年（1673）《南皮县志》刻本，收录于《南京图书馆藏稀见方志丛刊》中，[②] 该本的一大特点是存在大量的前人批注。《南京图书馆藏稀见方志丛刊》的编纂者在提要中指出批注内容为"佚名校补"[③]。本文在对批注内容进行全面梳理分类的基础上，结合相关文献考证批注的作者及批注目的，探讨批注本的文献价值。

---

* 作者简介：蔺坤，河北师范大学文学院硕士研究生，研究方向为元明清文学与地域文化。

① 河北大学地方史研究室编《河北历代地方志总目》，河北人民出版社，1989，第 141、142、306 页。

② （清）马士琼修，（清）吴维哲纂康熙十二年《南皮县志》（批注本），南京图书馆编《南京图书馆藏稀见方志丛刊》第 11 册，国家图书馆出版社，2012。

③ 南京图书馆编《南京图书馆藏稀见方志丛刊》第 1 册，国家图书馆出版社，2012，第 17 页。

一　批注内容的分类

在康熙十二年批注本中的批注，除卷二《事记》外，分布于各卷中。① 有眉批、夹批、圈点、卷首卷末批语、贴浮签批注等形式，涉及对县志内容、格式的补充和修改，可以分为以下几类。

（一）目次、格式的变动

目次的编排主要涉及目题字词的改动和子目分类的调整，如卷三《建置》的子目中"楯橻"改为"坊表"、"黉序"批"学校另列"等。

排版格式变动部分尤多，有眉批、夹批、卷末批语等多种形式。这一类改动均有自己惯用术语，如"顶格""首行顶格""次行低二格""接写""均低一格""顶""低"等。此外，排版格式的变动常伴随着目次的改动，在这种情况下往往还要借助修改符号，如在需要改动的目题旁加上三角标注以示为新的目题，并按照新的排版格式排版。

（二）字的变动

1. 为避讳而改字

为避讳而改字处颇多，主要是清代帝王避讳。换字处理的有"烨"字、"亂"字、"曆"字、"寧"字、"淳"字、"恬"字，此外孔子名讳中的"丘"亦作替换处理。缺笔处理的帝王名讳，涉及"弦"字、"胤"字、"弘"字、"泓"字。由此推断，批注的形成不会早于光绪年间。此外，正文中涉及"大清"字样，批注将之改为"国朝"。②

---

① 整个卷二《事记》未作任何改动，可能并未批注，经过对比，该卷在经过删节后成了光绪《南皮县志》卷五《风土志·祥异》的组成部分。

② 卷五至卷八存在较多未改动的避讳字。笔者后文考证批注作者为潘震乙，其未及完成就已离世。

2. 异体字替换与笔画改写

因汉字书写方式多样，为书写美观，或为追求规范，批注中常有改变字笔画或字体架构的现象，主要表现为偏旁部首的更换。如添加"草字头"的"舊"字、"薮"字、"役"字等。偶有异体字替换现象，如"閩"改"鬮"字、"虖"改"處"字、"吊"改"弔"字。

3. 简写字改正体字，规范化

批注在改字时，有一点尤为特别，有众多的简写字改正体字现象，如"称"改"偁"字、"盖"改"蓋"字、"烟"改"煙"字、"趋"改"趨"字。尽量使用正体字使得整个县志朝着古朴典雅的倾向修改。

（三）内容的增补与订正

1. 订正讹误

批注对十二年本中的错误进行了修正，卷五《人物》中有"皮肃"，批注改为"史肃"。下面批注"按《金史》循吏史肃，作皮误"。据《金史》卷十《本纪第十》，"南皮县令史肃以下，十有二人"[①] 句，故"皮肃"应为"史肃"无疑，可见批注者考证之用心。

2. 补充新内容

一些贴浮签形式的批注，主要是卷三《建置》中的贴浮签类批注，补充记录了旧志中失载的内容以及旧志修成之后的新内容。例如：

> 谨按旧志内载，文庙祭器全乐缺，奎星楼修整学田三处，有苇子地廿余顷，余地计□顷五十亩。今已代远年湮，凡庙中之祭器无存，奎楼之倾圮已久，学田苇地又不知失落于何年，所余姚家口地因挑挖津河，挖占殆尽，且邑当兵燹后，元气迄今未复，整顿实难，未卜何时得复旧制也。以上数语小楷双行写在学田一段下。（卷三）

---

① （元）脱脱等：《金史》卷十，中华书局，1975，第 233 页。

射圃 在文庙西，今废。

学田 旧黄河内苇地二十余顷，失落已久。知县周南用价买城北地一顷。知县李正华劝贡士汤性鲁输城东宫家庄地一顷五十亩，以上旧志。又唐里行粮地一顷十四亩。（卷三）

涉及对学田、寺庙等情况的说明。同时，对康熙十二年之后的新建置也有所增加，如：

社学 社学二处，一在北街东，一在南关外，各设教读一人，选有学行者充之，优以礼貌。知县李正华以马厂空基，易换黄胤贤地二十亩，为教读赡养之资。康熙九年，以北社学倾圮，张福蕴以城东南正地四亩一分，易与教读承种，有单照并乡约公呈。

义学 按《畿辅通志》，南皮义学有六，今皆废，录此聊有饩羊遗义，以待有志好义之士，重置立马。一在城内南街，一在城内北街，一在南关，一在董村镇，一在泊头，一在大吴庄，俱康熙五十四年建。（卷三）

3. 疏通文义与用语的典雅倾向

批注中偶有在文中添字的现象，主要用于文意的疏通。如卷一中将"无奈江河日下，气韵趋浇，侈靡益甚，巧伪渐滋"，改为"如世风日下，气韵趋浇，巧伪渐滋，侈靡益甚"；将"显官贵人，无距尊长之上"改为"显宦贵绅，无距尊长之上者"；将"七月十五"改"中元"。批注的改动总体倾向于典雅古朴，体现出批注者的文采。

经过上述分类可见，批注本的批注涉及格式和目次的修改、内容的增删及考订、文意的疏通、避讳字的修改等多项内容。这些批注极具目的性，尤其是其中段落格式和避讳字、异体字、简写字的修改，其批注和修改标识显然是为了重新抄录而做的。在批注中还可以找到更直接的证据，批注中存在"接抄下段莫空行"（卷一）、"接抄勿空"

（卷一）、"已有录本暂勿写"（卷四）等字样，显然是批注者写给抄手的提示。这些工作应该是为修新的方志而进行的准备。

二　批注作者考证

《南京图书馆藏稀见方志丛刊》在提要中对所收《南皮县志》批注本进行著录时，认为批注内容由"佚名校补"。实际上，批注中存在批注者的落款，而批注者的身份在文献中也有迹可循。卷三《建置》第2页贴浮签批注大段内容，其后有落款"邑举人潘震乙识"，该条批注为全书中首次出现有落款的批注。此后，卷五《官师》第1页中批注落款"心潭识"。此外在卷七《人物》中有三处贴浮签批注均有落款"心潭识"。全书中落款共计五处，既存在于书页上的批注中，也存在于贴浮签批注中，其中一处作"潘震乙"，四处作"心潭"。"潘震乙""心潭"当为一人，光绪《南皮县志》中有多处记载：

> 续修存稿　咸丰辛亥举人　潘震乙（卷首）
> 适邑孝廉潘心谭震乙，于同治初，因通志敕修，奉文采访。功甫及半，猝构家难以殁。其子邑廪生修祚，出采访遗稿相示。予阅其稿，虽未纯备，而取材甚富。（殷序）
> 旧志克期成书，笔尚简略，迄今又二百年。邑人潘孝廉震乙，采访订正，粗就崖略，未卒业而殁。今借孝廉旧稿为蓝本，而以新采各条，随类编入。所用体例，悉尊《府志》，稍加变通。（卷首）
> 潘震乙，字心潭，号莲舫，晚号渤滨钓叟。嗜学，工诗，善隶书，尤好古文，弱冠中道光壬辰副车。家贫，授生徒，严且勤，花晨月夕，每与诸弟子把酒联吟，谈兵论史，及门多所成就。治家严肃，十应京兆试，始博一第，老益好学，手不释卷。邵万民方伯任河南廉访，延课其子，并主讲叶县书院。后主讲庆云书院，纂修《盐山县志》，续修家乘。光绪庚辰入挑选，遂绝意进取。续

修《南皮县志》，未竣而卒。（卷十一）①

据光绪《南皮县志》可知，潘震乙字心潭，南皮人，曾试图续修《南皮县志》，但未及完成就已身亡，仅留下一部"续修存稿"。康熙十二年《南皮县志》批注本的批注者正是潘震乙。上文中已经指出，潘震乙的批注并非简单的读书批注，而是涉及格式和目次的修改、内容的增删及考订、文意的疏通、避讳字的修改等多项内容，这些改动正是在为撰修新的县志做准备。光绪《南皮县志》中的"续修存稿"指的应该就是这一批注本，或是依托批注本而重新抄录的稿本。

关于批注的作者及批注目的，基本可以定论，但关于潘震乙续修县志未能完成的原因，则存在不同的记录。光绪《南皮县志》卷首凡例中对此解释为"粗就匡略，未卒业而殁"。而殷序则透露了更多的信息，其中说潘震乙"猝构家难以殁"，至于"家难"的具体情节，则讳莫如深。《河北地方志提要》中有不同的看法，"同治七年（1868），书未成而捻军破城，潘震乙死于乱军之中"②。据书中标注，该信息来自光绪《南皮县志》总志殷序及卷首凡例，但光绪《南皮县志》的相关章节并未见此记载。光绪《南皮县志》由本乡人撰修且借助了潘震乙的旧稿，修志之时潘震乙的儿子尚在人世，因此光绪《南皮县志》中对潘震乙不应该存在如此大相径庭的记录。对现存光绪《南皮县志》进行翻检后也未能查到其依据，《河北地方志提要》做出这样的论断可能还依据了其他材料。不过据现存材料，潘震乙不可能死于同治七年的捻军之乱，光绪《南皮县志》中"家难"的说法是正确的，且"家难"的具体经过也可借助现存文献得以还原。

《李鸿章全集》中《审明南皮县廪生潘修祚京控命案按律定拟折》：

---

① （清）汪宝树、傅金镳纂，殷树森重修《（光绪）南皮县志》，清光绪十四年（1888）刻本。
② 来新夏主编《河北地方志提要》，天津大学出版社，1992，第 310 页。

缘潘修祚之父举人潘震乙，于光绪三年续修家谱，将族人潘象忠之母潘李氏直书侧室，潘象忠欲改为伊父继室，潘震乙未允。六年十月谱成，潘象忠又托庞凤仪、潘长法转恳更改，潘震乙与同族公议，仍未允许，潘象忠从此挟嫌。是月二十七日，潘震乙与潘象忠途遇口角，潘象忠用刀将潘震乙咽喉等处扎伤，移时殒命。①

《后乐堂文钞》卷八《书潘震乙》：

南皮廪生潘震乙者，骨鲠士也。光绪三年春纂修族谱，族子潘象忠之母李氏，妾也，震乙笔之于谱，亦曰妾也。象忠怒曰："吾母乃吾父之继室也，子乃贬吾母乎？"震乙不答。六年十月谱藁成。象忠使其友庞凤仪、潘子法请于震乙曰："君若改书继室，象忠必有以为寿。"震乙怒曰："魏收得尔朱氏金，于荣、兆、天光、世隆等传，抑扬其辞，以此称秽史。余岂见利徇私如佛助者耶？且侧室亦何伤，改书继室，置其嫡母于何地？在李氏为夺嫡，在象忠为背亲。一字之更，伦常渎乱，吾不为也。"象忠愤甚，伺震乙于途，杀之，弃其尸曰"使汝葬犬腹如魏收也"。②

两种材料性质不同，前者是潘震乙案原始法律文件，客观性和可信度更高。后者是时人对此事的记录，其主旨在于颂扬潘震乙的秉笔直书，并感叹直道之艰难，感情色彩浓厚。尽管二者存在细节上的差异，但均可表明潘震乙之死是因为撰修族谱而得罪族人，最终被害，

① 顾廷龙、戴逸主编《李鸿章全集》9《奏议九》，安徽教育出版社，2008，第482页。
② （清）陈玉澍：《后乐堂文钞》，《清代诗文集汇编》第777册，上海古籍出版社，2010，第176页。

属于"家难"。光绪《南皮县志》有意避免对其死亡经过的叙述，一方面是其死因与撰修方志关系不大，另一方面恐怕也是因为这一事件并不光彩，书写于县志之中不甚妥当。潘震乙死亡时间在光绪六年（1880）十月，其所做批注中也存在对光绪名讳的避讳。可知《河北地方志提要》中所言潘震乙死于同治七年，死因是捻军破城，均是站不住脚的。

三　批注与光绪《南皮县志》的成书

尽管潘震乙续修县志"未竣而卒"，但其所做的工作却对光绪《南皮县志》的编纂做了重要的铺垫。据光绪《南皮县志》，光绪十二年"上台檄修邑志"，就在此时"邑廪生修祚，出采访遗稿……虽未纯备，而取材甚富"（殷序），于是续修者决定"借孝廉旧稿为蓝本，而以新采各条，随类编入，所用体例，悉尊《府志》，稍加变通"（卷首）。由此光绪《南皮县志》得以成书。"孝廉旧稿"即潘震乙修志遗稿。潘震乙所做修改批注，对光绪本的成书有很大影响，成为光绪《南皮县志》修订的标尺。光绪《南皮县志》在目次设置、排版格式、内容修订等多个方面均因袭了潘震乙的批注。

（一）体例目次的编排

涉及体例更改的批注有五十余处，分布于各卷中。批注有三种表现形式。其一，直接旁批更改子目归属。如卷前中"物产"旁批"入风土门"，光绪《南皮县志》相同内容入《风土志》。"市集"旁批"入建置"，光绪《南皮县志》同内容入《建置志》。卷三《建置》"黉序"旁批"学校另列"，光绪《南皮县志》另列《学校志》。其二，子目标题变动旁边有三角形标识。此形式也是分布最多的，涉及变动的子目几乎都有此标识在右。其三，贴浮签更改子目。如卷一《图经》子目旁有"首行顶格，次行低一格，三行低三格，分野、沿革、疆域、形势、山川、古迹、景胜、邱墓一段写完，另行接写分野等篇，图绘另列不连，志图经第一五字勿写"。

据光绪《南皮县志》总志殷序，光绪《南皮县志》在体例目次编排上"悉尊《府志》，稍加变通"。光绪《南皮县志》卷一《舆地志·沿革》：

> （南皮）金属沧州，隶河北东路。元属河间路沧州。明属河间府沧州。国朝因之，雍正七年升沧州直隶州，南皮属之，九年改属天津府。

据此可知，光绪时南皮已属天津府，因此光绪《南皮县志》中的"悉遵《府志》"指的应是乾隆《天津府志》。至于"悉遵《府志》"的这一做法，并非光绪《南皮县志》续修者为修志所定的基调，而是沿袭自潘震乙的做法。潘震乙批注中卷目与子标题的变动与乾隆《天津府志》标题多有重合，如形胜、疆域、风俗、山川、坊表、公署、户口、坛庙、津梁等。据此推测，潘震乙在做批注时就已经有意识地遵循乾隆《天津府志》的体例，对子目标题进行安排。乾隆《天津府志》共40卷，可能基于其分类过于繁杂的原因，潘震乙重新调整《南皮县志》子目的顺序和等级，完成了《南皮县志》中《舆地》卷到《选举》卷的大部分卷目设置。光绪《南皮县志》则跟随潘震乙旧稿的思路，继续以乾隆《天津府志》子目设置为范本，将整个光绪《南皮县志》中的《选举志》、《职官志》、《人物志》、《列女志》、《艺文志》、卷末、卷首等部分修完，并完善批注中的改动。

（二）排版格式的变动

十二年本中关于排版格式变动的批注有两百余处，或是在页面上标注"顶格几格""低几格""顶""低"等字样，或是在空白处、贴浮签中跟随子目设置的改动而标注"某某低几格"等字样。与体例变动相同的一点是，光绪《南皮县志》也借鉴了乾隆《天津府志》的排版设置。在批注中，段落设置往往为"另行顶格，次行低一格"，标题下正文往往有"另行低二格、次行以下低一格"字样。与之对应，凡"批注"中标记为"低一格"的子标题，光绪《南皮县志》则低二格处理；凡"批注"中"另行顶格"的小类，光绪《南皮县志》则低一格处理。光绪《南皮县志》中的这些改动与乾隆《天津府志》排版相同。可以推知，潘震乙对《南皮县志》的排版布局并没完全借鉴乾隆《天津府志》，而重修光绪《南皮县志》则完全以乾隆《天津府志》为蓝本进行排版格式的变动。

（三）内容的修订

关于批注本对内容的修订，前文已有涉及，不再赘述。光绪《南皮县志》增删内容除批注中所提及的那些，则更多地是大大增加了《人物志》《艺文志》中的内容。这两部分内容几乎占据县志一半篇幅。康熙《南皮县志》中的诗文、碑铭散见于各个章节，批注本对其仅进行简单修改，光绪《南皮县志》则将散落的诸多艺文全部移于《艺文志》中，并大量增补康熙十二年之后的艺文。对于艺文的分类，则依据《天津府志》中《艺文志》体例，按照诏、制、表、上书、书、议、辨、启、记、碑记、序、传、跋、墓表、碑文墓志（附）、墓志铭、墓铭、铭赞、诗、词（附）、著作等顺序排列。与光绪《南皮县志》相比，康熙《南皮县志》中《艺文》篇幅较短，仅见一处潘震乙批注，这可能因为补辑艺文仅仅依靠批注难以实现，需要专门进行工作，而潘震乙可能未及进行这项工作就已离世。《人物志》的情况与《艺文志》相似，大量的补充工作是由光绪《南皮县志》完成的。

通过本文的探讨，可以得出结论，南京图书馆所藏康熙十二年《南皮县志》中的批注，是光绪年间南皮举人潘震乙为续修县志所做的准备工作。尽管潘震乙未及完成就已离世，但其遗稿为光绪《南皮县志》的修订者所采用，奠定了光绪《南皮县志》的基本结构。河北地区现存明清方志数量甚巨，但如康熙《南皮县志》批注本这样直接与方志修订相关的原始资料却极为罕见。康熙十二年《南皮县志》批注本的发现和研究，为探讨明清时期河北地区的方志编纂提供了一个极好的个案。

征稿函

《燕赵中文学刊》由河北大学文学院主办，每年出版两辑，刊发文稿强调思想性、学术性与可读性并重。设有文学理论与批评、语言学研究与汉语教育、燕赵文史与区域文化研究等栏目（各辑略有调整）。本刊以发表中国语言文学研究最新成果为主，欢迎海内外专家学者不吝赐稿。注释引文请作者逐条核对。稿件中涉及版权部分，请事先征得原作者或出版者之书面同意，本刊不负版权责任。具体稿件要求及说明如下。

一　投稿要求

1. 来稿文责由作者自负，文章发表后版权归本刊所有。未经许可不得转载。

2. 来稿请用 Word 格式，按附件形式电邮至本刊投稿专用邮箱，并注明作者姓名、性别、工作单位、职称、通信地址、联系电话、E-mail 等。

3. 文章篇幅以 5000～10000 字为宜，另每期可发表长篇稿件（2 万～4 万字）一篇或两篇。

4. 本刊编辑将在两个月内就来稿采用与否或修改意见答复作者。文章如经本刊采用，不可再投他刊。

5. 来稿正式刊出后，本刊将赠送作者该辑二册，并根据情况支付相应稿酬。

二　来稿格式

1. 本刊论文皆为简体，请作者务必提交简体定稿。

2. 论文标题请用小三号宋体。论文题目之下请标作者姓名、单位、职称、主要研究领域。论文摘要、关键词，皆用五号楷体字，摘要 150 ~ 300 字，关键词 3 ~ 5 个。正文用小四号宋体字。

3. 长篇引文用小四号楷体，左右缩进两个字符。

4. 注释形式为页下脚注，小五号宋体，以①②……格式标注，每页重新编号。范例如下。

①罗宗强：《明代文学思想史》，中华书局，2013，第 95 页。

②（宋）朱熹：《朱子语类》卷一三七，中华书局，1986，第 3273 页。

③（汉）扬雄：《扬雄集校注》，张震泽校注，上海古籍出版社，1993，第 86 页。

④马自力：《语录体与宋代诗学》，《北京大学学报》（哲学社会科学版）2010 年第 5 期。

⑤〔美〕布龙菲尔德：《语言论》，袁家骅等译，商务印书馆，1980，第 355 页。

⑥Harold Bloom, *The Visionary Company*：*A Reading of English Romantic Poetry*, Rev. Ed., New Haven：Cornell University Press, 1971. p. 461.（外文专著，最前面有中文的此处应用中文句号，否则用英文句号，下同）

⑦Jeremy Hawthorn ed., *Criticism and Critical Theory*, London：Edward Arnold, 1984. p. 112.（外文编著）

⑧Harold Bloom, "Jewish Culture and Jewish Memory（文章标题），" *Dialectical Anthropology*（期刊名称），1983（10）.（外文期刊）

三　投稿和联系方式

投稿信箱：353799181@ qq. com

投稿时请注明：《燕赵中文学刊》稿件

联系电话：15369238016

联系人：高永

通信地址：河北省保定市七一东路河北大学新校区 B5 座 509 室

《燕赵中文学刊》编辑部　高永（收）

邮编：071000

《燕赵中文学刊》编辑部

图书在版编目（CIP）数据

燕赵中文学刊. 第 1 辑 / 河北大学文学院主办. --
北京：社会科学文献出版社，2022.7
ISBN 978 - 7 - 5228 - 0578 - 8

Ⅰ.①燕…　Ⅱ.①河…　Ⅲ.①中国文学 - 文学研究 -
丛刊　Ⅳ.①I206 - 55

中国版本图书馆 CIP 数据核字（2022）第 148144 号

燕赵中文学刊（第 1 辑）

主　　办 / 河北大学文学院

出 版 人 / 王利民
责任编辑 / 杜文婕
文稿编辑 / 公靖靖
责任印制 / 王京美

出　　版 / 社会科学文献出版社·人文分社（010）59367215
　　　　　地址：北京市北三环中路甲 29 号院华龙大厦　邮编：100029
　　　　　网址：www. ssap. com. cn
发　　行 / 社会科学文献出版社（010）59367028
印　　装 / 三河市东方印刷有限公司

规　　格 / 开　本：787mm × 1092mm　1/16
　　　　　印　张：12.25　字　数：170 千字
版　　次 / 2022 年 7 月第 1 版　2022 年 7 月第 1 次印刷
书　　号 / ISBN 978 - 7 - 5228 - 0578 - 8
定　　价 / 128.00 元

读者服务电话：4008918866